EROS THE
BITTERSWEET

앤 카슨
Anne Carson

앤 카슨의 에로스에 대한 탐구는 맞붙은 서른다섯 개의 장으로 엇갈리듯 이어진다. 고대 그리스 로마의 서정시와 로맨스에서부터 현대 작가들의 시와 소설, 플라톤의 대화편을 탐닉하다가 이내 문자 사용과 에로스 탐닉과의 관계를 파헤치며 저자는 일견 멀리 떨어져 있는 것들을 순식간에 겹쳐놓는다. 겹쳐지며 멀리 떨어져 있던 것들이 연결될 때, "인식이 도약한다". 전압이 생겨나고, 저자를 따라 독자가 밟아나가는 그 길 위로 현기증과 같은 곤란한 에로스적 쾌락이 느껴진다. 그러므로 이 글이 에로스에 대해 이야기하고 있다고 말한다면, 충분하지 않을 것이다. 여기서 이야기logos가 곧 에로스다. 에로스에 대해 진지하게 논의하는 모양새를 취하며 실제로 이 글은 에로스를 향한 에로스를 드러낸다. 그렇다면 저자가 소크라테스에 대해 썼던 문장을 거의 그대로 돌려줄 수 있을 것이다. 앤 카슨은 욕망의 순간 속에서 글을 쓴다. 이 글은 욕망의 순간 속에서 쓰인다.

EROS THE BITTERSWEET

ANNE CARSON

에로스, 달콤씁쓸한

앤 카슨

황유원 옮김

ㄴㄴ><ㄷㄴ

차 례

일러두기

* 원주는 끝에 '— 원주'라고 표시했으며, 표시가 없는 것은 모두 역주이다.
* 원문에서 이탤릭으로 강조한 부분은 방점으로 표기했다.
* 원문과 같이 영어가 아닌 외국어(그리스어, 라틴어, 프랑스어 등)는 이탤릭으로 표기하였다.
* 개념어 에로스와 사랑의 신 에로스를 구분하기 위해 후자의 의미로 사용된 경우 굵은 글씨로 표현했다.
* 국립국어원의 외래어 표기법을 따르되, 독자들의 편의를 고려하여 이를 따르지 않은 곳도 있다. 또한 그리스어는 최대한 발음에 가깝도록 표기하였다.
* 고대 그리스의 단편 문헌을 참조할 때 학자들이 널리 사용하는 표준화된 약어를 사용했다. 이는 주요 판본에서 유래하여 현재 널리 사용되는 분류 체계로서, 각 체계는 단편에 번호를 부여하여 출판물 간의 일관성을 유지한다. 아래는 각 체계가 유래한 판본이다.

Anth. Pal. *The Greek Anthology*, ed. W. R. Paton, 5 vols. (London and New York, 1916~1926).

CAF *Comicorum Atticorum Fragmenta*, ed. T. Kock, 3 vols. (Leipzig, 1880~1888).

IEG *Iambi et Elegi Graeci*, ed. M. L. West, 2 vols. (Oxford, 1971~1972).

PMG *Poetae Melici Graeci*, ed. D. Page (Oxford, 1962).

TGF *Tragicorum Graecorum Fragmenta*, ed. A. Nauck, 2nd ed. (Leipzig, 1889).

서문

　카프카의 「팽이」는 아이들이 돌리는 팽이를 붙잡으려고 그들 주위에서 여가 시간을 보내는 한 철학자에 대한 이야기다. 그는 "모든 것을 이해하기 위해서는 어떤 사소한 것, 예컨대 돌고 있는 팽이를 이해하는 것으로 충분하다"고 믿기에, 여전히 돌고 있는 팽이를 잡는 일은 그를 잠시 행복하게 한다. 기쁨도 잠시, 거의 곧장 혐오감이 뒤따르고, 그는 팽이를 집어던진 후 자리를 뜬다. 하지만 아이들이 팽이를 돌리려고 준비할 때마다 그의 마음은 계속해서 이해에 대한 희망으로 부풀어오른다. "팽이가 돌기 시작하자마자 그는 그것을 쫓아 숨가쁘게 달려갔고, 희망은 확신으로 변했지만, 그 바보 같은 나무토막을 손에 쥐자마자 그는 역겨움을 느꼈다."

이 이야기는 우리가 은유에서 얻는 기쁨에 관한 것이다. 의미는 함축적 의미와 명시적 의미의 규약에 따라 정상 상태를 축으로 돌며 똑바른 자세를 유지하지만 그럼에도, 돈다는 것은 정상적이지 않고, 이런 환상적인 동작을 통해 정상적이고 똑바른 체하는 것은 부적절한 일이다. 부적절함은 이해에 대한 희망과 어떤 관계인가? 기쁨과는?

이 이야기는 우리가 왜 사랑에 빠지는지 그 이유에 관한 것이다. 아름다움은 돌고 정신은 움직인다. 아름다움을 붙잡는 것은, 어떻게 그 부적절함이 현기증 속에서도 안정성을 유지할 수 있는지 이해하는 일이 될 것이다. 하지만 아, 기쁨을 위해서는 그렇게 멀리 손을 뻗을 필요도 없다. 아직 도착하지 않은 채 숨가쁘게 달리는 것은 그 자체로 매우 기쁜 일이며, 살아 있는 희망이 정지된 채 머무는 순간이니까.

부적절함을 억제하는 것은 연인이 목적하는 바가 아니다. 또한 나는 이 철학자가 정말로 이해를 추구한다고도 믿지 않는다. 오히려 그는 팽이를 쫓아다닐 구실을 마련하고자 철학자(즉, 이해에서 기쁨을 느끼는 일을 직업으로 삼은 자)가 된 것이다.

뉴저지주 프린스턴
1985년 8월

에로스, 달콤씁쓸한

달콤쏩쓸한
Bittersweet

에로스를 최초로 "달콤쏩쓸한"이라고 부른 이는 사포[1]
였다. 사랑에 빠져본 적이 있는 사람이라면 누구든 그녀
의 말에 이의를 제기하지 않을 것이다. "달콤쏩쓸한"이
라는 말은 무슨 뜻인가?

사포는 에로스를 쾌락인 동시에 고통인 경험으로 여겼
다. 바로 여기에 모순이, 어쩌면 역설이 있다. 에로스를
인식하는 일은 정신을 두 개로 분열시킬 수 있다. 왜 그런
가? 이 모순을 구성하는 요소들은 언뜻 보기에는 명확해

---

[1] 사포(Sappho, BC 612?~?). 고대 그리스 레스보스섬 출신의 서정시인. '열번
째 뮤즈'로 일컬어질 만큼 높이 평가받았으며, 1만 행에 달하는 시를 지었다고 알
려졌으나 현재는 몇몇 단편만 남아 있다.

보일 것이다. 우리는 사포가 그러했듯, 에로스적 욕망의 달콤함을 당연시한다. 그것의 즐거움은 우리에게 미소를 지어보인다. 하지만 쏩쓸함은 그보다 덜 명확하다. 달콤한 것이 쏩쓸하기도 해야 하는 데는 몇 가지 이유가 있을 것이다. 두 가지 맛 사이에는 다양한 관계가 있을 것이다. 시인들은 그 문제를 갖가지 방식으로 해결했다. 사포 자신의 표현이 그 가능성을 추적해나가는 데 있어서 좋은 출발점이 된다. 관련 단편은 다음과 같다.

> **에로스**, 사지를 축 늘어지게 하는 그것이 다시 한번 나를
>   어지럽히네
> 달콤쏩쓸하고, 물리칠 수 없는, 슬그머니 다가오는 존재인
>   그것이[2]
>
> —「단편 130」[3]

이는 번역하기 어려운 말이다. 'sweetbitter(달콤쏩쓸

---

[2] 그리스어 원문과 저자의 영역을 참고할 필요가 있다고 판단되는 경우에는 각주에 살려두었다.

Eros dēute m' ho lysimelēs donei,
glukupikron amachanon orpeton

Eros once again limb-loosener whirls me
sweetbitter, impossible to fight off, creature stealing up

[3] 사포의 단편 번호는 Lobel-Page(LP) 판본을 따랐다.

한)'은 틀린 말처럼 들리지만 우리의 표준 영어식 번역인 'bittersweet(씁쓸달콤한)'은 사포가 실제로 사용한 용어인 복합어 글루쿠피크론*glukupikron*을 뒤집은 것이다.[4] 우리가 그 사실에 신경을 써야 할까? 만일 사포가 정한 순서가 시간적 서술의 의도를 지닌 것이라면, 여기서 에로스는 달콤함을 가져다준 다음 씁쓸함을 가져다주는 것으로 여겨지는 셈이다. 사포는 가능한 일들을 시간 순서대로 구분하고 있다. 많은 연인의 경험이 이런 순서가 옳다는 것을 증명할 텐데, 특히 사랑이 나쁘게 끝나는 대부분의 시에서는 더더욱 그러할 것이다. 하지만 사포가 이를 의도했으리라고는 믿기 어렵다. 그녀의 시는 에로스적 상황을 시간 속에 극적으로 배치하는 것으로 시작해서*dēute*[5] 에로스적 행위를 현재 직설법 시제로 표현한다*donei*.[6] 그녀가 기록하고 있는 것은 연애 사건이 아니라 욕망의 순간이다. 에로스의 압박에 하나의 순간이 휘청거린다; 하나의 정신 상태가 분열된다. 쟁점이 되는 것은 쾌락과 고통의 동시성이다. 쾌락적인 측면이 먼저 언급된 이유는 그것

---

4 '글루쿠피크론'은 '달콤한'을 뜻하는 'glukus'와 '씁쓸한'을 뜻하는 'pikros'의 복합어 형태로서, 영어 단어 'bittersweet(씁쓸달콤한)'과 복합어 요소의 배치 순서가 반대다.

5 영역에서 'once again(다시 한번)'에 해당한다.

6 영역에서 'whirls me(나를 어지럽히네)'에 해당한다.

이 덜 놀라운 측면이기 때문이라고 추정할 수 있다. 강조되는 것은 이 현상에서 문제가 되는 다른 측면, 즉 그 속성이 쏟아지는 연음軟音들로 나타나는(2행) 바로 그 측면이다. 에로스는 그녀의 바깥 어딘가에서 자신의 희생자에게 접근하거나 몰래 다가온다: 오르페톤*orpeton*.[7] 그 어떤 싸움으로도 그 다가옴을 물리칠 수 없다: 아마카논*amacha-non*.[8] 그렇다면 욕망은 욕망하는 자의 내면에 거주하는 것도 아니고, 욕망하는 자의 협력자도 아니다. 그녀의 의지와는 무관한 그것은 외부에서 저항할 수 없이 그녀에게 쳐들어온다. 에로스는 적이다. 그것의 씁쓸함은 분명 적의의 맛이다. 그것은 증오일 것이다.

"친구를 사랑하고 적을 증오하는 것"은 도덕적 대응을 위한 고대의 일반적 규정이다. 인간적 접촉의 복잡한 기제는 사랑과 증오 사이에서 구성된다. 이런 감정의 양극을 에로스라는 단일한 감정적 사건 안에 위치시킨다는 게 말이 되는 것일까? 아마도 말이 될 것이다, 만일 친구와 적이 그 사건의 원인 그 자체인 하나의 존재로 수렴된다면. 그 수렴은 역설을 발생시킨다. 하지만 이 역설은 현대의 문학적 상상력에서 봤을 때는 거의 클리셰나 마찬

---

7 영역에서 'creature stealing up(슬그머니 다가오는 존재인 그것)'에 해당한다.
8 영역에서 'impossible to fight off(물리칠 수 없는)'에 해당한다.

가지다. "그리고 사랑이 떠나가는 자리에서 증오가 시작된다……" 모스크바역으로, 욕망이 야기한 딜레마의 종지부로 향하며 안나 카레니나는 속삭인다. 사실 에로스적 역설은 **에로스** 자신보다 선행하는 문제다. 우리는 그 문제가 트로이의 성벽, 헬레네와 아프로디테 사이의 장면에서 처음으로 벌어지는 것을 발견한다. 뒤바꿈은 패러다임의 변화만큼이나 급격히 이루어진다. 호메로스[9]는 욕망의 화신인 헬레네가 자신에게 부과된 에로스에 진저리가 난 나머지 파리스의 침대로 가라는 아프로디테의 명령을 거역하는 모습을 보여준다. 사랑의 여신은 성난 모습으로 대답하며 에로스적 역설을 무기처럼 휘두른다.

> 망할 여인이여, 나를 자극하지 말지어다―나는 화를 내며
> 그대를 떨어뜨릴 것이니!
> 나는 지금 그대를 사랑하는 것만큼이나 그대를 대단히 증
> 오하게 될 것이니!
>
> ―『일리아스』, 3권 414~415행

---

9 호메로스(Homer, BC 8세기경). 고대 그리스의 전설적 서사시인. 『일리아스』와 『오뒷세이아』를 지은 것으로 알려져 있으며, 서양 문학의 출발점으로 평가된다. 문맹이었다는 설이 있으나, 실존 여부와 구체적 생애에 대해서는 확실한 기록이 남아 있지 않다.

헬레네는 즉시 복종한다. 사랑과 증오의 결합이 낳는 적은 저항할 수 없는 존재이므로.

사포의 형용사 글루쿠피크론에서 우리를 깜짝 놀라게 하는 씁쓸함과 달콤함의 동시성은 호메로스의 시에서는 다르게 표현된다. 서사시적 관습은 감정의 내적 상태를 역동적이고 선형적인 장면으로 표현하여 일련의 상반된 행위들로부터 분열된 정신이 읽힐 수 있게끔 한다. 하지만 호메로스와 사포는, 욕망의 신을 친구이자 적인 양가적 존재로, 에로스적 경험에 감정적 역설을 불어넣는 존재로 표현한다는 점에서 의견이 일치한다.

에로스는 다른 장르와 시인에게서도 사랑과 증오의 역설로 나타난다. 이를테면 아리스토파네스[10]는 유혹적인 젊은 난봉꾼 알키비아데스가 그리스 데모스$_{dēmos}$[11]에게 연인의 열정 같은 감정을 불러일으킬 수 있었다고 말한다.

그들은 그를 사랑하고 증오하고
또 그를 소유하길 간절히 바라나니.

—『개구리』, 1425행

---

10 아리스토파네스(Aristophanes, BC 446?~386?). 고대 그리스 아테네 출신의 희극 시인. 풍자와 희화화에 뛰어나며, 정치적 · 사회적 현실 비판을 풀어낸 작품들을 남겼다.

11 '시민' '민중' 등을 뜻하는 그리스어 단어.

아이스퀼로스[12]의 『아가멤논』에서, 메넬라오스는 헬레네가 떠난 후 자신의 텅 빈 궁전을 돌아다닌다. 방마다 그녀가 계속 나타나는 듯하다. 그들의 침실에서 그는 걸음을 멈추고 "침대에 남은 사랑의 흔적"(411)을 향해 간절히 부르짖는다. 그가 느끼는 것이 욕망*pothos*(414)임에는 의심의 여지가 없지만, 그럼에도 증오*echthetai*가 스며들어 공허를 채운다.

바다 너머로 사라진 무언가에 대한 그의 갈망 때문에
유령이 방들을 지배하는 듯하고,
아름다운 조각상들의 우아함은
그 남자에게 증오의 대상이 된다.
눈*eyes*이 부재하니
　모든 아프로디테는 공허하다, 사라져버렸다*gone*.[13]

—『아가멤논』, 414~419행

<hr>

12　아이스퀼로스(Aeschylos, BC 525?~456). 고대 그리스의 비극 시인. 에우리피데스, 소포클레스와 함께 3대 비극 시인으로 꼽힌다. 신화적 소재를 바탕으로 인간과 신, 운명과 정의의 문제를 깊이 탐구했으며, '오레스테이아 3부작'으로 유명하다.

13　본서에서는 이 경우처럼 하나의 장에 등장한 단어가 다음 장의 제목이 되는 경우가 많은데, 그런 경우 쉽게 확인할 수 있도록 원어를 병기했다.

사랑과 증오는 헬레니즘 경구에 주제를 제공하기도 한다. 니카르코스[14]의 연인에 대한 경고가 대표적이다.

그대가 나를 사랑한다면, 그대는 나를 증오하는 것이다. 그
대가 나를 증오한다면, 그대는 나를 사랑하는 것이다.
그러니 나를 증오하지 않는다면, 연인이여, 나를 사랑하지
말라.

—Anth. Pal. 11.252

카툴루스[15]의 경구는 아마도 우리에게 알려진 클리셰 중 가장 우아한 정수를 담고 있을 것이다.

나는 증오하고 또 사랑한다. 왜? 당신은 아마 그렇게 물으
리라.
나도 모른다. 하지만 나는 그렇다는 걸 느끼며 마음 아
파한다.

—「시 85」

---

14 니카르코스(Nikarchos, 1세기경). 헬레니즘 시대의 시인. 일상적 사랑과 욕망의 아이러니, 인간관계의 풍자적 측면을 경구적 형식으로 표현한 작품들이 특징이다.

15 가이우스 발레리우스 카툴루스(Gaius Valerius Catullus, BC 84?~54). 고대 로마의 서정시인. 열정적 사랑과 날카로운 풍자, 섬세한 개인 감정을 담은 시들로 유명하다. 시집 『카툴루스 시집』이 전해진다.

그리스 서정시 전통의 시인들은 때로 이처럼 적나라하게 에로스적 조건을 개념화하지만, 사포와 그녀의 계승자들은 대개 개념보다는 생리학을 선호한다. 영혼이 욕망 속에서 분열되는 순간은 육체와 감각의 딜레마로 여겨진다. 우리가 이미 보았듯 사포의 혀에 그것은 달콤하고도 쌉쌀한 순간이다. 이 상반되는 맛은 후대 시인들에 의해 "쌉쌀한 꿀" "달콤한 상처" "달콤한 눈물의 에로스"(Anth. Pal. 12.81; 126; 167) 등으로 발전한다. 아나크레온[16]의 시에서, 에로스는 뜨거움과 차가움의 충격으로 연인을 때려 눕힌다.

또다시 그의 거대한 망치로 **에로스**는 대장장이처럼 나를
    두드렸고
나를 겨울같이 차가운 도랑에 처박았네

—PMG, 413

한편 소포클레스[17]는 그 경험을 얼음덩어리가 따뜻한

손안에서 녹는 것에 비유한다(「단편 149」).[18] 후대 시인들은 뜨거움과 차가움의 감각을 맛의 은유와 뒤섞어서 "달콤한 불"(Anth. Pal. 12.63) "꿀에 타버린" 연인들(Anth. Pal. 12.126) "꿀에 담금질한"(아나크레온, 「단편 27E」) 에로스적 화살 등을 만들어낸다. 이뷔코스[19]는 축축한 건조함이라는 역설로 에로스를 표현하는데, 욕망의 검은 뇌우는 그에게 비 대신 "바짝 마르게 하는 광기"를 쏟아붓기 때문이다(PMG, 286.8~11). 이 비유들은 고대 생리학과 심리학 이론에 어느 정도 기반한 것으로, 쾌락적이거나 바람직한 혹은 좋은 행위는 열, 액체, 용해의 감각과 연관 짓고 불쾌하거나 혐오스러운 행위는 차가움, 냉각, 경화와 연관 짓는다.

하지만 여기서 감정의 단순한 지도를 그려내기란 불가능하다. 욕망은 단순하지 않다. 그리스에서 사랑의 행위란 뒤섞임*mignumi*이며 욕망은 사지를 녹인다*lusimelēs*(앞에서 인용한 사포의 「단편 130」 참고). 육신의 경계, 사고의 범주는 혼란스럽다. 사지를 녹이는 신은 거기서 더 나아가 서사시의 전쟁터에서 적이 그러하듯 연인을 파괴한다*damnatai*.

---

18 '얼음-쾌락' 장에 인용된 소포클레스의 단편도 참고할 것―원주.

19 이뷔코스(Ibykos, BC 6세기경). 고대 그리스의 서정시인. 특히 에로스의 격정과 욕망의 폭력성을 생생하게 묘사한 시들로 유명하다.

오 전우여, 사지를 축 늘어지게 하는 그것, 욕망이 나를 으
스러뜨리네.

—아르킬로코스,[20] IEG, 196

그렇다면 사랑과 증오의 형태는 여러 감각적 위기 속에
서 인지된다. 각각의 위기는 결정과 행동을 요구하지만, 에
로스가 감각을 동요시킬 때 결정은 불가능하고 행동은 역
설에 빠진다. 일상생활이 어려워질 수도 있다; 시인들은 그
것이 행동과 판단에 가져온 결과에 대해 말한다.

어떻게 해야 할지 모르겠네: 두 동강이 난 내 마음.

—「단편 51」

사포는 말한다, 그러다 멈춘다.

나는 사랑에 빠졌다! 나는 사랑에 빠지지 않았다!
나는 미쳤다! 나는 미치지 않았다!

—PMG, 428

아나크레온은 외친다.

---

20 아르킬로코스(Archilochos, BC 680?~645?). 고대 그리스의 시인. 격정적이
고 직설적인 시로 유명하다. 개인적 감정과 정치적 현실을 거침없이 드러내며, 전
쟁, 사랑, 욕망, 모욕까지 폭넓은 주제를 다루었다.

젊은이들 사이에서 돋아난 새싹, 디오판토스를 볼 때
나는 도망칠 수도 머무를 수도 없네

—Anth. Pal. 12.126.5~6

"욕망은 연인이 행위하는 동시에 행위하지 않도록 몇 번이고 계속 끌어당기지"라고 소포클레스는 결론짓는다(「단편 149」). 행동만 좌초되는 게 아니다. 욕망을 좋은 것인 동시에 나쁜 것으로 분열시키는 역설의 압력으로 도덕적 평가 또한 균열된다. 에우리피데스[21]의 **에로스**는 '이중적' 효과를 지닌 활을 휘두르는데, 그것은 아름다운 삶을 가져올 수도, 완벽한 몰락을 가져올 수도 있기 때문이다(『아울리스의 이피게네이아』, 548~549). 에우리피데스는 심지어 사랑의 신을 둘로 만들기까지 한다: 그의 소실된 희곡 『스테노보이아Sthenoboea』의 단편에는 쌍둥이 **에로스** Erotes가 등장한다. 그중 하나는 연인을 선한 삶으로 인도한다. 나머지 하나는 연인의 최악의 적으로서echthistos, 그를 곧장 죽음의 집으로 이끈다. 사랑과 증오는 **에로스**를 두 갈래로 나눈다.

---

21 에우리피데스(Euripides, BC 484?~406). 고대 그리스 아테네의 비극 시인. 그리스 3대 비극 시인으로 꼽힌다. 『메데이아』 『박코스 여신도들』 『힙폴뤼토스』 등 18편의 작품이 현존한다.

우리가 시작하며 던진 질문, 즉 사포의 형용사 글루쿠 피크론의 의미로 돌아가보자. 시적 문헌을 살펴보는 우리의 작업을 통해 윤곽이 드러나고 있다. 연인의 정신이라는 생生필름을 때리는 것은 바로 "달콤쏩쓸한 에로스 Sweetbitter eros"다. 시라는 감광판 위에 만들어지는 것은 역설이라는 음화陰畵로서, 그것은 양화陽畵의 기반이 될 수도 있는 것이다. 그것이 감각, 행동, 가치 중 무엇의 딜레마로 이해되든, 필름에 새겨지는 에로스는 동일한 모순적 사실이다: 사랑과 증오는 에로스적 욕망 속에서 만난다는 사실.

왜 그런가?

사라진
Gone

아마도 이 질문에 답하는 데는 여러 방법이 있을 것이다. 가장 확실한 방법은 그리스어에 있다. 그리스어 단어 **에로스**는 '필요' '결핍' '없어진 것에 대한 욕망'을 의미한다. 연인은 자신이 가지고 있지 않은 것을 원한다. 원하는 것은 소유되자마자 더이상 원하는 대상이 아니게 되므로, 그럴 경우 그가 자신이 원하는 것을 가지는 것은 당연히 불가능하다. 이는 단순한 말장난 이상의 의미를 지닌다. 에로스에는 사포에서부터 오늘날에 이르기까지 사상가들이 매우 중요하게 생각해온 딜레마가 담겨 있다. 플라톤은 그 문제로 돌아가고 또 돌아간다. 그는 네 편의 대화편[1]에서 욕망이 오로지 결핍된 것, 수

중에 없는 것, 여기 없는 것, 소유하고 있지도 않고 존재 내에도 없는 것만을 향한다는 게 무슨 의미인지를 탐구한다: 에로스는 엔데이아*endeia*[2]를 수반한다. 디오티마가 『향연』에서 말하듯, 에로스는 '부'가 '가난'에게서 얻은 사생아이며 결핍된 삶 속에서 늘 집에만 머무는 존재다 (203b~e). 이 난문제를 위해 시몬 베유가 선택한 유사체는 굶주림이다.

우리의 모든 욕망은, 음식에 대한 욕망처럼 모순적이다. 나는 내가 사랑하는 사람이 나를 사랑하길 바란다. 하지만 만일 그가 나에게 완전히 헌신한다면, 그는 더이상 존재하지 않는 사람이 되어버리고 나는 그를 사랑하길 멈춘다. 그리고 그가 나에게 완전히 헌신하지 않는 한 그는 나를 충분히 사랑하지 않는 것이다. 배고픔과 과식.

에밀리 디킨슨은 「나는 굶주렸었네 I Had Been Hungry」에서 그 문제를 더 당돌하게 설명한다.

그래서 나는 알게 되었네

---

1 플라톤의 작품은 소크라테스와 그의 제자들이 나눈 대화의 형식으로 되어 있기에 흔히 '대화편'으로 불린다.
2 '필요' '욕구' '결핍' '결함' 등을 뜻하는 그리스어 단어.

굶주림은 창문 바깥에 있는

사람들의 방식이었고

들어감은 앗아간다는 것을.[3]

페트라르카는 이 문제를 불과 얼음이라는 고대 생리학
적 측면에서 설명한다.

나는 나의 불로부터 달아나면서 따라가는 법을 안다

불이 있으면 나는 얼어붙고, 없으면 뜨거움을 욕망한다.

—「사랑의 승리 *Trionfo d'Amore*」

사르트르는 욕망의 모순적인 이상理想, 이 "사기 행위"
에 대해 인내심을 보이지 않는다. 그는 에로스적 관계에서
그 자체로 이미 좌절감을 안고 있는 무한한 반영 체계, 기
만적인 거울 놀이를 본다(『존재와 무』). 시몬 드 보부아르에
게 그 놀이는 고문이다: "기사는 새로운 모험을 떠나며 자
신의 여인을 불쾌하게 만들지만, 만일 그가 그녀의 발치
에 머문다면 그녀로서는 그가 경멸스럽기만 할 것이다. 이
것은 불가능한 사랑의 고문이다……"(『제2의 성』) 자크 라

---

3 창밖에서 본 음식은 굶주림을 자극했지만, 막상 들어가서 식탁 앞에 앉자 굶주
림이 사라지고 말았다는 뜻이다.

캉은 "욕망은 존재의 결핍을 세 가지 형태로 불러일으킨다. 그것은 사랑에 대한 요구의 근간을 이루는 무無, 타인의 존재마저 부정하는 증오, 요구 자체에서 무시되는 형언하기 어려운 요소이다"(『에크리』)라고 말하며 그 문제를 좀더 수수께끼같이 설명한다.

이 다양한 목소리들은 공통된 인식을 추구하고 있는 것처럼 보인다. 모든 인간적 욕망은 역설을 축으로 삼아 균형을 잡고 있다: 그것의 양극은 부재와 현존이고, 그것의 원동력은 사랑과 증오다. 우리가 시작점으로 삼은 사포의 시로 다시 한번 돌아가보자. 헤파이스티온[4]의 텍스트와 주석에 보존된 것에 따르면, 이 단편 뒤에는 아마도 동일한 시에서 가져왔을 동일한 운율의 두 행이 연달아 이어진다.

아티스여, 나에 대한 관심은 네 마음에 증오를 불러일으켰고
너는 안드로메다에게로 달아났구나.

—「단편 131」

---

4 헤파이스티온(Hephaistion, 2세기경). 고대 그리스의 문법학자이자 운율 이론가. 그의 저작은 후대 학자들에게 중요한 참고 자료로 활용되었으며, 고대 서정시의 일부 단편이 그의 주석을 통해 전해진다.

사라지지gone 않을 것을 욕망할 사람이 누가 있겠는가? 아무도 없다. 그리스인들은 이 점에 있어서 분명했다. 그들은 그것을 표현하고자 에로스를 발명했다.

책략
Ruse

기하학을 모르는 자는 이곳에 들어오지 말라

— 플라톤의 아카데미 입구 위에 쓰인 글

에로스가 결핍이라는 생각은 무언가 순수하고 의심의 여지가 없다는 느낌을 자아낸다. 게다가 이 생각은, 일단 한번 받아들여지면, 사랑에 대한 우리의 습관과 표상에 강력한 영향을 미친다. 우리는 이러한 사실을 한 예에서 더없이 분명히 확인할 수 있다: 우리 전통에서 가장 잘 알려진 사랑 시 중 한 편인 사포의 「단편 31」을 생각해보라.

그는 내게 신들과 동등한 존재처럼 보이네
당신의 맞은편에
앉아서 당신의 감미로운 말과
사랑스러운 웃음소리에 가만히 귀기울이는

그 남자는―오 그 광경은
내 가슴속 심장에 날개를 다네
당신을 잠시 바라보기만 해도 나는
할말을 잃기에

그래: 혀는 굳어버리고, 피부 아래로는
희미한 불꽃이 질주하고
눈은 멀고 윙윙거리는 소리
귀를 가득 채워

식은땀이 나를 붙들고 떨림이
나를 완전히 사로잡네, 풀보다 파리한
나는 죽은 목숨―혹은 거의 죽은 것처럼
나는 내게 보이네.

이 시는 무대에 올려진 채 우리를 향해 떠온다. 하지
만 우리에게는 프로그램 북이 없다. 배우들은 신원을 알

31

수 없이 초점 안으로 들어왔다가 빠져나간다. 사건이 일어나는 장소는 없다. 우리는 여자가 왜 웃고 있는지도, 이 남자에 대해 어떤 생각을 품고 있는지도 모른다. 그는 각광 너머로 흐릿하게 모습을 드러내는데, 1행에서는 얼마간 인간 이상의 모습으로*isos theoisin* 나타났다가 2행에서는 매우 불명확한 대명사*ottis*로 흐릿해져버려서, 학자들은 그것이 의미하는 바에 대해 합의를 보지 못한다. 미장센을 연출하는 시인은 5행의 관계사절*to* 끝에서 신비롭게 걸어나와 사건을 주도한다.

이 시는 개인으로서의 세 사람에 관한 것이 아니라, 그들이 서로에 대해 지닌 인식과 그 인식 사이의 격차에 의해 형성된 기하학적 도형에 관한 것이다. 그것은 그들 사이의 거리에 대한 하나의 이미지다. 가느다란 역선*力線*이 그들 셋의 좌표상 위치를 정한다. 하나의 선을 따라, 가만히 귀기울이는 남자를 향해 여자의 목소리와 웃음소리가 이동한다. 두번째 접선은 여자와 시인을 잇는다. 시인의 시선과 귀기울이는 남자 사이에 세번째 전류가 탁탁 소리를 내며 일어난다. 도형은 삼각형이다. 왜 그런가?

너무 뻔한 대답은 이 시가 질투에 관한 작품이라고 말하는 것이다. 수많은 비평가가 그렇게 말해왔다. 하지만 그만큼 많은 수의 독자들이 그 사실을 부정하며, 여기에는 질투에 대한 암시가 조금도 드러나 있지 않다고 말해왔다.[1] 그런 전면적인 의견 차이는 어떻게 가능한가? 다들 질투가 무엇인지에 대해 똑같은 생각을 지니고 있기나 한 것인가?

'질투jealousy'라는 단어는 '열의zeal' 혹은 '열렬한 추구'를 뜻하는 그리스어 젤로스zēlos에서 유래했다. 질투는 두려움에서 생겨나 노여움으로 자라나는, 뜨거운 부식성의 정신적 움직임이다. 질투하는 연인은 상대 연인the beloved이 다른 누군가를 더 좋아하는 것을 두려워하고, 그 연인과 또다른 누군가의 모든 관계에 노여워한다. 이는 배치placement 및 전치displacement와 관련된 감정이다. 질투하는 연인은 상대 연인이 품은 애정에서 특별한 자리place를 탐내고, 또다른 사람이 그 자리를 차지할지 모른다는 걱정으로 가득하다. 여기, 좀더 근대에서 가져온, 질투라는 움직이는 패턴 이미지가 있다. 15세기 전반기에 바사 단차라는 일종의 느린 춤이 이탈리아에서 인기를 끌었다. 어느 정도 연극적이었던 이 춤은 심리적 관계를 분명히 드러냈다. "질투라는 춤에서 세 남자와 세 여자는 파트너를 변경하고, 각각의 남자는 다른 사람들에게서 떨어져 혼자 서 있는 단계를 거친다"(Baxandall 1972, 78). 질투는 모

---

1 가장 최근의 주석자 두 명이 질투로서의 해석에 대한 학계의 찬반론을 취합했다: Burnett 1983, 232~243; Race 1983, 92~101—원주.

두가 움직이는 춤인데, 질투하는 연인의 마음을 괴롭히
는 것은 바로 감정적 상황의 불안정성이기 때문이다.

　　그런 변경은 「단편 31」에서 사포를 위태롭게 하지 않
는다. 사실 그녀의 상황은 정반대다. 가만히 귀기울이는
남자와 자리를 바꾼다면 그녀는 완전히 무너져버릴 것처
럼 보인다. 그녀는 남자의 자리를 탐내지도, 자기 자리를
빼앗길까봐 두려워하지도 않는다. 그녀는 그에게 노여움
을 보이지 않는다. 그녀는 그의 대담함에 그저 놀라워하
고 있다. 시적 구조 내에서 이 남자가 차지한 역할은 사포
의 감정 내에서 질투가 차지한 역할을 반영한다. 그것들
은 둘 다 언급되지 않는다. 사포에게 영향을 미치는 것은
바로 상대 연인의 아름다움이다; 그 감정적 사건에 대한
묘사에는 왠지 모르게 이 남자의 존재가 필수적이다—
왜 그런지는 두고 봐야 한다. "연인들은 모두 이와 같은
증상을 보인다"고 사포의 글을 보존해준 장본인인 고대
비평가 롱기누스[2]는 말한다(『숭고에 관하여』, 10.2). 질투는
사랑의 증상이 발생할 때마다 그것에 내포되어 있을 수
있지만, 그렇다고 해서 질투가 이 시의 기하학을 설명해
주진 않는다.

2　롱기누스(Longinos, 1세기경). 고대 그리스의 문학 비평가이자 수사학자. 『숭
고에 관하여』는 작품 속 위대함과 고양된 표현의 본질을 분석한 저술로, 서양 문학
비평사에서 중요한 위치를 차지한다.

「단편 31」에 대한 또다른 유명한 이론은 가만히 귀기울이는 남자를 시적 필요성으로 설명하는 수사학 이론이다(1번 각주를 볼 것). 즉, 그는 실재 인물이 아니라, 사포가 상대 연인의 존재에 얼마나 큰 영향을 받는지를 대조적으로 보여주기 위해 고안된 시적 가정이라는 것이다. 그렇다면 그는 에로스적 시의 클리셰인 셈인데, "너에게 넘어가지 않는다니, 그는 돌로 만들어진 게 틀림없어"라는 말로 연인을 찬양하는 것은 흔한 수사적 술책이기 때문이다. 이를테면 핀다로스[3]는 유명한 단편에서(「단편 123」) 아름다운 소년에 대한 자신의 반응("나는 열기가 덥석 문 밀랍처럼 녹는다")과 둔감한 관찰자의 반응("차가운 불길 속에서 금강석이나 쇠를 벼려 만든 검은 심장을 지닌")을 대조한다. 수사적 관점은, "만일 내 연인을 보고도 욕망으로 끝장나지 않는다면, 당신은 완전히 신이거나 완전히 돌덩어리다"(Anth. Pal. 12.151)고 말하는 헬레니즘 경구처럼, 신의 둔감함과의 비교를 추가함으로써 강화될 수도 있다.[4] 이런 대조 수법을 통해 연인은 상대 연인을 찬양하고, 자신은 평범한 인간적 반응 편에 섬으로써 부수적으로 자신

---

3 핀다로스(Pindaros, BC 518?~438?). 고대 그리스의 합창시인. 신화적 상상력과 고도의 수사 기법, 종교적 경건함이 어우러진 그의 시는 후대 그리스 시인들에게 큰 영향을 끼쳤다.

4 Dover 1978, 178 n. 18; Race 1983, 93~94 참고—원주.

의 구애에 대한 동정을 바란다: 그런 대상을 향한 욕망에 흔들리지 않는 마음은 비정상적인 마음이거나 초자연적인 마음일 것이다. 사포가 「단편 31」에서 하고 있는 게 이런 것일까?

그렇지 않다. 우선 사포의 시에는 정상성이 결여되어 있다. 에로스적 감정에 대한 그녀의 기록은 남다르다. 우리는 개인적 기억을 떠올리며 그녀의 증상을 인지할 수도 있겠지만, 그녀가 자신을 평범한 연인으로 나타내고 있다고 믿기란 불가능하다. 게다가 상대 연인의 찬양은 이 시의 주된 목적으로 부각되지도 않는다. 여자의 목소리와 웃음소리는 커다란 자극이지만 그녀는 5행에서 사라지고, 사포 자신의 육체와 정신이 이어지는 모든 내용의 분명한 주제가 된다. 찬양과 정상적인 에로스적 반응은 현실 세계에서 일어나는 일이다: 이 시에서는 그런 일이 일어나지 않는다. 사포는 자신의 시가 일어나는 진짜 장소를 우리에게 두 차례나 단호히 말해준다: "그는 내게 (⋯) 보이네seems (⋯) 나는 내게 보이네seem." 이 시는 겉보기seeming에 대한 탐구이고, 그것은 전적으로 그녀 자신의 마음속에서 일어난다.[5]

---

5   이 시에 나타난 겉보기(seeming)에 대해서는 Robbins 1980, 255~261 참고—원주.

질투는 요점을 벗어난 것이다; 에로스적 반응의 정상적 세계는 요점을 벗어난 것이다; 찬양은 요점을 벗어난 것이다. 이 시는 스스로를 위해 욕망을 작도作圖하고 있는 연인의 마음에 대한 것이다. 사포의 주제는 그녀에게 보이는 대로의 에로스다; 그녀는 그 이상을 주장하지 않는다. 단일한 의식이 스스로를 표상한다; 하나의 정신적 상태가 드러난다.

우리는 거기서 욕망이 어떤 형태를 띠고 있는지 똑똑히 본다: 사포의 마음속에 세 점으로 이루어진 회로가 보인다. 가만히 귀기울이는 남자는 감상적인 클리셰도 수사적 장치도 아니다. 그는 인식적이고 의도적인 필수 요소이다. 사포는 욕망을 삼종 구조로 식별함으로써 그것을 인지한다. 우리는 에로스적 이론에서의 전통적 용어를 사용해 이 구조를 삼각관계라고 부를 수도 있고, 후기 낭만주의적 무뚝뚝함을 담아 그것을 책략[6]으로 일축하고 싶은 유혹을 느낄 수도 있다. 하지만 삼각형의 책략은 사소한 정신적 술책이 아니다. 우리는 여기서 욕망의 근본적인 구성을 본다. 왜냐하면 에로스가 결핍된 자리에서 에로스가 활성화되기 위해서는 삼종의 구조적 요

---

6 본서에는 '책략'과 유사한 단어가 많이 등장한다. 구분을 위해 'ruse'는 '책략', 'tactics'는 '전술', 'maneuver'는 '술책', 'stratagem'은 '묘책' 등으로 일관되게 옮겼음을 밝힌다.

소―연인, 상대 연인, 그 둘 사이에 오는 것―가 필요하기 때문이다. 이들은 가능한 관계의 회로에 자리한 세 개의 변형 지점으로, 욕망을 전력으로 삼아 서로 접촉하지 않으며 접촉한다. 그것들은 결합된 채 서로 떨어져 있다. 세번째 구성 요소는 역설적 역할을 하는데, 연결하는 동시에 분리함으로써 둘이 하나가 되지 못하게 막고, 에로스에 의해 그 존재가 요구되는 부재하는 것을 밝히기 때문이다. 회로의 점들이 연결될 때, 인식이 도약한다. 그러면 전압[7]이 생겨난 삼각형의 길 위로, 삼종 구조 없이는 보이지 않을 무언가가 보이게 된다. 존재하는 것과 존재할 수 있는 것의 차이가 보인다. 이상理想은 일종의 입체 영상처럼 실재의 화면에 투사된다. 신처럼 앉아 있는 남자, 거의 죽어 있는 시인: 욕망하는 하나의 마음속에 자리한 반응의 양극. 삼각 분할은 거리 변경을 통해 에로스적 행위를 마음과 언어의 책략으로 치환함으로써 그 양극을 동시에 출현시킨다. 왜냐하면 이 춤에서 사람들은 움직이지 않기 때문이다. 움직이는 것은 욕망이다. 에로스는 동사다.

---

7 전기장이나 도체 안에 있는 두 점 사이의 전기적인 위치에너지 차.

전술
Tactics

사포의 시가 보여주듯, 연인과 상대 연인 사이에 경쟁자를 집어넣는 책략은 즉시 효과를 발휘하지만, 욕망을 삼각으로 분할하는 데는 한 가지 방법만 있는 게 아니다. 그 방법들이 모두 삼각형 모양으로 작동하는 것은 아닌데, 그럼에도 그것들은 공통의 관심사를 지닌다: 에로스를 유예되고, 좌절되고, 가로막히고, 굶주린 것으로, 빛나는 부재 주위에 구성된 것으로 나타내기—에로스를 결핍으로 나타내기.

한낱 공간에도 힘이 있다. 영리한 음유시인들은 기사도적 사랑을 "멀리서 하는 사랑*L'amour d'loonh*"이라고 불렀다. 우리는 메넬라오스가 자신의 텅 빈 궁전에서 '조각상

들의 눈이 부재하는' 상황에 시달리는 것을 보았다(『아가
멤논』, 411). 우리는 이 공허를 베르길리우스[1]의 『아이네이
스』에서 카르타고의 거리에 있는 디도의 주위로 욕망의
공간이 메아리치는 장면과 비교해볼 수도 있을 것이다.

> …그는 거기 없지만 거기 없는 그를 그녀는 듣고, 그녀는
> 본다.
>
> —4권, 83행

반면에 테오그니스[2] 같은 연인은 부재하는 존재로 인
한 고통에 깨끗이 순응하며 자신의 소년에게 전한다.

> 우리는 너를 연회에 들어오지 못하게 하지 않고, 너를 초대
> 하지도 않는다.
> 너는 곁에 있을 때는 고통이고, 떠나 있을 때는 연인이니.
>
> —『애가』, 1207~1208행[3]

---

1 베르길리우스(Vergilius, BC 70~19). 고대 로마의 시인. 로마 건국 신화를 장
엄하게 그려낸 서사시 『아이네이스』를 비롯해, 『목가』와 『농경시』 등으로 잘 알려
져 있다. 로마 문학의 정점으로 평가받으며, 후대 서양 문학과 예술에 지대한 영향
을 끼쳤다.

2 테오그니스(Theognis, BC 6세기경). 고대 그리스의 애가 시인. 그의 시편은
후대에 『애가』로 편집되어 전해지며, 특히 아름다운 소년을 향한 연정과 애틋한
감정 표현으로 유명하다.

3 원문은 West 1966이 아닌 Carrière 1962에서 가져온 것이다. West 1966의

공간의 분리하는 힘은 다양한 행위를 통해 나타날 수 있다; 이를테면, 자신과 구혼자들 사이의 거리를 크게 벌리는 아탈란타처럼, 그 공간을 달리는 행위를 통해서.

> …그들이 말하듯 한때
> 이아시오스의 딸은 젊은 히포메네스에게서 달아나며
> 결혼을 거부했다, 비록 혼기가 찼음에도.
> 허나 그녀는 불가능한 일을 이루고자 허리띠를 졸라맸다.
> 자기 아버지의 집을 뒤로한 채 금발의 아탈란타는
> 산들의 높은 꼭대기로 갔다
> 나는 듯이 빨리……

—『애가』, 1287~1293행

트로이 전쟁과 에로스적 탐구의 오랜 전통은 이러한 정형화된 행위의 (연인이 지니는) 이면을 드러낸다. 추격과 탈주는 고대 이후로 그리스의 에로스적 시와 도상학의 토포스*topos*[4]였다. 그런 관습적 장면들 중에서, 시인들

효과적이지 않은 [베르크(Bergk)에 따르면 필사본의 *argaleos*(고통스러운)에 해당하는] *harpaleos*(탐욕스러운)은 정교하게 고안된 교차 배열법(chiasmus)을 하찮은 수준으로 격하시킨다―원주.

4 정형화된 주제·개념·표현을 뜻하는 그리스어 단어.

뿐만 아니라 항아리 화가들이 초점을 맞추고자 하는 이상적인 욕망의 순간이 첫눈에 반하는 순간, 연인이 두 팔을 벌려 다른 연인을 환영하는 순간, 둘이 행복하게 결합하는 순간이 아니라는 점은 주목할 만하다. 그려지는 것은 연인이 돌아서서 도망치는 순간이다. 동사 페우게인 *pheugein*(달아나다)과 디오케인*diōkein*(추격하다)은 시인들의 에로스 관련 전문 어휘에서 늘 사용되는 항목인데, 그중 몇몇은 사로잡는 것보다 추격하는 것을 더 좋아한다고 인정하기도 한다. 테오그니스는 그런 에로스적 긴장에 대해 "흔들리는 균형에는 어떤 강렬한 쾌감이 있다"고 말한다(1372). 칼리마코스[5]는 자신의 에로스를 "달아나는 것을 추격할 줄만 알기에 눈앞에 있는 사냥감은 지나치는" 삐딱한 사냥꾼으로 특징짓는다(『경구집 *Epigrammata*』, 31.5~6).

달리고 싶어하지 않는 연인들은 가만히 서서 던질 것이다: 사과는 사랑을 선언하며 던지는 전통적 무기다(아리스토파네스, 『구름』, 997). 연인의 공, 즉 스파이라*sphaira*는 유혹의 또다른 전통적 수단인데, 너무나도 자주 사랑에 대한 도전으로 던져진 나머지(아나크레온, PMG, 358; Anth.

---

5 칼리마코스(Kallimachos, BC 310?~240?). 헬레니즘 시대의 대표적 시인 겸 학자. 알렉산드리아 도서관에서 활동하며 시와 비평 양쪽에서 큰 명성을 얻었다.

Pal. 5.214, 6.280) 후기 시에서는 에로스 자체를 '공놀이하는 **에로스**'로 나타내기에 이르렀다(아폴로니우스 로디우스, 『아르고호의 모험』 3.132~141). 눈짓 또한 똑같이 강력한 발사체가 될 수 있다. 시인들은 추파를 던지는 트라키아 암망아지의 "비스듬한 응시"(아나크레온, PMG, 417)에서부터 아스튀멜로이사의 "잠이나 죽음보다 더 마음을 녹이는 눈짓"(알크만,⁶ PMG, 3.61~62)과 **에로스** 자신의 "파란 눈꺼풀 아래에서부터"(이뷔코스, PMG, 287) 사지를 녹이는 응시에 이르는 다양한 암시의 어휘를 필요로 한다.

눈꺼풀은 중요하다. 눈꺼풀에서 두 사람 사이의 간격을 진동시키는 에로스적 감정이 방출될 것이다.

아이도스*aidōs*는 예민한 사람의 눈꺼풀에 거한다
휘브리스*hybris*가 무감각한 사람의 눈꺼풀에 거하듯. 현자라
면 이를 알 것이다.

—『이오아니스 스토바에우스 선집 *Ioannis Stobaei Florilegium*』,

4권 230M절

아이도스(수치심)는 서로 다가가며 인간적 접촉의 국

---

6 알크만(Alkman, BC 7세기경). 고대 그리스 스파르타의 서정시인. 주로 소녀 합창단을 위한 합창가를 지어 명성을 얻었다. 자연과 여성의 아름다움을 찬미하는 감각적이고 섬세한 시풍이 특징이다.

면에 가까워지는 두 사람 사이에 발생하는 일종의 점잖은 전압, 둘 사이의 경계에 대한 본능적이고 상호적인 예민함이다. 그것은 연인과 상대 연인 사이에서 방출되는 공유된 수치심일 뿐만 아니라(핀다로스,「퓌티아 송가 9」, 9~13), 불 앞의 탄원자(『오뒷세이아』, 17.578), 주인 앞의 손님(『오뒷세이아』, 8.544), 노인에게 길을 비켜주는 젊은이(소포클레스,『콜로노스의 오이디푸스』, 247)가 적절히 느끼는 부끄러움이기도 하다. 속담에서 아이도스가 예민한 눈꺼풀에 거한다고 하는 것은, 아이도스가 눈짓의 힘을 억제함으로써 그 힘을 이용한다는 말이며, 또한 우리가 휘브리스[7]라는 실수를 조심해서 피해야만 한다는 말이기도 하다. 에로스적 맥락에서 아이도스는, 여자에 대한 남자의 접근을 기록한 사포의 단편에서 그러하듯, 제삼자로서 뚜렷이 나타난다.

나는 당신에게 무슨 말을 하고 싶건만, 아이도스가 나를 막네……

—「단편 137」, 1~2행

에로스적 '수치심'이 일으키는 정전기는 둘이 하나가

---

7 '오만함'을 뜻하는 그리스어 단어.

아님을 보여주는 아주 신중한 방법이다. 보다 통속적으로 아이도스는 물건이나 몸짓으로 구체화될 수도 있다. 이번에도 그리스 항아리 그림의 관례가 시적 뉘앙스에 대한 우리의 이해를 돕는다. 항아리의 에로스적 장면들을 보면 승리한 에로스보다는 유예되거나 가로막힌 에로스가 선호되는 주제였음이 분명히 드러난다. 남색자가 그려진 항아리는 종종 다음과 같은 순간을 묘사한다: 한 남자가 한 소년의 턱과 생식기를 만지는 반면(에로스적 유혹의 관례적 몸짓), 소년은 자기 턱을 만지려는 남자의 손을 오른팔로 물리치며 만류하는 (역시 관례적인) 몸짓으로 응답한다. 한 항아리에는 다음과 같은 대화가 새겨져 있다: "만지게 해줘!" "멈춰요!" 곤경의 순간에 교차하는 구애의 두 몸짓을 보여주는 이 이미지는 화가들에게 에로스적 경험이란 무엇인지를 요약해주는 듯 보인다. "**에로스는 까다롭게 굴 때 종종 더 달콤하다**"고 한 헬레니즘 시인은 말한다. 그리스의 시각예술뿐만 아니라 시도 이성애적 장면을 다룰 때 여성의 베일을 중요하게 사용한다. 호메로스의 『오뒷세이아』에 등장하는 페넬로페 같은 정숙한 아내는 구혼자들과 맞설 때 "얼굴 양쪽에 베일을 쓰고 있다"(16.416; 18.210). 반면에 이아손을 위해 순결을 포기하려는 메데이아의 결정은 "베일을 한쪽으로 걷은 것"(아폴로니우스 로디우스, 『아르고호의 모험』, 3.444~445)으로 나타난다. 플라톤은 『향연』에서 소크라테스와 알키비아데스 사이의 에로스적 시나리오에 베일의 모티프를 가져온다. 알키비아데스는 소크라테스와의 연애에 대한 자신의 좌절감을 말한다. 이 관계는 소크라테스가 알키비아데스의 미모에 무반응으로 일관하기에 전혀 진전되지 않는다. 심지어 둘이 같은 침대에서 잘 때조차 아무런 일도 벌어지지 않는다. 둘 사이에는 외투가 끼어든다.

> 음, 그분과 이런 이야기를 나눈 후 (…) 나는 그분이 더이상 말씀하시는 걸 허락하지 않고 자리에서 일어나 그분께 나의 외투를 둘러드렸네—그때는 겨울이었거든—그러고는 그분의 해진 옷을 덮고 드러누운 채 진실로 기적적이고 놀라운 이분에게 두 팔을 두르고 그곳에 밤새 누워 있었지 (…) 내가 이렇게 하자 그분은 그것을 아주 경멸하고 업신여기셨고, 나의 미모를 비웃으며 내가 대단한 것으로 생각한 바로 그것을 하찮게 여기셨다네 (…) 그래서 아침에 나는 아버지나 형과 함께 누워 있다가 일어났을 때와 다름없이 소크라테스와 '함께 자고' 일어났지.
>
> —219b~c

이 장면에는 옷이 두 벌 나오는데, 알키비아데스가 그것들을 사용하는 방식은 그 자신의 모순된 욕망의 구체

적 상징이다: 그는 우선 (그때는 추운 겨울밤이었으므로) 자기 외투를 소크라테스에게 둘러주고는 소크라테스의 낡은 옷을 덮고 침대에 누운 채 자신의 둘둘 말린 욕망의 대상을 아침까지 껴안고 있는다. 껴안는 몸짓과 분리의 몸짓 모두 알키비아데스 자신의 것이다. 에로스는 결핍이다: 알키비아데스는 연인의 행동 원칙을, 숲속에 누워 잠들 때 자신과 이졸데 사이에 칼집에서 뽑은 칼을 놓는 트리스탄만큼이나[8] 거의 자의식적으로 구체화한다.

이 원칙은 연인을 둘러싼 사회적 태도를 통해서도 구체화된다. 이를테면 우리 사회같이 여성의 순결과 출산력을 모두 중시하는 사회에서는 연인에게 유혹에 넘어가지 않는 역할을 부여할 것이다. 연인, 그를 매혹하는 나쁜 여자, 거절함으로써 그에게 영예를 안겨주는 착한 여자 사이에 기분 좋게 자극적인 삼각관계가 작동하기 시작한다. 그런 이중 잣대에 익숙한 우리는 그것의 원형으로 기원전 5세기 아테네를 생각해볼 수도 있겠다. 플라톤의 『향연』에서 파우사니아스는 동성애자 연인들에게 아테네의 사회

---

8 중세 유럽의 대표적 궁정풍 사랑 이야기 『트리스탄과 이졸데』의 두 주인공. 이 이야기는 코르누아유의 기사 트리스탄과 아일랜드 공주 이졸데 사이의 비극적 사랑을 그린다. 두 사람은 우연히 사랑의 묘약을 마시고 운명적 사랑에 빠지지만, 이졸데는 트리스탄의 왕인 마르크 왕과 결혼해야 하는 운명에 처한다. 특히, 같은 침대에 누우면서도 두 사람 사이에 칼을 놓아 육체적 금욕을 지키는 장면은 중세적 사랑의 상징으로 유명하다.

적 관습에 따라 부과된 모순된 윤리를 이야기하면서 이중 잣대를 주제로 다룬다(183c~185c). 상류층 관습은 남자들에게 아름다운 소년들과 사랑에 빠지고 그들에게 구혼하라고 부추기는 동시에 그런 관심에 퇴짜를 놓는 소년들을 칭찬했다. 그런 윤리를 이해하거나 실천하는 것은 "단순한 일이 아니"라고 파우사니아스는 말하며(183d) 그것에 포이킬로스 노모스*poikilos nomos*라는 흥미로운 문구를 붙인다. 파우사니아스의 말이 무슨 뜻인지 한번 생각해보자.

포이킬로스 노모스라는 표현은 에로스적 양가성의 문제를 요약한다. 노모스는 '법' '관습' 혹은 '관례'를 뜻하는 단어로, 그 당시 아테네 귀족 사회의 연인들과 소년들이 따라야 할 행동 수칙을 가리킨다. 포이킬로스는 얼룩덜룩하고 복잡하거나 속임수를 쓰는 모든 것에 적용되는 형용사로, '얼룩덜룩한' 새끼 사슴, '번쩍거리는' 날개, '복잡하게 세공한' 금속, '복잡한' 미로, '난해한' 정신, '미묘한' 거짓말, '기만적인' 이중의 의미 등을 그 예로 들 수 있다. 노모스는 관습적인 정서나 행동 속에 굳게 고정된 무언가를 함의하고, 포이킬로스는 변화와 애매성으로 번뜩이는 것을 가리킨다. 이 표현은 모순어법에 가깝다; 혹은 적어도 명사와 형용사 사이의 관계는 대단히 기만적인 것이다. 아테네의 노모스는 양가적 행동 규칙을 권장

하다는 점에서(연인들은 상대 연인들을 뒤쫓아야 하지만 쫓기
는 연인들은 붙잡히면 안 된다) 포이킬로스다. 하지만 노모스
는 그 본질과 매력이 그것의 양가성에 있다는 점에서도
포이킬로스다. 이 에로스적 규칙은 연인의 마음속에 일
어난 분열의 사회적 표현이다. 행위에 대한 이중 잣대는
에로스적 감정 자체 내의 이중적 혹은 모순된 압박을 반
영한다.

크레타 사회에서는 기이한 하르파그모스*harpagmos* 관습
을 통해 에로스적 양가성이 더욱 노골적으로 정당화되
었는데, 그 관습은 연인들이 소년들에게 행하는 동성애
적 강간 의식이었다. 강간은 관습적인 선물 교환으로 시
작해서 강간자가 상대 연인을 말에 싣고 두 달 동안 은신
처에 머무르기 위해 떠나는 것으로 끝났다. 커플이 말을
타고 떠나는 동안 소년의 가족과 친구들은 둘러서서 시
늉에 불과한 고통의 외침을 내지른다: "만일 남자가 소년
과 동등하거나 그보다 우월하면, 사람들은 따라가며 법
이 용인하는 정도로만 강간에 항거하지만 실제로는 몹
시 기뻐한다……"고 기원전 4세기의 역사가 에포로스
는 털어놓는다. 이 에로스적 틀에서 역할들은 관습적이
다. 그리스 세계 도처의 합법적 결혼식은 대부분 그와 비
슷한 이미지와 태도를 채택했다. 가짜로 이루어지는 신
부 유괴는 스파르타의 결혼식에서 중심 사건을 이루었는

데, 비슷한 의식이 로크리스와, 아테네를 포함한 다른 그리스 국가들에서도 행해졌을 것이다(Sirvinou-Inwood 1973, 12~21). 그런 의식을 항아리에 묘사하는 화가들은 자세, 몸짓, 표정 등의 도상학적 디테일을 통해 행복하고 보기 좋은 도망침이 아니라 저항과 긴장이 담긴 장면을 분명히 표현해낸다. 유괴하는 신랑은 아내가 자기 몸과 대각선을 이루게 붙잡고서 결혼식 마차에 오를 것이다; 신부는 왼쪽 손과 팔로 깜짝 놀란 몸짓을 다양하게 해보이며 꺼리는 마음을 표현한다; 종종 그녀는 한 손으로 얼굴에 베일을 드리우며 여성적 아이도스의 상징적 몸짓을 보인다(Jenkins, 1983, 137~145). 강조되어야 할 사실은, 이 그림들이 비록 페르세포네 강간 같은 신화적 원형을 상기시키더라도 그 자체로 신화적 장면으로 해석되어서는 안 되며, 여러 문화에서 그런 의례가 그러하듯 애매성으로 가득한 평범한 결혼식에 대한 이상적 표현으로 해석되어야 한다는 것이다. 인류학자들은 여러 다른 관점에서 애매성을 설명하는데, 결혼식은 다양한 사회에서 전쟁, 입회, 죽음, 혹은 이것들의 조합과 유사성을 지니기 때문이다. 하지만 이런 사회적, 종교적 층 아래에서 하나의 근본적인 감정적 사실이 도상학과 의례적 개념에 그것의 형성적 압력을 행사한다: 즉, 에로스를. 연인의 추격과 상대 연인의 탈주에 동시에 주어진 사회적·미학적 승인은,

그리스 항아리에 구애 의식에서의 곤경의 순간으로 그려지며, 그것의 개념적 기반은 전통적으로 욕망의 달콤씁쓸한 성격에 있다. '나는 증오한다'와 '나는 사랑한다'*Odi et amo*가 교차한다; 욕망이 손을 뻗으며 reach 가로지르는 공간인 그곳에 에로스의 핵심과 상징이 있다.

손을 뻗음
The Reach

> 그대가 그대의 사랑과 증오로 나를 망치지 않게,
>
> 나를 살게 하게, 오 나를 사랑하고 또 증오하라.
>
> — 존 던, 「금지 The Prohibition」

공간은 반드시 유지되어야 하는데, 그렇지 않으면 욕망은 끝난다. 사포는 에로스적 딜레마를 담은 작고 완벽한 사진 같은 한 편의 시로 욕망의 공간을 재구성한다. 그 시는 결혼 축시(혹은 결혼 축시의 일부)로 여겨져왔는데, 고대 수사학자인 히메리오스가 결혼을 논하는 과정에서 그것을 넌지시 언급하며 다음과 같이 말했기 때문이다.

소녀를 사과에 비긴 것은 (…) 그리고 신랑을 아킬레우스에 비유한 것은 사포였다.

—『연설집』,「연설 9」, 16절

우리는 이 시의 저자가 사포인지, 이 시가 신부에 대한 찬사로서 쓰인 축시인지 확언할 수는 없지만, 그것의 명백한 주제는 여전히 분명하고도 일관되게 남아 있다. 그것은 욕망에 대한 시다. 시의 내용과 형식 모두 손을 뻗으려는 행위로 이루어져 있다.

높은 가지에서 붉게 익어가는 달콤한 사과 한 알처럼,
가장 높고 높은 가지에 매달려 있고 사과 따는 사람들이 잊
　　어서—
아니, 그들은 잊지 않았다—손을 뻗을 수 없었던……[1]

—「단편 105a」

---

1 oîon tò glukúmalon ereúthetai akrō ep᾿ úsdrō,
   akron ep᾿ akrotátō lelathonto de malodrópēes,
   ou mán eklelathont᾿ all᾿ ouk edúnant᾿ epíkesthai.

   As a sweet apple turns red on a high branch,
   high on the highest branch and the applepickers forgot—
   well, no they didn't forget—were not able to reach……

이 시는 완벽한 미완성작이다. 그것은 결코 주절에 이르지 않기에 주된 동사나 주된 주어가 존재하지 않는 한 문장이다. 그것은 콤파란둠*comparandum*[2]이 결코 등장하지 않기에 그 요점이 정해지지 않은 상태로 남는 하나의 비유다. 그것은 결혼 축시의 일부일 수도 있겠지만, 결혼식 피로연이 부재하기에 그렇게 말할 근거는 불확실해 보인다. 만일 신부가 존재한다면, 그녀는 접근할 수 없는 존재로 남는다. 현존하는 것은 그녀에 대한 접근 불가능성이다. 비유의 대상이 1행에서 잠시 유보되는 동안, 그것은 이어지는 모든 내용에 문법적인 동시에 에로스적인 강력한 인력을 발휘한다; 하지만 완성에는 이르지 못한다—문법적으로도 에로스적으로도. 욕망하는 손은 마지막 부정사에서 텅 빈 허공을 움켜쥐고, 한편 그들이 눈에 넣어도 아프지 않을 존재[3]는 침범당하지 않은 채 두 행 위에서 영원히 달랑거린다.

이 시에서의 행위는 마지막 단어로 무한한 실망감에 도달하는 현재 직설법 동사들을 통해 이루어진다. 이 마지막 모자람은 앞선 내용에 의해 서서히 반복적으로 준

---

2 '비유의 원관념'을 뜻하는 라틴어 단어.

3 'the apple of one's eye'는 '소중한, 사랑하는 사람'을 뜻하는 관용구로, '그들이 눈에 넣어도 아프지 않을 존재'로 옮긴 'the apple of their eye'는 직역하면 '그들 눈에 보이는 사과'를 뜻한다.

비된 것이다. 이 시의 세 행은 지각으로부터 판단으로 이어지는 시인의 정신적 궤도를 따르는데, 그 궤도에서는 (사과에 대한) 지각과 (사과가 왜 그곳에 있는지에 대한) 판단 모두가 자기 수정을 거친다. 시인의 눈이 위로 향해 사과의 정확한 위치를 찾아내는 동안("높은 가지에서on a high branch") 그 위치는 더 정확해지면서("가장 높고 높은 가지에 high on the highest branch") 더 멀어진다. 시인의 해석이 사과에 대한 설명에 이르는 동안("사과 따는 사람들이 잊어서and the apple pickers forgot") 그 설명은 차분히 수정된다("아니, 그들은 잊지 않았다—손을 뻗을 수 없었던well, no they didn't forget—were unable to reach"). 각 행은 즉시 수정되어 다시 전달된 인상을 전한다. 처음의 오해에서 재고再考가 일어나고, 이런 정신적 행위가 단어들의 소리에 반영되면서 앞서 나온 음절들이 절에서 절로 이어지며 서로에게 손을 뻗는다("akrō (...) akron (...) akrotatō lelathonto (...) eklelathont'"). 이 동작은 절의 리듬으로 강화된다: 사과가 점점 더 멀리 보이기 시작하면서 (1행과 2행의) 장단단격은 속도를 늦추며 (3행의) 장장격으로 길어진다.[4]

---

4 고대 그리스어에서는 음절의 길이가 시의 운율을 결정하는 중요한 요소였다. 장모음은 발음 시간이 긴 모음으로 일부 이중모음을 포함하며, 단모음은 발음 시간이 짧은 모음이다. 각 모음은 운율에서 긴 음절과 짧은 음절로 계산된다. 고전 그리스 시의 운율에서는 장모음과 단모음의 조합이 특정 패턴을 형성하며, 이는 시의 리듬과 음악성을 결정하는 핵심 요소가 된다.

우리가 또한 주목해야 할 사실은 각각의 절이 그 자체의 소리 단위에 수정 조치를 취한다는 것이다. 첫번째 절은 '모음 축약correption'[5]이라는 운율법의 두 예를 포함하고 있다. 모음 축약은 장단단 6보격의 시행에 허용된 파격으로, 장모음이나 이중모음이 축약되면서 이어지는 모음 앞의 사이에 남도록 허용하는 것이다. 여기서는 두 번의 모음 축약이 연달아 발생하며(*"-tai akrō ep-"*) 해당 절을 서로 엎치락뒤치락하는 소리들로 붐비는 것처럼 보이게 만든다. 계속해서 위로 오르던 우리의 눈이 꼭대기에서 보게 되는 바로 그 가지들로 빽빽한 나무처럼 말이다. 2행과 3행은 다른 수정 기법을 사용한다: 즉, 생략[6] 기법을. 생략은 사이 때문에 벌어지는 운율 문제에 더 퉁명스럽게 접근한다; 그것은 간단히 첫번째 모음을 내쫓아버린다. 생략은 2행에서 한 번(*"ep' ak-"*), 3행에서 세 번(*"-thont' all' ouk edunant' ep-"*) 일어난다. 모음 축약과 생략 모두 소리의 단위가 리듬 내에서 적절한 위치를 벗어나지 않도록 제한하는 전략으로 볼 수 있다. 두 전술은 허용 범위에서 차이를 보이는데, 전자는 부분적으로 허락하는 반면, 후자는

---

5 '줄임'을 뜻하는 라틴어 단어 '코렙티오(correptiō)'에서 유래한 용어로, 라틴어나 그리스어 시에서 한 단어 끝의 장모음이나 이중모음이 모음으로 시작하는 단어 앞에서 축약되어 짧게 읽히는 현상을 가리킨다.

6 구체적으로는 다음 단어가 모음으로 시작될 때 일어나는 어미의 모음 생략을 뜻한다.

손을 뻗는 행위를 완전히 생략해버린다. (혹은 누군가는, 너무 유혹적인 모음을 서둘러 시야에서 쫓아버리는 생략과는 대조적으로, 모음 축약을 일종의 운율적 데콜테[7]로 생각할 수도 있겠다.) 우리는 시가 진행됨에 따라 점점 더 제약이 부과된다는 느낌을 받는다. 욕망이 손을 뻗는 행위는 서로 다른 행을 통해 서로 다른 방식으로 계속해서 시도된다; 다음 행으로 넘어갈수록 손을 뻗는 행위가 성공하지 못하리라는 사실이 더 명확해진다. 3행에서 일어난 세 번의 생략은 눈에 뚜렷이 보인다. 1행과 2행은 시인의 시선이 상대적으로 제약을 덜 받으며 꼭대기에 있는 사과까지 도달하는 것을 허용한다. 3행은 사과 따는 사람들의 손을 허공에서 잘라버린다.

이 시에서는 다섯 번의 생략이 일어나는데, 그중 세 번은 전치사 에피*epi*에 영향을 끼친다. 이 단어는 우리의 더 세심한 관심을 받아야 마땅한데, 그것이 이 시의 어원학과 형태학에 결정적 요소이기 때문이다. 에피는 '~로의' '~을 향한' '~을 위한' '~을 찾는' '~에 손을 뻗는' 등의 동작을 표현하는 전치사다. 이 열렬한 전치사의 행위는 시를 모든 측면에서 구현한다. 소리의 측면에서, 리듬 효과의 측면에서, 사고 과정의 측면에서, 서술적 내용의 측

---

7   여성복에서 어깨와 가슴 윗부분을 많이 드러내는 일, 혹은 그런 옷.

면에서, (그리고 만일 이 시가 결혼 축시에서 온 것이라면, 외부적 맥락의 측면에서) 이 시는 에로스의 경험을 실연한다. 그것은 글루쿠인 동시에 피쿠론인 복합적 경험이다: 사포는 달콤한 사과로 시작해서 무한한 굶주림으로 끝낸다. 그녀의 불완전한 짧은 시에서 우리는 에로스에 대한 몇 가지 사실을 배운다. 욕망이 손을 뻗는 것은 하나의 행위로 정의된다: (그 대상에 있어서) 아름답고, (그 시도에 있어서) 좌절된 것이며, (시간에 있어서) 영원한 행위로.

가장자리 찾기
Finding the Edge

에로스는 경계의 문제다. 그가 존재하는 것은 어떤 경계가 존재하기 때문이다. 손을 뻗음과 붙잡음 사이, 시선과 응답하는 시선 사이, '나는 널 사랑해'와 '나도 널 사랑해' 사이의 간격 속에서 욕망의 부재하는 현존이 활기를 띤다. 하지만 시간과 시선과 '나는 널 사랑해'의 경계는 에로스를 창조하는 불가피한 주요 경계, 즉 너와 나 사이에 존재하는 육체 및 자아의 경계의 여파에 불과하다. 그리고 불쑥 내가 그 경계를 해체하려 하는 순간에만 나는 내가 절대 그럴 수 없음을 깨닫는다.

유아들은 사물의 가장자리를 알아차림으로써 보기 시작한다. 그들은 가장자리가 가장자리인지 어떻게 아는

가? 그것이 가장자리가 아니기를 열렬히 바람으로써. 결핍으로서의 에로스적 경험은 한 사람에게 자신의, 다른 사람의, 사물 일반의 경계를 의식하게 한다. 내 혀를 그것이 바라는 맛과 구분해주는 가장자리가 나에게 가장자리가 무엇인지 가르쳐준다. 사포의 형용사 글루쿠피크론처럼, 욕망의 순간은 적절한 가장자리에 맞서, 반대되는 것들이 압력에 의해 하나가 되는 복합체를 이룬다. 연인에게는 쾌락과 고통이 동시에 나타나는데, 사랑하는 대상의 욕망할 만함이 부분적으로 그 대상이 결핍되었다는 사실에 기인하기 때문이다. 그것은 누구에게 결핍되어 있는가? 연인에게. 에로스의 궤적을 따라가보면, 우리는 그것이 늘 이처럼 똑같은 경로를 그린다는 사실을 발견하게 된다: 그것은 연인에게서 나와 상대 연인을 향했다가 다시 튀어나와 연인 자신과, 전에는 알아차리지 못했던 연인 안의 구멍으로 향한다. 대부분의 사랑 시에서 진짜 대상은 누구인가? 그것은 상대 연인이 아니다. 그것은 그 구멍이다.

내가 당신을 욕망할 때, 나의 일부는 사라진다: 나에게 당신이 결핍되었다는 사실은 나의 일부를 먹어치운다. 에로스의 가장자리에서 연인은 그렇게 생각한다. 결핍의 현존은 그에게 전체에 대한 향수를 불러일으킨다. 그의 생각은 개인 정체성의 문제로 향한다: 완전한 사람이 되려면 사라진 것을 회복하고 다시 통합해야만 한다. 욕망에 대한 이런 견해와 관련해서 흔히 인용되는 명구는 플라톤의 『향연』에 등장하는 아리스토파네스의 말이다. 여기서 아리스토파네스는 인간 에로스의 본성을 공상적인 인류학을 통해 설명한다(189d~193d). 인간들은 본래 둥근 생명체로, 각자가 하나의 완벽한 구체로 합쳐진 두 사람으로 이루어져 있었다. 그들은 어디든 굴러다니며 대단히 행복해했다. 하지만 그 둥근 존재들은 욕심이 과해져서 올림포스산까지 곧장 굴러갈 생각을 품었고, 그래서 제우스는 그들을 모두 둘로 쪼개버렸다. 결과적으로 모든 인간은 이제 자신을 다시 둥글게 만들어줄 유일무이한 타인을 찾으며 살아가야 하게 되었다. "넙치처럼 반으로 잘린 채," 아리스토파네스는 말한다. "우리는 각자 자신의 짝인 나머지 절반을 끊임없이 찾아다니는 거라네"(191d).

사람들 대부분은 아리스토파네스가 말하는 반으로 잘린 사람으로서의 연인들 이미지에서 불안할 만큼 명료하고 진실한 무언가를 발견한다. 모든 욕망은 자신의 사라진 일부를 향한 것이다, 혹은 그렇다고 사랑에 빠진 사람은 느낀다. 아리스토파네스의 신화는 모든 상황의 책임을 제우스에게 돌리는 전형적인 그리스적 방식으로 그 감정을 정당화한다. 하지만 아리스토파네스는 희극 시인이다. 더 진지한 해석을 보려면 우리는 더 진지한 연인들을 살펴봐야 할 것이다. 그들이 하는 추론의 특성은 우리를 즉시 공격할 것이다. 그것은 난폭하다.

가장자리의 논리
Logic at the Edge

…마음에 가해진 한 번의 충격으로 우리는 그
것[1]을 그저 스치듯 만져보았을 뿐입니다―그
리고 한숨은 우리 성령의 첫 열매들을 그곳에
남겨두고서 시작과 끝이 있는 인간의 말소리
로 돌아왔습니다.

―아우구스티누스, 『고백록』9권, 10장

내가 당신을 욕망할 때, 나의 일부는 사라진다: 당신의

---

1   '진리에 대한 원초적 지혜'를 가리킨다.

결핍은 나의 결핍이다. 당신이 나의 일부를 먹어치우지 않았다면 나는 당신을 필요로 하지 않았겠지, 라고 연인은 추론한다. (내) "장기가 물어뜯겨 구멍이 난다"고 사포는 말한다(「단편 96」, 16~17). "당신은 내 가슴에서 폐를 강탈했다" "나를 뼛속까지 꿰뚫었다"(IEG, 193; 193)고 아르킬로코스는 말한다. "당신은 나를 마모시켰다"(알크만, PMG, 1.77) "나를 갈아버렸다"(아리스토파네스, 『여인들의 민회』, 956) "내 살을 집어삼켰다"(『개구리』, 66) "내 피를 빨아먹었다"(테오크리토스, 「목가 2」, 55) "내 생식기를 베어버렸다"(아르킬로코스, IEG, 99.21) "나의 생각하는 정신을 훔쳐갔다"(테오그니스, 『애가』, 1271). **에로스**는 몰수沒收다. 그는 사지가 달린 신체, 알맹이, 온전함을 훔치고 연인을 본질적으로 부족한 상태로 남겨둔다. 그리스인들에게 있어서 사랑에 대한 이런 태도는 가장 오래된 신화적 전통에 기초한다. 헤시오도스[2]는 『신통기』에서 어떻게 거세가 아프로디테 여신을 낳았는지 설명하면서, 여신이 우라노스의 잘린 생식기 주위의 거품에서 태어났다고 말한다(189~200). 사랑은 활기찬 자아의 상실 없이는 일어나지 않는다. 연인은 상실한 자다. 혹은 그렇다고 그는 추정

---

2 헤시오도스(Hesiodos, BC 8세기경). 고대 그리스의 시인. 대표작으로 신들의 계보를 정리한 『신통기』가 있다.

한다.

하지만 그의 추정은 재빠르고 교묘한 변경을 수반한다. 자신의 바깥과 너머에 있다고 입증된 대상을 향해 손을 뻗으며, 연인은 자아와 자아의 한계를 알아차리게 된다. 우리가 자의식이라고 부를 수 있을 새로운 관점에서, 그는 되돌아보며 구멍을 본다. 그 구멍은 어디에서 오는가? 그것은 연인의 분류 과정에서 온다. 자신에게 결핍된 줄 전혀 몰랐던 대상에 대한 그의 욕망은 거리 변경을 통해 자신의 필수적 부분에 대한 욕망으로 정의된다. 새로 획득한 것이 아니라 늘 정당하게 그의 것이었던 무언가에 대한. 두 결핍은 하나가 된다.

연인의 교활한 논리는 그가 지닌 욕망의 책략에서 자연스럽게 전개된다. 우리는 연인들이, 「단편 31」에서의 사포처럼 어떻게 에로스를 부재와 고통으로 빚어진 달콤함으로 인식하는지를 보았다. 그 인식은 다양한 삼각 분할 전술을 포함하여 욕망의 공간을 계속 열어둔 채 전기를 띠게 하는 다양한 방법을 동원한다. 자신의 전술에 대해 생각하는 것은 늘 까다로운 일이다. 해석은 세 각을 나눈다: 연인 자신, 상대 연인, 상대 연인 없이는 불완전한 존재로 재정의된 연인. 하지만 이런 삼각법은 속임수다. 연인의 다음 행동은 삼각형을 이면체로 접은 다음 그것의 두 면을 하나의 원으로 대하는 것이다. "나의 구멍hole

을 보며 나는 내 전체whole를 안다"고 그는 자신에게 말한다. 그 자신의 추론 과정은 그를 말장난을 자아내는 이 두 동음이의어 사이에 떠 있게 한다.

이런 언어의 말장난에 빠지지 않고서는 에로스적 결핍에 대해 말하거나 추론하는 게 불가능해 보인다. 이를테면 플라톤의 『뤼시스』를 생각해보라. 이 대화편에서 소크라테스는 '사랑하는'과 '사랑받는'을, '친한'과 '친애하는'을 동시에 의미하는 그리스어 단어 필로스*philos*를 정의하려고 시도한다. 그는 무언가를 사랑하거나 그것과 친해지려는 욕망이 과연 그것의 결핍과 분리될 수 있는지에 관한 문제를 제기한다. 그의 대화 상대들은 모든 욕망이, 욕망하는 사람에게 정당하게 속한 것이지만 어찌어찌해서ー어떻게 해서 그렇게 된 것인지는 아무도 모른다ー잃어버렸거나 빼앗긴 것에 대한 갈망임을 인정하게 된다(221e~222a). 추론이 활기를 띰에 따라 말장난이 번뜩인다. 논의에서의 이 부분은 '적합한, 관련된, 자신과 유사한'과 '나에게 속한, 정당하게 내 것인'을 동시에 의미하는 그리스어 단어 오이케이오스*oikeios*의 노련한 사용에 의존한다. 그리하여 소크라테스는 대화 상대인 두 소년을 부르며 다음과 같이 말한다.

…욕망과 사랑과 갈망은 자신과 유사한 것*tou oikeiou*을 향

하는 것처럼 보이네. 그러니 자네 둘이 서로를 사랑하는 친구들*philoi*이라면 어떤 자연스러운 면에서 자네들은 서로에게 속해 있는 거야*oikeioi esth'*.

—221e

마치 다른 누군가에게서 유사한 영혼을 인식하는 것이 그 영혼이 자기 소유임을 주장하는 것과 동일한 일이기라도 하듯, 사랑에 있어서는 자기 자신과 자신이 사랑하는 사람의 차이를 흐릿하게 만드는 게 완전히 용인되는 일이기라도 하듯, 소크라테스가 오이케이오스의 한 의미에서 다른 의미로 미끄러지듯 넘어가는 것은 완전히 부당한 일이다. 행복에 대한 연인의 추론과 희망은 모두 이 부당함, 이 주장, 이 흐릿해진 차이에 기반한다. 그리하여 그의 사고 과정은 끊임없이 움직이며 말장난이 일어나는 언어의 경계 지역을 찾아다닌다. 연인이 그곳에서 찾는 것은 무엇인가?

말장난은 소리의 유사성과 의미의 차이에 의존하는 언어적 수사다. 그것은 청각적 형태는 완전히 일치하지만 의미에 있어서는 집요하고 도발적으로 거리를 두는 두 소리를 포갠다. 우리는 동음同音을 인지하는 동시에 두 단어를 분리하는 의미론적 공간을 본다. 동일성은 일종의 입체 영상처럼 차이에 투사된다. 그것에는 어딘가 저항할 수 없는 느낌이 있다. 말장난은 모든 문학작품에 등장하고, 언어만큼이나 오래된 것처럼 보이며, 우리를 한결같이 매혹한다. 왜 그런가? 만일 이 질문에 대한 답을 안다면, 우리는 연인이 자기 욕망의 경계 지역을 돌아다니고 추론하며 찾는 것이 무엇인지 더 분명히 알 수 있을 것이다.

우리는 아직 그에 대한 답을 알지 못한다. 그럼에도 우리는 연인의 논리가 지닌 언어유희적 성격에 주의를 기울여야만 한다: 그것의 구조와 저항할 수 없는 성격은 욕망과 연인의 탐색에 대해 우리에게 중요한 무언가를 말해준다. 우리는 『뤼시스』에서 소크라테스가 결핍으로서의 에로스에 대해 논하면서 오이케이오스의 한 의미('동류의')에서 또다른 의미('내 것')로 미끄러지듯 넘어가며 어떻게 언어유희를 이용하는지 보았다. 소크라테스는 여기서 자신의 재치 있는 말장난을 굳이 숨기려들지 않는다; 아닌 게 아니라 그는 흔치 않은 문법적 사용으로 그것을 주목하게 한다. 그는 두 필로이*philoi*인 뤼시스와 메넥세노스를 부르면서 고의로 상호대명사와 재귀대명사를 뒤섞는다. 즉, 그들에게 "⋯자네들은 서로에게 속해 있는 거야"(221e6)라고 말할 때, 그는 '서로'에 해당하는 단어로 보통은 '너희 자신들'을 뜻하는 단어 하우토이스*hautois*를 사용한다. 소크라테스는 자기 앞에 있는 젊은 연인들의 욕망을 두고 말장난을 하고 있는 것이다. 자신과 타인을 뒤섞는 일은 삶에서보다 언어에서 훨씬 더 쉽게 성취되지만, 그것에는 거의 동일한 수준의 뻔뻔함이 수반된다. 에로스와 마찬가지로, 말장난은 사물의 가장자리를 우롱한다. 말장난의 매혹하고 불안하게 하는 힘은 여기서 비롯된다. 말장난에서 우리는 분리된 각각의 단어에서보다 더 나은 진실과 더 진실한 의미를 붙잡을 가능성을 본다. 하지만 말장난을 통해 획 스쳐지나가는 향상된 의미를 붙잡는 것은 고통스러운 일이다. 왜냐하면 그것은 그 붙잡음이 불가능하다는 우리의 확신과 불가분의 관계에 있기 때문이다. 단어들은 가장자리를 지닌다. 우리도 그렇다.

연인의 언어유희적 논리는 사고에서 중요한 부분을 차지한다. 연인의 말장난은 그가 에로스의 경험에서 배운 것—자신의 존재에 대한 생생한 교훈—을 순간적으로 획 보여준다. 그가 **에로스**를 들이마실 때, 그의 내부에서는 다른 자아의 모습이, 어쩌면 자기 존재와 상대 연인의 복합체인 더 나은 자아의 모습이 갑자기 나타난다. 에로스적 사건으로 발생한 자아의 이런 확장은 복잡하고도 불안한 일이다. 아리스토파네스가 둥근 사람들의 신화를 언급하며 전형적인 연인의 환상으로부터 논리적이고 순환적인 결론을 이끌어낸 예에서 볼 수 있듯이, 그것은 너무나도 쉽게 우스꽝스러운 일이 되어버리고 만다. 하지만 그와 동시에, 연인의 자기 관찰에 진지한 진실의 감각이 동반한다. 우리가 사랑에 빠졌을 때 발생하는 인식에는 어딘지 모르게 특별히 납득되는 면이 있다. 그것은 다른 인식보다 더 진실해 보이고, 개인적인 대가를 치르고 현실에서 얻은 것이기에 더 진실되게 자기 것처럼 보인다. 자신에게 없어서는 안 될 보완적 존재로서의 상대 연인에 대한 엄청난 확실성이 느껴진다. 우리의 상상력은 이런 광경을 너그러이 봐주며 실재 너머에서 가능성을 불러모은다. 갑자기 전에는 전혀 몰랐던, 하지만 이제는 진실한 것으로 여겨지는 자아에 초점이 맞춰지기 시작한다. 신과도 같은 느낌이 한바탕 우리를 지나갈 것이고, 일순간 수많은 것들이 알 수 있는 것처럼, 가능한 것처럼, 현존하는 것처럼 보인다. 그때 가장자리가 나타나 자신의 존재를 주장한다. 너는 신이 아니다. 너는 그 확장된 자아가 아니다. 사실 너는 심지어 지금 보이는 것처럼 완전체로서의 자아도 아니다. 가능성에 대한 너의 새로운 앎은 실재에서 결핍된 것에 대한 앎이기도 하다.

비교를 위해, 현대적 연인의 마음속에서는 이런 통찰이 어떻게 형성되는지 살펴볼 수도 있겠다. 버지니아 울프는 장편소설 『파도』에서 네빌이라는 젊은이가 정원을 가로질러 다가오는 연인 버나드를 지켜보는 모습을 서술한다.

무언가가 지금 내게서 떠나간다; 무언가가 내게서 떠나 여기로 오고 있는 저 인물을 만나러 가고, 그 인물이 누구 인지 내가 보기도 전에 아는 사람이라고 확신시킨다. 우리 는 멀리서라도 친구가 나타나면 얼마나 신기하게 변하는 것인지. 우리의 친구들은 우리에게 무언가를 상기시켜줄 때 얼마나 유용한 역할을 하는지. 하지만 회상되고 진정되 는 것은, 불순하게 뒤섞여 다른 사람의 일부가 되는 것은 얼마나 고통스러운 일인지. 그가 다가올 때 나는 나 자신이 아니라 누군가와 뒤섞인 네빌이 된다―누구와?―버나드 와? 그래, 버나드와. 그리고 나는 누구지?라고 나는 버나드 에게 질문하게 될 것이다.

네빌은 에로스의 약탈을 기록한 그리스 서정시인들이 그랬던 것보다 자신의 구멍에 덜 놀란다. 그리고 소크라 테스와 달리 네빌은 자신의 뒤섞인 상태를 설명하기 위 해 말장난에 기대지 않는다. 그는 그저 그것이 일어나는 것을 지켜보며 그것의 세 각을 나눈다: 욕망은 네빌 자신 에게서 나와 버나드를 향했다가 다시 튀어나와 네빌에게 로―하지만 전과는 달라진 네빌에게로―향한다. "나는 나 자신이 아니라 누군가와 뒤섞인 네빌이 된다." 그 자 신의 일부는 버나드에게로 가서 그게 "누구인지 내가 보기도 전에" 버나드를 즉시 익숙한 존재로 만든다. 소크라테스가 말하듯, 그것은 버나드를 오이케이오스로 만든다. 그렇다고 하더라도 네빌은 뒤이어서 그 경험을 양가적인 것, 즉 "유용한" 동시에 "고통스러운" 것으로 평가한다. 그리스 시인들의 경우와 마찬가지로, 그 고통은 자아가 불순하게 뒤섞이고 쌉쓸함이 달콤함에 놀랄 만큼 가까워지는 가장자리에서 생겨난다. 에로스의 양가성은 자아를 '뒤섞을' 수 있는 이 힘으로부터 직접적으로 전개된다. 연인은 뒤섞이는 게 기분 좋은 동시에 나쁘기도 하다고 어쩔 수 없이 인정하지만, 그러고는 '일단 이런 식으로 한번 뒤섞이고 나면, 그런 나는 누구인가?'라고 질문하게 된다. 욕망은 연인을 변화시킨다. "얼마나 신기하게": 그는 변화가 일어난 것을 느끼지만 그것을 평가할 준비된 범주를 지니고 있지 않다. 그 변화는 그가 전에는 전혀 몰랐던 자아를 힐끗 보게 해준다.

어떤 분석에 따르면 그렇게 힐끗 보는 것과 같은 과정을 통해 최초에 우리 각자의 '자아' 개념이 형성되었을 수 있다. 프로이트 이론은 이러한 인식의 기원으로 사랑과 증오를 나누는 근본적인 결정의 순간, 그러니까 연인의 양가적 상태와 다소 비슷하게 우리의 영혼을 나누고 우리의 성격을 형성하는 그런 결정의 순간까지 거슬러올라간다. 프로이트주의자의 견해에 따르면, 삶의 시작 단계에서는 물체가 자기 몸과 별개의 것이라는 의식이 존재하지 않는다. 자아와 비자아의 구별은, 자아가 좋아하는 것은 모두 '내 것'으로 주장하고 자아가 싫어하는 것은 '내 것이 아닌 것'으로 거부하는 결정에서 비롯된다. 분할된 우리는 우리의 자아가 어디서 끝나고 세상이 어디서 시작되는지를 배운다. 그렇게 스스로 배운 우리는 우리 것으로 만들 수 있는 것을 사랑하고 그렇지 못한 것으로 남는 것을 증오한다.

그리스 정신을 다룬 역사가들, 특히 브루노 스넬은 고대 시대와 초기 고전 시대 동안 그리스 사회에서 발생한 개인주의를 설명하기 위해 프로이트의 개체 발생에 대한 상상을 응용했다. 스넬의 견해에 따르면, 그리스 사회에서 자의식을 지닌 자기 통제된 인격, 즉 자신을 다른 인격 및 주변 세상과 구별되는 유기적 통일체로 인식하는 인격이 최초로 형성된 시점은 영혼을 분열시키는 감정적 양가성의 순간까지 거슬러올라갈 수 있다. 사포의 형용사 글루쿠피크론은 그 순간을 암시한다. 그것은 인간의 자기 인식에서 일어난 혁신으로, 스넬이 '정신의 발견'이라고 부르는 것이다. 가로막힌 에로스가 그 도화선이다. 그 결과는 '자아'의 강화다.

앞길이 가로막히고 성취되지 못한 사랑은 인간의 마음

에 대해 특별히 강한 지배력을 획득한다. 힘찬 욕망의 불꽃
이 확 타오르는 것은 욕망의 길이 막히는 바로 그 순간이
다. 전적으로 개인적인 감정을 의식적으로 만드는 것은 바
로 그 가로막음이다. (…) (좌절당한 연인은) 자기 자신의 인
격에서 그 원인을 찾는다.

—『정신의 발견』

스넬의 센세이셔널한 이론은 흥분과 광범위한 반대 의
견, 그리고 지금도 진행중인 논란을 불러일으켰다. 역사
와 역사기록학과 관련된 질문에 해답을 내리기란 불가능
한 일이지만, 우리 삶에서의 달콤쌉쌀한 사랑의 중요성
에 대한 스넬의 통찰력은 강력한 것으로, 많은 연인의 공
통된 경험에 호소한다. 이를테면 『파도』에서 네빌은 버
나드에 대한 자신의 사랑을 숙고하며 똑같은 결론에 도
달하는 듯 보인다: "다른 사람에 의해 단일한 존재로 수
축되는 것―그것은 얼마나 기이한 일인지."

가장자리의 상실
Losing the Edge

자아는 욕망의 가장자리에서 형성되고, 자아의 학문은 그 자아를 남겨두고 떠나려는 노력에서 생겨난다. 하지만 욕망이 손을 뻗은 결과로 일어나는 자아에 대한 예리한 인식에는 한 가지 이상의 반응이 가능하다. 네빌은 그것을 자아 자체의 "수축"이라고 생각하며 그것을 단지 이상하게 여기기만 한다. "우리는 (⋯) 얼마나 신기하게 변하는 것인지." 그는 생각에 잠겨 말한다. 그는 그 변화를 증오하지도 즐기지도 않는 듯 보인다. 반면에 니체는 아주 즐거워한다: "우리는 우리 자신을 변모한, 더 강한, 더 풍부한, 더 완전한 존재로 느낀다; 우리는 더 완전하다. (⋯) 그것은 단지 가치에 대한 감정만 변화시키는 게

아니다; 연인은 실제로 더 가치 있는 존재다." 니체가 그
러하듯 사랑 속에서 자기 자신의 인격에 대한 이런 고양
된 감각을 경험하고("나는 그 어느 때보다도 더 나 자신이다!"
라고 연인은 느낀다) 그 속에서 기뻐하는 것은 드문 일이
아니다. 그리스 서정시인들은 그런 식으로 기뻐하지 않
는다.

    이 시인들에게 자아의 변화란 자아의 상실이다. 그들
이 그 경험을 위해 사용하는 은유는 전쟁, 질병, 육체적
해체의 은유다. 이 은유들은 공격과 저항의 역학을 보여
준다. 자아와 그 환경 사이의 극심한 감각적 긴장 상태
에 시인들의 초점이 모이고, 그 긴장 상태를 나타내는 특
정한 이미지가 우위를 차지한다. 그리스 서정시에서 에
로스는 녹음의 경험이다. 욕망의 신은 전통적으로 "사
지를 녹이는 자"로 불린다(사포, 「단편 130」; 아르킬로코스,
IEG, 196). 그의 시선은 "잠이나 죽음보다 더 마음을 녹이
는"것이다(알크만, PMG, 3). 그가 희생시키는 연인은 그
의 침상에서 해체되고 있는 밀랍 조각이다(핀다로스, 「단편
123」). 녹는 것은 좋은 일인가? 그것은 양가적으로 남는
다. 그 이미지는 감각적으로 즐거운 무언가를 암시하는
데, 그럼에도 그것에는 종종 불안과 혼란이 수반된다. 장
폴 사르트르의 견해에 따르면, 끈끈함은 본질적으로 혐
오감이 들게 하는 경험이다. 끈적끈적함이라는 현상에

대한 그의 언급이 사랑에 대한 고대인의 태도에 어떤 실마리를 던져줄 수도 있겠다.

꿀단지에 손을 집어넣는 아이는 즉시 고체와 액체의 형식적 특성과, 경험하는 주관적 자아와 경험된 세계 사이의 본질적 관계를 생각하게 된다. 끈끈함은 고체와 액체의 중간 상태다. 그것은 변화 과정에서의 횡단면과도 같다. 그것은 불안정하지만 흐르지는 않는다. 그것은 부드럽고 유연하며 압축될 수 있다. 그것의 끈적끈적함은 덫이며, 그것은 거머리처럼 매달린다; 그것은 나 자신과 그것 사이의 경계를 공격한다. 내 손가락에서 긴 기둥처럼 떨어지는 그것은 나 자신의 실체가 끈적끈적함의 웅덩이로 흘러들어감을 암시한다. 물속으로 뛰어드는 것은 다른 인상을 준다; 나는 고체로 남는다. 하지만 끈적끈적함을 만지는 것은 나 자신을 끈끈하게 희석할 위험을 감수하는 것이다. 끈적끈적함은 소유욕이 너무 강한 개나 정부情婦처럼 매달린다.

—『존재와 무』

자아의 희석에 대한 사르트르의 격하고("그것은 거머리처럼 매달린다") 거의 비이성적인("끈적끈적함은 덫이며") 경악은 에로스에 대한 고대 시인들의 반응과 유사성을 지닌다. 그럼에도 사르트르는 끈질긴 정부와 마찬가지로 끈적끈적함에서도 물질의 특성과, 자아와 다른 것들의 상호 관계와 관련해서 중요한 무언가를 배울 수 있다고 믿는다. 에로스의 녹이려는 위협을 경험하고 분명히 표현하면서, 짐작건대 그리스 시인들 또한 에로스적 감정 속에서 경계들이 용해되려는 것에 저항하며 자신들의 경계 지어진 자아에 대해 무언가를 배우고 있는 듯하다. 그들이 에로스적 경험에 대해 상정한 생리학은 에로스를 그 의도는 적대적이며 그 효과는 해로운 것으로 추정한다. 녹음과 더불어 우리는 꿰뚫음, 으스러뜨림, 굴레를 씌움, 구움, 찌름, 물어뜯음, 빻음, 잘라냄, 독살함, 그을음, 가루로 갈아버림 등의 은유를 인용할 수 있을 텐데, 이 모두는 시인들이 에로스에 대해 사용한 것으로, 자기 육신의 온전함과 통제에 대한 강렬한 관심이 누적되었다는 인상을 준다. 연인은 자신의 경계 지어진 실체를 소중히 여기는 법을, 그것을 잃어가면서 배운다.

　사르트르가 예로 든 어린아이와 꿀의 만남과 마찬가지로, 접촉의 위기는 이런 배움의 경험을 일깨운다. 서구 전통 그 어디에서도 그리스 서정시에서만큼 그 위기가 그토록 생생히 기록된 경우는 없으며, 브루노 스넬 같은 문예사학자들은 이런 증거를 기반으로 고대 시대의 탁월함을 주장한다. 이런 주장을 펼치면서 스넬이 그의 경력을 가로지르며 그의 논지에 강력한 증거를 제공할 수도 있었을 고대 경험의 한 측면, 즉 알파벳을 읽고 쓰는 능력literacy이라는 현상을 무시하는 것은 유감스러운 일이다. 읽기와 쓰기는 사람들을 변화시키고 사회를 변화시킨다. 그것이 어떻게 그러한지 보는 것이, 또 그런 변화를 그 맥락과 관련지으며 인과의 미묘한 지도의 윤곽을 그려나가는 것이 늘 쉬운 일은 아니다. 하지만 우리는 그러려고 노력해야만 한다. 여기에 중요하고도 대답할 수 없는 질문이 있다. **에로스**를 창조해서 그를 신이자 문학적 강박관념으로 만든 시인들이, 우리 전통에서 우리에게 문자 형태로 자신들의 시를 남긴 최초의 저자들이기도 하다는 사실은 그저 우연의 일치인가? 더 신랄하게 질문하자면, 알파벳 표기의 어떤 부분이 에로스적인가? 이는 처음에는 대답할 수 없다기보다는 어리석은 질문처럼 보일 텐데, 하지만 최초의 작가들의 자아를 더 자세히 들여다보도록 하자. 자아란 작가에게 아주 중대한 것이다.

스넬이 개설하는 것처럼 '정신의 발견'을 고대 시인들의 덕으로 돌리는 것이 타당해 보이든 그렇지 않든, 그들이 쓴 시가 보존된 단편에는 신체와 그 안의 감정 혹은 정신의 취약성에 예민하게 반응하는 감수성에 대한 부인할 수 없는 증거가 남아 있다. 그런 감수성은 우리가 이 시대 전의 시에서는 들어보지 못한 목소리다. 어쩌면 이는 기술로 인한 우연한 사건에 기인하는지도 모른다. 서정시와 그것을 대표하는 감수성은 우리에게 아르킬로코스와 함께 시작되는데, 왜냐하면 그의 시가, 어떻게 혹은 왜 그렇게 되었는지는 모르지만, 기원전 7세기나 6세기쯤에 문자로 기록되었기 때문이다. 어쩌면 아르킬로코스 전에도 에로스의 약탈 행위에 대한 구술 서정시를 쓴 수많은 아르킬로코스가 있었는지도 모른다. 그럼에도 아르킬로코스와 그의 서정시 후계자들이 문자 전통에서 유래한다는 사실은 그 자체로 그들과 그 이전 시인들 사이의 중요한 차이를 나타나는데, 그것이 단지 우리에게 그들의 글을 전해주기 때문이 아니라, 그 글을 작동하게 한 어떤 근본적으로 새로운 삶과 정신의 조건에 대해 암시를 주기 때문이다. 구술 문화와 문자 문화는 똑같은 방식으로 생각하거나 인식하거나 사랑에 빠지지 않는다.

고대 시대는 일반적으로 변화, 불안, 재정비의 시기였다. 정치적으로는 폴리스*polis*가 생겨나고, 경제적으로는 주화가 발명되고, 시학에서는 서정시인들이 사생활의 정확한 순간들을 연구하고, 의사소통 기술에서는 페니키아 문자가 그리스에 소개된 이 시대는 수축과 집중의 시대로 보일 수도 있겠다: 커다란 구조물의 더 작은 구성단위로의 수축, 그 구성단위의 의미에 대한 집중. 알파벳 표기라는 현상과 그리스 사회 전역에 읽고 쓰기가 확산되기 시작한 것은 아마도 기원전 6세기와 7세기 그리스인들이 대처해야 했던 가장 극적인 혁신이었을 것이다. 알파벳은 교역을 통해, 가장 초기 그리스어 기록이 발견된 시기인 기원전 8세기 후반기에는 에게해에 이르렀을 게 분명하다. 그것의 파급은 느렸고, 그것의 결과는 여전히 학자들에 의해 분석되고 있다.[1] 읽고 쓰는 능력은 어떤 차이를 낳는가?

가장 분명한 것은 글쓰기의 도입이 문학 작문 기술에 혁신을 일으킨다는 사실이다. 데니스 페이지는 그 변화의 실질적 세부 사항을 다음과 같이 요약한다.

알파벳 이전의 시작법의 주된 특징은 전통적 상투 수단으로서의 암기된 정형구에 의존한다는 것인데, 이 정형구는 아무리 유연하고 추가와 수정에 대해 수용적이라 하더라도 시의 형식뿐만 아니라 소재 또한 상당 부분 좌우하는 것이었다. 글쓰기의 사용은 시인이 시 창작의 구성단위로 구절이 아니라 단어를 사용할 수 있게 했다. 그것은 그가

1 에릭 A. 해블록(Eric A. Havdock)은 1963년에 『플라톤 서설Preface to Plato』로 이 분야를 개척한 이후로 그 문제를 계속 연구하고 있다; 참고문헌은 그의 최근작 『그리스의 문자 혁명과 그 문화적 결과The Literate Revolution in Greece and Its Cultural Consequences』(1982)에 정리되어 있다. 또한 Havelock and Hershbell 1978; Cole 1981; Davison 1962; Finnegan 1977; Goody 1968 and 1977; Graff 1981; Harvey 1978; Innis 1951; Johnston 1983; Knox 1968; Pomeroy 1977; Stolz and Shannon 1976; Svenbro 1976; Turner 1952을 참고할 것—원주.

전통적 범위 바깥의 생각을 표현하고 사건을 묘사하는 데
도움을 주었다; 그것은 그에게 출간 전에 작품을 준비할,
자신이 써야 할 것을 더 쉽고 훨씬 더 여유롭게 미리 생각
해볼, 자신이 이미 쓴 것을 고칠 시간을 주었다.

—Fondation Hardt 1963, 119

그와 동시에 더 개인적인 혁신이 알파벳 표기라는 현
상에 의해 시작된다. 구술 문화의 청각 및 촉각 세계가 종
이 위 글자의 세계로 변형되어 정보의 주된 전달자가 시
각이 됨에 따라 개인의 내면에서 지각 능력의 방향 전환
이 이루어지기 시작한다.

구술 문화 속에서 살아가는 개인은 문자 문화 속에서
살아가는 개인과는 감각을 사용하는 법이 다르고, 그런
감각적 배치의 차이로 인해 자신과 환경의 관계에 대한
사고법, 자기 몸에 대한 개념, 자기 자아에 대한 개념이
달라진다. 그 차이는 개인의 자기 통제력이라는 생리적
이고 심리적인 현상을 중심으로 전개된다. 생존과 이해
에 중요한 정보 대부분이 개인과 외부 세계를 연결하는
지속적인 상호작용 속에서 감각의 열린 전기 도관, 특히
청각을 통해 개인에게 전해지는 구술적 환경에서는 자기
통제력에 대한 강조가 최소화된다. 환경에 대한 완전한
개방성은 그런 개인에게 최적의 의식과 기민함의 조건이

고, 환경과 그 자신 사이에서 끊임없고 거침없이 일어나는 감각적 인상과 반응의 교환이 그의 육체적 정신적 삶에 알맞은 조건이다. 감각을 외부 세계로부터 차단하는 것은 삶과 생각에 역효과를 가져올 것이다.

사람들이 읽고 쓰기를 배우기 시작하면 다른 시나리오가 전개된다. 읽고 쓰기는 시각을 이용해서 텍스트에 정신을 집중할 것을 요구한다. 읽고 쓰면서 개인은 에너지와 생각을 쓰인 말로 향하게 하기 위해 감각의 유입을 막거나 억제하는, 몸의 반응을 억제하거나 자제하는 법을 서서히 배워나간다. 그는 내부 환경을 구별하고 제어함으로써 외부 환경에 저항한다. 심리학자들과 사회학자들이 말하는 바에 따르면, 이는 처음에는 개인에게 힘들고 고통스러운 노력을 요구한다. 노력을 해나가면서 그는 환경과 그것에서 유입되는 감각과는 구분되는, 자신의 정신적 활동으로 제어가 가능한 실체로서의 내적 자아를 의식하게 된다. 그런 제어 행위가 가능하고 어쩌면 필요하다는 인식은 계통 발생적 발달에서와 마찬가지로 개체 발생적 발달에서도 중요한 단계, 즉 개인적 인격이 자신을 가다듬어 해체에 저항하는 단계로 나타난다.

만일 읽고 쓰는 능력의 유무가 한 사람이 자신의 몸, 감각, 자아를 바라보는 방식에 영향을 미친다면, 그 영향은 에로스적 삶에도 중대한 힘을 행사할 것이다. 알파벳에 처음 노출되어 읽고 쓰는 능력을 처음 요구받은 자들의 시에서, 우리는 특히 에로스적 욕망의 맥락에서 자아에 대해 심사숙고하는 모습을 보게 된다. 이 시인들이 에로스를 결핍으로 여기길 고집하며 드러내는 유례없는 강렬함은 그 노출을 얼마간 반영하는 것일지도 모른다. 읽고 쓰는 훈련은 개인의 신체적 경계에 대한 인식을 고양시키고, 그 경계를 자아를 담는 용기容器로 삼게 하는 감각을 키운다. 경계를 제어하는 것은 곧 자신을 소유하는² 것이다. 자기 소유가 중요한 것이 된 개인에게 외부로부터의 갑작스럽고 강력한 감정의 유입은 그런 침입이 한 사람이 받아들이는 중요한 정보 대부분의 평범한 전도체일 뿐인 구술 환경에서와는 달리 불안한 것일 수밖에 없다. 한 개인이 자신의 내용물과 일관성에 책임질 자는 오직 자신뿐이라고 인식할 때, 에로스 같은 것의 유입은 구체적이고 개인적인 위협이 된다. 그리하여 서정시인들에게 사랑이란 연인의 육신을 공격하거나 침입해 그에게서 제어력을 빼앗아가는 무언가이며, 신과 그의 희생자 사이에서 벌어지는 의지와 신체의 개인적 투쟁이다. 육신을 사지四肢와 감각과, 자신의 취약성에 놀란 자아의 통일체로 여기는—아마도 그 세계에서는 새로웠

---

2 '자신을 소유하다'로 옮긴 'possess oneself'는 보통 '자기를 통제한다'를 뜻한다.

을— 의식 내부에서의 이 투쟁을 시인들은 기록한다.

가장자리의 아르킬로코스
Archilochos at the Edge

아르킬로코스는 문자혁명의 혜택으로 우리에게 전해
진 첫번째 서정시인이다. 비록 시인과 알파벳의 연대기
에 대한 증거가 모두 불확실하지만, 구술 전통 속에서 교
육받은 그가 경력의 어느 시점에 글쓰기라는 새로운 기
술을 접하고 그것에 적응했을 거라고 보는 게 가장 타당
할 것이다. 어쨌든 누군가가, 아마도 아르킬로코스 자신
이 에로스에 침해당하는 게 어떤 기분인지에 대한 초기
진술을 다음과 같이 기록했다.

내 심장 아래 몸을 말고 있는, 사랑을 향한 그러한 갈망이
수많은 안개를 내 눈에 쏟아부었다,

내 가슴에서 부드러운 폐를 좀도둑질하며—[1]

—IEG, 191

이 시의 첫 단어는 상관관계를 개시한다. 토이오스*toios*
라는 단어는 '그러한*such*'을 뜻하는 지시대명사로, '…와
같은'을 뜻하는 관계대명사 호이오스*hoios*에 대응하는 것
이고, 따라서 토이오스로 시작하는 문장은 생각의 완성
을 위해 호이오스로 응답하는 절이 이어지길 기대한다.
이 시는 이런 생각을 절반만 개진하고는 멈춰버린다. 그
럼에도 그것은 그 정도만으로도*as far it goes* 완벽히 경제적
이다. 모든 단어, 소리, 강세가 목적에 맞게 배치되어 있
다. 첫 행은 에로스를 연인의 심장 아래에서 공처럼 몸을
말고 있는 것으로 묘사한다. 단어들이 그 순간의 생리학
을 반영하도록 배치된 가운데 에로스*erōs*가 정중앙에 똬리
를 틀고 있다. 일련의 원순모음 o(장음절 하나와 단음절 다
섯 개)의 소리와 다발로 묶인 자음(네 쌍)은 연인이 지닌
욕망의 긴장감을 그의 내면에서 들려오는 압력으로 그

---

1 Toios gàr philótētos erōs hypò kardien elustheis
   pollen kat' akhlun ommatōn ékheuen,
   klépsās ek stēthéōn apalàs phrénas.

   Such a longing for love, rolling itself up under my heart,
   poured down much mist over my eyes,
   filching out of my chest the soft lungs—

러모은다. 자음들은 암시적 특성 때문에 선택된 듯 보인다(유음, 치찰음, 무성 파열음). 운율 패턴은 장단단격과 단장격 단위의 독창적인 혼합으로, 욕망의 행위를 모방하는 방식으로 결합되어 있다: 에로스가 자신의 존재를 주장하면서 단장격과 장장격의 서사시적 폭발로 시작된 행은, 욕망이 연인의 심장*kardien*에 이르는 바로 그 순간에 짧은 단장격들로 흩어진다. 행의 마지막 단어는 서사시적 과거를 지닌 분사 엘뤼스테이스*elustheis*다. "숫양의 배 아래에서 공처럼 몸을 만_{rolled up}"것은 오뒷세우스가 퀴클롭스의 동굴에서 탈출할 때 사용한 방법이다(『오뒷세이아』, 9.433). "아킬레우스의 발치에 공처럼 몸을 만_{rolled up}"것은 프리아모스가 자기 아들의 시신을 내어달라고 애원하며 취한 자세다(『일리아스』, 24.510). 이 두 서사시의 맥락에서 비굴하고 취약한 자세는 진정으로 강력한 인물이 취하는 것으로, 그러고서 그는 자신과 대면한 적을 상대로 자신의 목적을 달성한다. 숨겨진 힘은 시와 예술에 나타난 **에로스**의 전통적 특성이기도 한데, 무해한 파이스*pais*[2]가 지닌 화살이 치명적인 것으로 드러나기 때문이다. 아르킬로코스는 위협의 뉘앙스를 조용히 담으며, 호메로스의 저 두 구절에서 등장하는 것과 마찬가지로 행의 끝에 분

---

2 '소년'을 뜻하는 그리스어 단어로, 여기서는 '에로스 신'을 가리킨다.

사를 위치시킨다.[3]

2행은 연인의 눈을 양쪽에서 안개로 에워싼다. 시인의 자음들은 l, m, n, chi 소리로 이어지며 안개와 함께 부드러워지고 짙어진다. 연이어 네 번 등장하는 유음(*-lēn, -lun, -tōn, -en*)으로 안개가 내리는 것을 강조하기라도 하듯, n으로 끝나는 단어들로 네 차례에 걸쳐 반복되는 패턴을 통해 이 소리들은 중복되고 결합된다. 행의 단장격 리듬에 의해, 특히 눈과 안개 사이에 중간 휴지가 발생하는 두번째 음보(*-lun, ommatōn*)에서 안개가 연인의 눈 주위로 융해된다. 그 이미지에서는 또다시 위험의 서사시적 뉘앙스가 감지되는데, 호메로스의 서사시에서 안개는 죽음의 순간에 사람의 눈을 어둡게 하기 때문이다(『일리아스』, 20.321; 421).

3행으로 에로스는 자신의 침입을 완성한다. 한 번의 재빠른 도둑질로 연인의 가슴에서 재빨리 폐를 끄집어낸다. 이와 함께 자연히 시는 끝난다: 숨을 담당하는 장기臟器가 사라지면 말은 불가능하다. 도둑질은 빠르게 이어지는 s 소리(다섯 번)로 상연되고, 행은 해당 음보 형식을 완성하지 않은 채 갑자기 중단된다(장단단 4보격 시행은 1행에서와 마

---

3   그리스어 원문에서는 "몸을 말고 있는"으로 옮긴 'elustheis'가 행의 마지막에 위치한다.

찬가지로 단장격 음보로 이어져야 한다). 그 중단은 시인이 의
도한 요인이라기보다는 전달되는 도중에 발생한 잘못일
가능성이 크다. 시를 시작한 상관 대명사 토이오스에 의
해 설정된 통사론적 요구가 충족되지 않은 것에 대해서
도 분명 똑같은 설명이 가능할 것이다. 즉, 아르킬로코스
의 텍스트 자체의 파편적 상태를 그 이유로 들어볼 수 있
을 것이다. 다른 한편으로 봤을 때, 이 시는 그 정도만으
로도as far as it goes 매우 세심한 작품이다.

　연인의 프레네스*phrenes*는 한계를 지닌다as far as it goes. 나
는 이 단어를 '폐'로 번역하고 그것을 '숨을 담당하는 장
기'라고 불렀다. 숨이란 무엇인가? 고대 그리스인에게 숨
이란 의식이고, 인식이며, 감정이다. 프레네스는 고대 생
리학 이론에서 폐와 대략 동일시되는 듯하며, 오가는 숨
의 영혼을 담고 있는 듯하다(Onians 1951, 66ff). 가슴은 그
리스인에게 감각 인상의 저장소이자 오감 각각의 수단으
로 여겨졌다; 그것에는 심지어 시각도 포함되었는데, 왜
냐하면 봄으로써 무언가가 보이는 대상으로부터 들이마
셔지고, 보는 이의 눈을 통해 받아들여졌기 때문이다(헤
시오도스, 「헤라클레스의 방패」, 7; 아리스토텔레스, 『감각과 감
각 대상에 관하여』, 4.437b23ff). 말, 생각, 이해는 프레네스
에 의해 받아들여지는 동시에 생겨났다. 그리하여 호메
로스의 서사시에서 말은 화자의 입 밖으로 나올 때 "날개

를 단"상태가 되고, 말해지지 않을 때는 프레네스 안에 보관되며 "날개를 달지 않은" 상태가 된다(『오뒷세이아』, 17.57). 프레네스는 정신의 장기다. 테오그니스가 말하듯,

영리한 남자의 눈과 혀와 귀와 지성은
그의 가슴 한복판에서 자란다.

—『애가』, 1163~1164행

그런 관념은 구술 환경에서 살아가는 사람들 사이에서 자연스러운 것이다(Onians, 1951, 68). 숨은 구어에 관한 근본적인 것이다. 그 관념은 이 사람들의 일상적 경험에 심리학적이고 감각적인 탄탄한 기반을 두고 있다. 왜냐하면 구술 사회의 거주민들은 우리가 그러한 것보다 환경과 훨씬 더 친밀하게 뒤섞여 살아가기 때문이다. 가장 중요한 것은 사물 사이의 공간과 거리가 아니다; 이는 시각에 의해 강조되는 측면이다. 소리의 세계에서 극히 중대한 것은 지속성을 유지하는 일이다. 이런 태도는 고대 시에 만연하고, 고대 생리학의 지각 이론에서도 두드러지게 나타난다. 이를테면 엠페도클레스[4]의 유명한 방

---

4 엠페도클레스(Empedokles, BC 495?~435?). 고대 그리스의 철학자이자 시인. 사원소설(흙, 물, 공기, 불)을 제창하고, 자연과 감각 작용을 설명하는 독창적 이론을 펼쳤다.

출물 이론은 우주의 모든 것이 아포르로아이*aporrhoai*[5]라고 불리는 작은 입자를 끊임없이 들이마시고 내뱉고 있다고 주장한다. 모든 감각은 이 방출물들이 생명체의 피부 표면 전체를 통해 들이마셔지고 내뱉어지면서 생겨난다. 아포르로아이는 우주의 모든 것을 다른 모든 것과 잠재적으로 "접촉하게" 해주는 인식의 매개자이다(아리스토텔레스, 「감각과 감각 대상에 관하여」, 4.442a29). 엠페도클레스와 그의 동시대인들은 사물 사이의 공간이 무시되고 상호작용이 끊임없이 일어나는 우주를 상정한다. 숨은 어디에나 있다. 그것에는 가장자리가 없다.

욕망의 숨은 **에로스**다. 환경 자체가 그러하듯 불가피하게, 그는 자신의 날개로 모든 생명체를 들락거리며 마음대로 사랑을 움직인다. 언제라도 연인에게 침투해 지배할 수 있는 다감각적 힘을 지닌 에로스의 날개는 그 영향력에 대한 개인의 완전한 취약성을 상징한다. 날개와 숨은 말을 전달하듯 **에로스**를 실어나른다: 언어와 사랑의 고대적 유사성은 여기서 분명히 드러난다. 동일하게 불가항력적인 감각적 매력, 즉 그리스어로 페이토*peithō*라고 불리는 그것은 사랑에서의 유혹과 말에서의 설득의 메커니즘이다. 동일한 이름의 여신 Peitho이 유혹자와 시인

---

5 '방출물들'을 뜻하는 그리스어 단어.

을 보살핀다. 그것은 **에로스**와 뮤즈들이 감각적 습격의 신체 기관을 분명히 공유하는 구술 시학의 맥락에서 완벽히 이치에 들어맞는 유사성이다. 구술 암송을 듣는 청자는, 헤르만 프랭켈이 말하듯, 시인의 입에서 나오는 소리를 연달아 들이마시는 "열린 힘의 장"(1973, 524)이다. 반면에 표기된 말은 그처럼 완전히 설득력 있는 감각적 현상을 불러일으키지 않는다. 읽고 쓰는 능력은 말과 독자를 비감각화한다. 읽기에 집중하려면 독자는 눈, 귀, 혀, 피부를 통해 전달되는 감각 인상의 유입을 차단해야만 한다. 표기된 텍스트는 말과 말을, 말과 환경을, 말과 독자(혹은 작가)를, 독자(혹은 작가)와 환경을 분리한다. 분리는 고통스럽다. 비명학碑銘學에 나타난 증거는 사람들이 글쓰기에서 단어의 분할점을 체계화하는 데 얼마나 긴 시간이 걸렸는지 보여주는데, 이는 이 개념이 새롭고 어려운 것이었음을 시사한다.[6] 각각이 자신만의 가시적 경계를 지니고 자신만의 고정되고 독립적인 사용법을 지니는, 분리와 제어가 가능한 의미의 구성단위로서 표기된 말은 그것의 사용자를 고립 상태로 내던진다.

그렇다면 말이 가장자리를 지닌다는 것은 말을 사용

---

6 단어의 분할점 및 관련 문제에 대해서는 Jeffrey 1961, 43~65; Jensen 1969, 440~460; Kenyon 1899, 26~32을 볼 것—원주.

하는 독자와 작가에게 더없이 분명한 통찰이다. 귀에 들리는 말은 가장자리가 없거나 유동적인 가장자리를 지닐 것이다. 구술 전통은 고정되고 경계 지어진 낱말로서의 '말'의 개념을 지니지 않거나, 유연한 개념을 사용할 것이다. 호메로스가 사용한 '말$_{epos}$'이라는 단어는 '언어' '이야기' '노래' '시의 행' 혹은 '서사시 전체' 등의 의미를 포함한다. 이 모두는 들이마실 수 있는 것이다. 가장자리는 이것들과는 아무런 관련이 없다.

하지만 아르킬로코스에게 가장자리는 분명히 관련이 있는 것이다. 그의 말은 호흡 도중에 멈춘다. 사학자 베르너 예거에 따르면, "아르킬로코스 같은 시인은 대상 세계 전체와 그 법칙을 자신의 인격 안에 표현하고 드러내는 법을 배웠다"(1934~1947, 1:114). 살이 떨어져나가는 경험에서 아르킬로코스는 자아와 비자아를 구별하는 법칙을 이해하게 되는 것처럼 보이는데, 에로스가 그를 자르는 지점이 바로 자아와 비자아의 차이가 생겨나는 지점이기 때문이다. 욕망을 안다는 것, 말을 안다는 것은 아르킬로코스에게 한 실체와 다른 실체 사이의 가장자리를 인지하는 문제다. 이것이 어떤 발언에도 적용된다고 한다면 유행을 따르는 말이리라. "언어에는 오직 차이뿐"이라고 소쉬르는 말하는데(1971, 120), 그것은 음소들이 그 자체로 명확한 특성이 아니라 그것들이 구분된다는 사실에 의해 특징지어진다는 뜻이다. 하지만 말의 개체성은, 표기된 음소가 새로운 경험이고 말의 가장자리가 새롭게 분명해진 누군가에게는 특별하게 느껴질 게 분명하다.

다음 장에서 우리는 그리스어 알파벳을 아주 가까이에서 살펴볼 것이고, 그것의 특별한 천재성이 가장자리에 대한 특별한 감수성과 어떻게 연결되어 있는지 고찰할 것이다. 하지만 지금 당장은 고대의 작가라는 현상을 더 넓은 시각에서 살펴보기로 하자. 아르킬로코스와 다른 고대 시인들에서 우리는 가장자리—소리, 문자, 글, 감정, 시간 속의 사건, 자아 등의 가장자리—에 대한 새로운 사고방식에 놀란 사람들을 본다. 이는 그들이 말하는 것들에서뿐만 아니라 그들이 시의 소재를 사용하는 방식에서도 분명히 드러난다. 수축과 집중은 서정시의 절차적 메커니즘이다. 휘몰아치는 서사시의 서술은 한순간의 감정으로 수축된다; 등장인물들은 하나의 자아로 축소된다; 시적 시선은 그것의 대상에게 단일한 눈빛을 보낸다. 이 시인들의 화법과 운율은 호메로스의 시적 체계라는 거대한 유빙流氷의 체계적 붕괴를 나타내는 듯 보인다. 서사시의 정형화된 어구와 리듬은 서정시에 만연하지만, 그것들은 쪼개져서 불규칙한 형태와 이음매로 다르게 결합된다. 아르킬로코스 같은 시인은 그런 결합의 대가로서 자기 자신과 서사시적 진행 사이의 경계를 예리하게 인식한다. 우리는 그가 「단편 191」의 첫 행에서 얼마나 능숙하게 장단단격 구성단위를 단장격 구성단위와 연결시키는지, 그리하여 어떻게 서사시적 4보격이 단장격의 당황스러움으로 허물어지는 바로 그 지점에서 **에로스**가 연인의 심장을 때리게 하는지를 보았다.

휴지休止는 시간을 중단시키고 그것의 정보를 변화시킨다. 아르킬로코스의 표기된 텍스트는 지나가는 소리의 조각들을 시간에서 분리해 그의 것으로 붙든다. 휴지는 사람을 생각하게 만든다. 표기된 텍스트에서 '나는 너를 사랑해'라는 글자들을 분절해주는 물리적 공간을 응시할 때, 나는 다른 공간, 이를테면 텍스트 속의 '너'와 내 인생의 너 사이의 공간을 생각하게 될 수도 있다. 이 두 종류의 공간 모두 상징화라는 행위를 통해 생성된다. 둘 다 현존하고 실재하는 것에서 다른 무언가로, 상상 속에서 붙잡은 무언가로 손을 뻗기를 정신에게 요구한다. 사랑에서와 마찬가지로 글자에서 상상한다는 것은 존재하지 않는 대상에게 말을 건다는 뜻이다. 글을 쓰기 위해 나는 부재하는 소리 대신 상징 기호를 집어넣는다. '나는 너를 사랑해'라는 글을 쓰는 것은 그 함의에 있어서 훨씬 더 고통스러운, 추가적인 유사 대체물을 요구한다. 나의 삶이라는 통사론에서의 당신의 부재는 표기된 말로 바꿀 수 있는 사실이 아니다. 그리고 연인에게 차이를 낳는 것은 바로 그 단 하나의 사실, 즉 당신과 내가 하나가 아니라는 사실이다. 아르킬로코스는 그 사실의 가장자리에서 걸어 내려와 극심한 고독 속으로 향한다.

알파벳의 가장자리
Alphabetic Edge

　그리스어 알파벳의 어떤 점이 그렇게 특별한가? 고대 세계에는 그림문자와 표음문자를 모두 포함한 다른 형태의 문자들, 이를테면 아시리아의 설형문자, 이집트의 상형문자, 그리고 다양한 근동의 음절문자 체계 등이 곧장 사용할 수 있게 준비되어 있었다. 하지만 그리스어 알파벳은 깜짝 놀랄 만한 새로움으로 다가왔고 생각을 기록하는 인간의 능력에 혁신을 일으켰다. 어떻게?

　그리스인들은 페니키아의 음절 기호 체계를 빼앗아 자신들의 알파벳을 만들고는 기원전 8세기 초쯤에 어떤 결정적인 방법으로 그것을 수정했다. 일반적으로 그들의 주된 수정은 '모음의 도입'에 해당한다고 말할 수 있다.

페니키아의 글에서는 모음이 나타나지 않았는데(물론 어떤 글자들이 어떤 모음성을 가지기 시작했을 가능성도 있지만), 그리스 알파벳에는 처음부터 완전히 사용되는 다섯 개의 모음이 있었다(Woodhead 1981, 15). 하지만 이런 일반적 서술은 그리스어 알파벳을 다른 모든 문자 체계와 구별 짓는 개념적 도약을 제대로 설명해주지 못한다. 그리스인들이 독자적인 알파벳 스물여섯 자를 고안했을 때 가능해진 상징화라는 독특한 행위를 더 자세히 살펴보도록 하자.

언어를 위한 진정한 기호를 제공하는 문자는 언어의 음소들을 철저하게, 명료하게, 경제적으로 상징화할 수 있는 문자다. 그렇게 할 수 있는 최초의 유일한 고대 기호 체계는 그리스어 알파벳이었다. 그리스인들이 이용할 수 있던 다른 표음문자 체계, 이를테면 북부 셈족의 비모음화된 음절문자 체계 혹은 선사시대 크레타인이나 미케네의 그리스인이 사용한 '선형문자 B'로 알려진 모음화된 음절문자 체계[1]는 언어에서 발음할 수 있는 모든 소리를 개별적인 기호로 상징화하려는 원칙에 따라 작동되었

---

1 비모음화 음절문자는 자음과 모음이 결합된 음절 단위를 나타내지만, 모음 정보는 명시적으로 표기되지 않고 독자가 문맥을 통해 보충해야 하는 문자 체계를 의미한다. 대표적으로 페니키아 문자가 이에 속한다. 모음화 음절문자는 자음과 모음이 결합된 음절 단위를 나타내며, 자음과 모음이 모두 명확히 표기되는 문자 체계이다.

다. 각 체계는 모음과 자음이 결합된 단일한 음절을 나타
내는 기호 수백 개가 필요했다. 소리를 그림 상징으로 변
환하길 선택했다는 점에서, 이 문자들은 글쓰기의 발달
에서 결정적인 발전을 보여준다. 하지만 그리스어 알파
벳은 개념적인 한 걸음을 더 내디뎠다: 즉, 그것은 발음된
소리의 구성단위들을 쪼개서 청각적 요소들로 만들었다.
모음자가 생성된 것이다. 하지만 모음자는 이전의 기운
찬 혁신 없이는 상상조차 할 수 없는 것이다. 모든 언어적
소음은 두 가지 요소로 이루어져 있기 때문이다: (1) (한
줄기의 공기가 성대를 지나 방출되면서 후두나 비강에서 떨리며
만들어지는) 소리; (2) (혀, 치아, 입천장, 입술, 코와의 접촉에 의
한) 소리의 시작과 멈춤. 우리가 '자음'으로 여기는 소리
를 시작하고 멈추는 행위는 그 자체로는 소리를 만들어
내지 못한다. 그것은 플라톤이 말하듯 "소리가 없는"(『테
아이테토스』, 203b; 『필레보스』, 18b) 무음無音이다. 자음이라
고 불리는 이 발음할 수 없는 상징적 실체의 중요성은 한
사학자에 의해 다음과 같이 요약된다.

　반드시 강조되어야 할 점은 알파벳을 만들어낸 행위가
　하나의 생각이자 하나의 지적 행위이며, 특히 독립된 자음
　을 위한 기호를 만드는 경우 그것은 귀에 들리거나 목소리
　로 말해지는 모든 것을 추상적 개념으로 만드는 행위라는

것이다. 왜냐하면 (t, d, k 따위의) 순수한 자음은 그것에 모음으로 된 숨의 어떤 기미가 더해지지 않고는 발음할 수 없기 때문이다. 페니키아의 기호는 어떤 모음이든 더해지는, 즉 맥락에 따라 독자에 의해 모음이 보충되는 자음을 받아들였다. 그리스의 기호는, 이것은 글쓰기 역사상 최초의 일인데, 추상적 개념, 독립된 자음을 받아들였다.

—Robb 1978, 31

우리가 그리스 알파벳의 이 놀라운 발명을 생각할 때, 그리고 인간의 정신이 알파벳을 사용할 때 어떻게 작동하는지 생각할 때, 에로스의 놀라운 작용이 비교 대상으로 떠오른다. 우리는 언어와 사랑 사이의 유사성을 유혹적 영향력과 설득력 있는 말의 보편적 전도체로서의 숨의 개념을 통해서 이미 감지한 바 있다. 문자 언어와 문자적 사고로 들어가는 이 입구에서, 우리는 최초로 과감히 자신의 시를 기록한 고대의 작가들에 의해 다시 활기를 얻은 그 유사성을 본다. 그들이 사용한 알파벳은 독특한 수단이다. 그것의 독특함은 소리의 가장자리를 표시하는 힘에서 곧장 드러난다. 왜냐하면 우리가 봤듯이 그리스어 알파벳은 발화 행위의 어느 특정한 측면, 다시 말해서 각 소리의 시작과 멈춤을 나타내는 것과 특별히 관계된 표음문자 체계이기 때문이다. 자음은 중대한 요인이다. 자음은 소리의 가장자리를 표시한다. 이것이 에로스와 관련이 있다는 점은 명확하다. 왜냐하면 우리는 에로스가 사물의 가장자리를 극도로 의식하게 하며 연인들이 그것을 느끼게 만드는 것을 보았으니 말이다. 에로스가 인간에게, 인간들 사이에 존재하는 공간에게 가장자리를 요구하듯 표기된 자음은, 비록 그것이 읽기와 쓰기에 대한 상상력에서 기원한 것이라 하더라도, 인간 언어의 소리에 가장자리를 부여하고 그 가장자리의 실재성을 요구한다.

에로스의 본성과 그리스어 알파벳의 천재성 사이의 이런 유사성은 글을 읽고 쓸 줄 아는 현대인의 판단으로는 공상적인 것으로 여겨질 것이다; 하지만 이 분야에서의 우리의 판단은 습관과 무관심으로 무뎌진 듯 보인다. 우리는 너무 많이 읽고, 너무 형편없이 글을 쓰며, 이런 기술들을 처음 배웠을 때의 기분 좋은 불편함에 대해 기억하는 게 너무 적다. 그런 배움을 위해 노력하는 데 얼마나 많은 에너지와 시간과 감정이 들어가는지 한번 생각해보라: 그것은 우리 인생에서 여러 해를 잡아먹고 우리의 자존심을 지배한다; 그것은 세상을 파악하고 세상과 소통하려는 차후의 노력에 상당히 큰 영향을 미친다. 글자의 아름다움에 대해, 그것을 알게 되었을 때의 기분에 대해 한번 생각해보라. 자신의 자서전에서 유도라 웰티는 이 아름다움에 대한 자신의 민감성을 고백한다.

　알파벳에 대한 나의 지속적인 사랑은 그것을 낭송하며 생겨났지만, 그전에 페이지에 쓰인 문자를 보는 것에서 먼저 생겨났다. 스스로 책을 읽을 수 있게 되기 전 나는 동화책의 맨 위에 그려진 월터 크레인의 구불구불하고 마법에 걸린 듯한 다양한 알파벳 머리글자와 사랑에 빠졌다. "Once upon a time(옛날 옛적에)"의 머리글자 "O"는 토끼가 달리는 쳇바퀴였고, 토끼의 발아래에는 꽃이 피어 있었다. 여러 해가 지난 후 『켈스의 서Book of Kells』[2]를 보게 된 날, 문자와 머리글자와 단어의 모든 마법과도 같은 힘이 나를 수천 번이나 압도했고, 채색된 금빛은 태초부터 그곳에 존재해온 단어의 아름다움과 성스러움의 일부인 듯 보였다.

—『작가의 시작』

　아름답게 쓰인 문자에 대해 유도라 웰티가 느끼는 기쁨은 작가들에게서 보기 드문 일이 아닌 듯하다. 피타고라스도 비슷한 미학적 압박감을 느꼈다고 말해진다.

2　서기 800년경에 제작된 아일랜드의 라틴어 필사본으로, 사복음서와 예수의 전기 등이 수록되어 있으며 특히 머리글자의 화려한 장식 문양으로 유명하다.

그는 기울기와 곡선과 직선의 기하학적 리듬으로 한 획 한 획을 그으며 문자의 아름다움을 만들어내는 고통을 감수했다.

—A. Hilgard 1901, 183

문자 때문에 고통을 감수하는 경험은 우리 대부분에게 익숙한 것이다. 문자는 유혹적이고도 어려운 형태를 지니고 있고, 우리는 문자의 윤곽선을 계속해서 베끼면서 그것을 배운다. 플라톤의 『프로타고라스』의 한 구절에서 추정할 수 있듯이, 그렇게 고대 세계에서도 아이들은 문자의 형태를 베낌으로써 쓰는 법을 배웠다.

…아직 글쓰기에 능숙하지 않은 학생들을 가르치는 그들이 학생들을 위해 펜으로 문자의 희미한 윤곽선을 그리고는 학생들에게 서판을 건네주고 희미한 윤곽선을 베끼게 하듯이……

—326d

이런 식으로 훈련받은 누구에게나 문자의 가장자리는 기억할 만한 정서적 장소이며, 그뒤로도 그렇게 남는다.

우리는 고대 그리스적 맥락에서 이 알파벳의 윤곽선을 최초로 붙들고 씨름한 사람들의 눈과 정신에 그 윤곽선이 얼마나 강력한 인상을 주었는지를 알 수 있다. 고대 비극에는 그런 마주침을 극화한 몇몇 장면들이 있다. 가장 방대한 것은 에우리피데스의 『테세우스』 단편이다. 글을 모르는 남자가 바다를 내다보다가 글자가 쓰인 배 한 척을 발견한다. 그는 '읽는다'.

나는 글자를 모르지만 그 형태와 분명한 기호를
당신께 설명해드리겠습니다.
마치 컴퍼스로 그린 듯한 원이 하나 있고
그 가운데에는 분명한 기호가 하나 있습니다.
두번째 글자는 우선 두 획으로 이루어져 있고
또다른 획 하나가 가운데에서 그 둘을 분리하고 있습니다.
세번째 글자는 머리 타래처럼 말려 있고
네번째 글자는 수직으로 뻗은 선 하나에
선 세 개가 옆으로 붙어 있습니다.
다섯번째 글자는 묘사하기 쉽지 않군요:
두 획이 따로 떨어진 지점에서 내려오다가
하나의 지지대에 연결되어 있습니다.
그리고 마지막 글자는 세번째 것과 같습니다.

—TGF, 「단편 382」

남자는 '테세우스$\Theta H\Sigma E Y\Sigma$'라는 이름의 여섯 글자를 자

세히 설명했다: 이 장면은 극적으로 효과적이었음이 분명한데 왜냐하면 현존하는 단편들을 보았을 때 다른 두 비극 작가가 그것을 아주 자세히 모방했기 때문이다(아가톤, TGF, 「단편 4」; 테오덱테스, TGF, 「단편 6」; 아테나이오스, 『데이프노소피스타이 *Deipnosophistae*』 10.454). 소포클레스는 배우가 알파벳 문자를 흉내내는 춤을 추는 사티로스극[3]을 무대에 올렸다고 한다(TGF, 「단편 156」; 『데이프노소피스타이』 10.454f). 아테네의 희극 작가 칼리아스는 '알파벳 시사 풍자극'으로 알려진 무언가를 썼는데, 거기서는 스물네 명의 합창단이 알파벳 문자를 연기하고 모음과 자음끼리 짝지어 춤을 춤으로써 음절을 모방했다(453c). 짐작건대 이 연극들의 관객 중 상당수가 알파벳의 형태를 베끼는 일의 매혹과 분함을 함께 나눌 수 있었을 것이다. 아마도 그들은 문자를 배울 때 그것을 스스로 연습했을 것이다. 아마도 그들은 그 과제에 겁먹어 문자를 전혀 배우지 않았을 것이다. 아마도 그들은 매일 밤 식탁에서 아이들이 그것에 대해 불평하는 소리를 들었을 것이다. 어쨌든 그런 연극에 매력을 느낀 사람들은, 그람마타*grammata*[4]가 허공에서 마치 실재하는 것처럼 형태를 갖추는 광경에 사로잡힐 줄 아

---

3 고대 그리스의 디오니소스 제례에서 4부작으로 이루어진 비극 중 마지막으로 상연된 소극(笑劇).

4 '문자'를 뜻하는 그리스어 단어.

는 상상력의 소유자들이었다. 이는 선명한 그림 같은 상상력으로, 그것은 분명 알파벳의 인공적인 윤곽에서 어떤 즐거움을 느끼는 능력이다.

물리적 생산으로서의 고대 글쓰기에 대해 조금 생각해보면, 우리는 그것에 동일한 상상력이 작용하고 있다는 것을 알게 된다. 그리스인들은 분명 자신들의 알파벳을 한 세트의 회화적인 고안물로 여겼다. 기원전 6세기에 그들은 문자 새김을 위해 계속해서 앞뒤로 오가는 부스트로페돈*boustrophēdon*으로 알려진 글쓰기 방식을 사용했는데, 그렇게 이름 붙여진 이유는 소가 쟁기를 끌고 방향을 틀듯이 각 행의 끝에서 방향을 틀어 고랑을 따라 다시 돌아왔기 때문이다(파우사니아스, 『그리스 기행』, 5.17.6). 홀수 행의 모든 문자는 같은 방향을 바라보았고, 짝수 행의 모든 문자는 그와 반대 방향을 바라보았다. 이런 방식의 글쓰기가 그리스 작가에게 더 쉬울 수 있었던 것은 그에게 주어진 스물여섯 글자 가운데 열두 글자가 대칭적이고, 여섯 글자는 거꾸로 돌려도 거의 변화가 없으며, 오직 여덟 글자만이 반대 방향일 때 다르게 쓰였기 때문이다. 이런 방식은 문자를 새로운, 뒤집을 수 있는 형태의 연속체로 생각하는 작가의 존재를 암시한다: 이것이 문자에 관한 그리스적 사고방식이다. 그리스 사회가 이런 방식을 다른 글쓰기 체계에서 차용한 것 같진 않다. L. H. 제프리에 따르면, "이런 방식은 단순히 그림으로서의 문자 개념, 즉 필요에 따라 어떤 방향으로든 돌릴 수 있는, 윤곽선을 지닌 형상으로서의 문자 개념을 암시할 뿐이다"(1961, 46).

초기 그리스 작가들이 윤곽선에 신경을 썼다는 사실은 개별 문자의 차원에서뿐만 아니라 단어 그룹이나 텍스트의 행에 대한 접근에서도 분명히 드러난다. 흔히 두 개, 세 개 혹은 여섯 개의 점으로 이루어진 작은 세로줄을 만들어서 단어 그룹 사이를 구분하여 표시하는 것은 고대 문자 새김의 두드러진 특징이다. 이런 관행은 고전 시대에 이르러 작가들과 독자들이 가장자리를 부여하거나 거부하는 능력에 싫증을 내면서 자취를 감추었다. 초기 문자 새김에서는 텍스트의 행 전체를 구별하기 위해 어떤 관심 어린 조치가 취해지는데, 이는 단지 글쓰기 방향에 의해 행이 번갈아 구분되는 부스트로페돈 방식의 부수적 성질이 아니다. 심지어 이런 방식이 거의 모든 곳에서 일관된 가로쓰기로 대체된 후(기원전 5세기 무렵)에도 작가들은 잉크의 색깔을 바꾸는 것으로 그 차이를 계속 엇비슷하게 나타냈다. 당시에는 돌에 새긴 문자도 행을 번갈아가며 붉은색과 검은색으로 칠해졌다. 비명학자들(Woodhead 1981, 27)은 그런 기이한 특징의 동기로 "어떤 미학적 매력"을 제시한다. 하지만 우리는 그 미학의 특별한 방식에 주목해야만 한다. 글쓰기에서 아름다움은 가장자리를 선호한다.

　또한 우리는 고대 글쓰기의 도구와 재료도 무시해서는
안 된다. 그들은 돌, 나무, 금속, 가죽, 도자기, 밀랍 서판,
파피루스에 글을 썼다. 기원전 5세기 무렵 파피루스는 일
반적으로 쓰이는 수단이었고(헤로도토스, 『역사』, 5.58; 아이
스퀼로스, 『탄원하는 여인들』, 947), 그리스인들은 '책book'에
해당하는 단어를 '식물로서의 파피루스'를 뜻하는 뷔블
로스*byblos*에서 가져왔다. 파피루스라는 재료 자체, 그리고
파피루스 위에 글을 쓴다는 발상은 모두 본래 페니키아
의 게발[5]로부터 전해졌다가 나중에는 이집트에서 전해졌
지만, 그리스인은 파피루스를 이집트인이나 페니키아인
이 사용한 것과 똑같은 방식으로 사용하지 않았다. 대신
그들은, 페니키아의 기호 체계를 빼앗아 세계 최초의 알
파벳으로 변형시켰을 때 그랬던 것처럼, 행위를 다시 구
상하고 재료를 다시 고안했다. 근본적인 혁신이 이루어
졌다: 파피루스에 사용할 목적으로 그리스 작가들은 펜
을 발명했다(Turner 1952, 10).

　이집트인은 골풀의 줄기로 글을 썼다. 끝을 비스듬히
잘라 씹은 줄기는 촘촘한 붓 같은 도구가 되었다. 이 부드

5　Gebal. 페니키아의 항구 도시로, 현재 레바논의 비블로스(Byblos)에 해당한
다. '게발'이라는 도시 이름은 셈어로 '산' 또는 '경계, 가장자리'를 뜻하는 어근에
서 유래하였다.

러운 붓으로 이집트인은 글자를 쓴다기보다는 그림을 그리면서 두껍고 종종 울퉁불퉁한 잉크 띠를 만들었고, 붓을 들어올린 자리마다 갈라진 흔적을 남겼다. 그리스 작가들은 칼라모스*kalamos*라고 불리는 뻣뻣하고 속이 빈 갈대로 펜을 발명했다(플라톤, 『파이드로스』, 275). 그들은 그것을 칼로 뾰족하게 깎고 끝부분을 쪼갰다. 갈대 펜은 그것을 들어올린 자리에 고르지 못한 흔적 없이 미세한 선을 만들어냈다. "하지만 획을 긋기 시작할 때나 마무리지을 때 손이 잠시라도 멈추면 작고 둥근 잉크 방울이 생긴다……"고 파피루스학자 E. G. 터너는 경고한다(1952, 11). 갈대 펜은 문자의 가장자리가 깔끔하게 구분되게 하고자 특별히 고안된 도구처럼 보인다. 그것은 또한 사용자가 문자의 각 획을 정확히 어디서 멈추고 시작해야 할지 반드시 신경써야 하는 도구이기도 하다. 잉크 방울은 글이라는 산물을 만드는 즐거움뿐만 아니라 그 산물의 품질까지도 훼손한다. 전문가는 말한다, 가장자리: 바로 그곳에 작가의 쾌락과 위험과 고통의 접합점이 있다고.

그렇다면 고대의 독자들과 작가들이 글을 쓴 방식과 사용한 도구를 봤을 때, 그들이 그리스어 알파벳을 윤곽선이나 가장자리의 체계로 생각했다고 볼 여지가 있다. 그러나 이제 그들이 했던 글쓰기의 물리적 절차를 넘어서 그것을 형성한 정신의 활동까지 꿰뚫어보도록 하자.

그것은 상징화라는 활동이다. 그리스어 알파벳은 표음 체계이기 때문에 실제 세상의 대상이 아니라, 소리가 말을 구성하는 과정 자체를 상징화하는 데 관심이 있다. 표음문자는 담화 행위 자체를 모방한다. 그리스어 알파벳은 자음, 즉 이론적 요소인 추상적 개념의 도입을 통해 이 모방적 기능에 혁신을 일으켰다. 자음은 사용자의 정신 속에서 상상의 행위를 통해 작동한다. 내가 이 책을 쓰는 이유는 그 행위가 나를 깜짝 놀라게 하기 때문이다. 그 행위는 정신이 현존하고 실재하는 것에서 다른 무언가로 손을 뻗게 한다. 에로스가 상상과 유사한 행위를 통해 작동된다는 것은 곧 에로스에 대한 가장 놀랄 만한 사실로 드러날 것이다.

연인은 사랑에서 무엇을 원하나?
What Does the Lover Want from Love?

> 망티에 대한 나의 놀라운 승리는, 그녀가 나를
> 떠나 로스피에 씨에게 가면서 나에게 준 강렬한
> 고통의 백분의 일만큼의 기쁨도 주지 않았다.
>
> —스탕달, 『앙리 브륄라르의 생애』

　표면적으로 연인은 상대 연인을 원한다. 물론 실제로
는 그렇지 않다. 욕망의 한가운데 있는 연인, 이를테면
「단편 31」의 사포를 유심히 살펴보면, 우리는 상대 연인과
대면하는 게 심지어 멀리서라도 그녀에게 얼마나 가혹한
경험인지 알 수 있다. 결합은 소멸로 이어질 것이다. 이 시

에서 연인이 필요로 하는 것은 상대 연인을 마주할 수 있으면서도 파괴되지 않는 것이다. 즉, 그녀는 "가만히 귀기울이는 남자"의 상태에 이르는 것을 필요로 한다. 그의 이상적인 태연함은 그녀에게 새롭게 가능한 자아를 엿보게 한다. 그 자아를 실현할 수 있다면 그녀도 욕망의 한복판에서 "신들과 동등한" 상태가 될 수 있을 것이다; 반면에 그것을 실현하는 데 실패한다면 그녀는 욕망에 파괴될지도 모른다. 두 가능성 모두 시인의 삼각 분할 전술을 통해 실재하고 현존하는 것의 화면에 투사된다. 전에는 전혀 몰랐던 신과 같은 자아가 이제 초점이 맞춰져 뚜렷이 보였다가 한번의 재빠른 시점 전환으로 다시 사라진다. 시야의 평면이 갑자기 이리저리 바뀌면서 실재하는 자아와 이상적인 자아와 그 둘 사이의 차이가 하나의 삼각형에서 순간적으로 연결된다. 그 연결이 바로 에로스다. 그것의 전류가 자신을 관통하는 것을 느끼는 게 바로 연인이 원하는 것이다.

이 에로스를 정의하는 본질적 특성은 우리가 달콤쌉쓸함을 탐구하는 과정에서 이미 등장한 바 있다. 동시에 발생하는 쾌락과 고통이 바로 그것의 증상이다. 결핍이 바로 생기를 불어넣는 그것의 근본적 구성 요소다. 통사론 차원에서 에로스는 우리에게 속임수 같은 인상을 준다: 실은 명사인 에로스는 모든 곳에서 동사처럼 군다. 그것이 취하는 행동은 손을 뻗는 것이고, 손을 뻗는 욕망은 모든 연인을 상상의 행위에 관여하게 한다.

인간의 욕망에서 상상력이 강력한 역할을 담당한다
는 것은 새로운 생각이 아니다. 호메로스의『일리아스』
에 나타난 헬레네에 대한 묘사는 아마도 그것의 전형적
인 실례일 것이다. 묘사는 억제된다. 호메로스는 그저 우
리에게 트로이의 성벽에 있는 원로들이 그녀가 지나가는
것을 지켜보고는 속삭임을 내뱉었다고 말할 뿐이다.

트로이아인들과 훌륭한 정강이받이를 댄 아카이아인들이
저런 여인 때문에 오랫동안 괴로움을 겪는 것은 불명예가
아니오.

—3권, 156~157행

헬레네는 보편적으로 욕망되고 보편적으로 상상할 수
있는 완벽한 존재로 남는다.

에로스의 이론가들은 상당한 시간을 들여 연인의 상
상력을 여러 다른 각도에서 발견하고 재발견한다. 아리
스토텔레스는『수사학』에서 욕망의 역동적이고 상상력
이 풍부한 기쁨을 정의한다. 그는 "욕망은 달콤함을 향해
손을 뻗는 것*orexis*"이고, 기대로서의 미래든 기억으로서
의 과거든 그곳의 어떤 기쁨을 향해 손을 뻗는 사람은 상
상의 행위*phantasia*를 통해 그렇게 한다고 말한다(1.1370a6).

안드레아스 카펠라누스는 12세기 논문 「사랑에 대하여*De Amore*」에서 동일한 시각으로 사랑의 갈망이 지닌 고통을 분석하며 이 파시오*passio*[1]가 전적으로 정신적 사건이라고 주장한다: "사랑의 고통은 어떤 행동에서 생겨나는 것이 아니라 (…) 그 고통을 일으킨다고 여겨지는 것에 대한 정신의 사고 작용에서 생겨나는 것일 뿐이다"(XIV). 스탕달은 사랑에 대한 유명한 에세이에서 잘츠부르크의 광산에서 목격된 현상의 이름을 따서 '결정화結晶化'로 명명한, 연인에게서 일어나는 환상의 과정을 폭로한다.

연인을 스물네 시간 동안 생각에 빠져 있게 내버려두면 이런 일이 일어날 것이다: 사람들은 잘츠부르크 소금 광산의 버려진 채굴장 한곳에 잎이 다 떨어진 큰 겨울 나뭇가지를 하나 던져놓는다. 두세 달 뒤 그들은 빛나는 결정체로 뒤덮인 그것을 끄집어낸다. 작은 새의 발톱만 한 가장 작은 잔가지에도 은하수처럼 번쩍이는 다이아몬드 같은 것들이 잔뜩 붙어 있다. 원래의 나뭇가지는 더이상 알아볼 수도 없다. 내가 결정화라고 부른 것은 모든 것에서 상대 연인의 완벽함에 대한 새로운 증거를 끌어모으는 정신 과정이다.

—『연애론』

---

1 '고통'을 뜻하는 라틴어 단어.

키에르케고어 또한 "감각적으로 이상화하는 힘"을 생각하는 일에 얼마간의 노력을 바치는데, 이 힘은 "욕망의 대상을 더 아름답게 하고 발달시켜, 그가 생각으로 인해 더욱 아름다워진 모습에 얼굴을 붉히게 하는" 것이다. 돈 후안이 유혹에 사용한 힘은 아마도 이 "감각적 욕망의 에너지"에서 찾을 수 있을 거라고, 키에르케고어는 약간의 안도를 내비치며 결론 내린다. 프로이트 이론 또한 인간의 에로스적 본능의 이러한 투사적 능력에 주목하며, 그것을 '전이'로 알려진, 정신분석적 상황에서의 예정된 해악으로 간주한다. 전이는 의사가 단호히 냉담함을 보이며 경고하고 단념시킴에도 불구하고 환자가 의사와 사랑에 빠지길 고집하는 거의 모든 정신분석적 관계에서 발생한다. 이런 식으로 자신이 난데없이 사랑의 대상을 꾸며내는 모습을 관찰하는 정신분석 대상자는 그것을 통해 에로스적 불신에 대한 중요한 교훈을 얻게 된다.

그런 꾸밈은 현대의 소설가를 매혹한다. 브론스키에 대한 안나 카레니나의 열정은 정신 작용에 의존한다.

그녀는 그의 어깨에 양손을 얹고서 심오하고 열정적인 동시에 탐색하는 듯한 표정으로 그를 오랫동안 쳐다보았다. 그녀는 그를 만나지 못한 시간을 보상하고자 그의 얼굴을 자세히 살펴보고 있었다. 그녀는 그를 만날 때면 늘 하는 것—그의 실제 모습과 그녀의 상상 속에 존재하는 (비할 데 없이 우월하고 현실에서는 불가능한) 그의 이미지를 비교하는 것—을 하고 있었다.

—『안나 카레니나』, 4부 2장

엠마 보바리가 로돌프에게 쓰는 연애편지에서도 그와 똑같은 과정이 벌어진다: "하지만 편지를 쓰는 동안 그녀의 마음속에는 또다른 남자가 보였는데, 그는 그녀의 가장 열정적인 추억과 가장 즐거웠던 책의 내용과 가장 강렬한 욕망으로 이루어진 환영이었다; 그러다 결국 그가 정말 진짜 같고 만질 수 있을 것만 같은 존재가 되자 그녀는 아주 흥분하고 놀라워했지만, 그는 자신의 풍부한 미덕 아래 잘 숨겨져 있어서 그 존재를 분명히 상상할 수 없었다."(『마담 보바리』). 이탈로 칼비노의 장편소설 『존재하지 않는 기사』의 여주인공은 근사한 쾌락주의자로, 그녀는 텅 빈 갑옷이라는 칭호의 기사에게만 진정한 욕망을 느낀다; 다른 이들은 이미 알려졌거나 알 수 있는 존재로, 그녀를 자극하지 못한다. 여기서 우리는 이번이 처음은 아니지만 문제의 핵심에 도달한다. 알려진 것, 획득된 것, 소유된 것은 욕망의 대상이 될 수 없다. "사랑에서 소유란 아무것도 아니며, 오직 기쁨만이 중요할 뿐"이라

고 스탕달은 말한다. 에로스는 결핍이라고 소크라테스는 말한다. 이런 딜레마는 가와바타 야스나리에게서 더욱더 절묘한 이미지를 얻는다. 그의 장편소설『아름다움과 슬픔美しさと哀しみと』은 오키와 후미코의 신혼 시절을 이야기한다. 오키는 소설가이고 후미코는 통신사의 타이피스트다. 그녀는 그의 원고를 모두 타이핑하고, 이런 관계는 오키가 신부와의 신혼 생활에서 느끼는 매력의 핵심이다.

그것은 연인 사이의 유희와도 같은 무엇, 신혼부부의 달콤한 단란함이었지만, 거기에는 그것 말고도 무언가가 더 있었다. 그의 작품이 잡지에 처음 실렸을 때, 그는 펜으로 쓴 원고와 인쇄된 작은 글자가 주는 인상의 차이에 깜짝 놀랐다.

오키가 이런 '원고와 출간된 작품 사이의 차이'에 익숙해짐에 따라 후미코에 대한 그의 열정은 시들해지고, 그는 정부를 두게 된다.

필기체와 활자체 사이의 차이, 진짜 브론스키와 상상 속 브론스키 사이의 차이, 사포와 "가만히 귀기울이는 남자" 사이의 차이, 실재 기사와 텅 빈 갑옷 사이의 차이, 바로 그 지점에서 욕망은 느껴진다. 이 공간을 가로지르며 에로스의 스파크는 연인의 마음속에서 기쁨을 작동시킨다. 아리스토텔레스의 정의에 따르면 기쁨은 영혼의 움직임*kinēsis*이다(『수사학』, 1.1369b19). 차이가 없으면: 움직임도 없다. 에로스도 없다.

연인의 영혼 속을 날뛰는 스파크에 의해 앎의 분위기가 발산된다. 그는 전에는 파악하지 못했던 무언가를 파악할 것만 같은 기분을 느낀다. 그리스 시인들의 경우 초점이 맞춰지기 시작하는 것은 자아, 즉 전에는 알지 못했으나 이제는 그것의 결핍에 의해—고통에 의해, 구멍에 의해, 씁쓸하게—드러나는 자아에 대한 지식이다. 모든 연인이 에로스적 지식에 그렇게 부정적으로 반응하는 것은 아니다. 우리는 버지니아 울프의 인물인 네빌이 "무언가가 지금 내게서 떠나간다"고 기록하며 보인 침착함에 놀랐고, 니체에게 있어서 자아의 변화에 동반되는 엄청난 기쁨을 보았다. 하지만 동시에 니체는 현대 세계가 모든 것에 대해 좋다고 말하는 바보 같은 당나귀라고도 말했는데, 그리스 시인들은 모든 것이 좋다고 말하지는 않는다. 그들도 에로스적 경험이 처음에는 달콤하다고 인정한다: 글루쿠. 그들은 에로스적 경험 덕분에 자아에게 개방된 이상적 가능성을 인정한다; 그들은 보통 그것을 **에로스** 신의 모습으로 신격화함으로써 그렇게 한다. 우리가 이미 보았듯 사포는 「단편 31」에서 "가만히 귀기울이는 남자"라는 특정한 사람에게 이상을 투사한다. 더 나르시시즘적인 연인, 즉 플라톤의 『향연』에 등장하는 알키비아데스는 이상을 자기 자신에 포함시키며 소크라테스를 따라다니는 동기를 단조롭게 알린다.

저 자신을 완벽하게 만드는 것보다 더 중요한 것은 제게 아무것도 없습니다.

—218d

하지만 자아의 가능성을 자아의 정체성의 일부로 포함시킨다는 생각에 환희의 느낌은 결여되어 있다. 이러한 고대의 표현에서 달콤씁쓸한 **에로스**는 일관되게 음화로 새겨진다. 짐작건대 연인이 자신의 결핍을 새롭고 더 나은 자아에 다시 통합시키기만 한다면 양화가 만들어질 수도 있을 것이다. 그런데 정말 그럴까? 연인이 사랑에서 원하는 게 양화일까?

여기 고대의 대답 하나가 떠오른다. 플라톤의 『향연』에서 아리스토파네스는 상상의 연인 한 쌍을 이야기하며 바로 이 질문을 던진다. 그는 꼭 끌어안은 연인들을 상상하면서 그들이 원하는 게 "그저 성애적 결합*sunousia tōn aphrodisiōn*"(192c)일 뿐이라는 생각을 터무니없는 것으로 여기며 일축한다.

아니, 각각의 영혼은 다른 무언가, 즉 평범한 말로 표현할 수는 없지만 신탁과 수수께끼 같은 말로 계속 표현하려 애쓰는 그것을 갈망하는 게 분명해.

—192c~d

이 "다른 무언가"란 무엇인가? 아리스토파네스는 계속 말한다.

연인들이 함께 누워 있을 때 헤파이스토스가 연장을 손에 들고 와서는 그들 옆에 서서 묻는다고 가정해보세: "오 인간들이여, 그대들이 서로에게서 원하는 게 무엇인가?" 그리고 그들이 몹시 놀라 어쩔 줄 몰라 해서 그가 다시 묻는다고 가정해보세: "음, 그대들이 갈망하는 게 밤낮으로 서로 떨어지지 않을 수 있도록 서로 최대한 가까이 붙어 있게 되는 것인가? 만일 그대들이 갈망하는 게 그것이라면 나는 기꺼이 그대들을 녹여서 단일체로 융합해줄 수 있지. 그러면 둘은 하나가 되어 살아 있는 동안 하나로서 삶을 공유하게 될 테고, 죽어서 하데스의 저승에 가서도 둘 대신 하나로서 죽음을 공유하게 될 거야. 이것이 그대들이 욕망하는 것인지, 이것을 얻으면 그대들이 만족하게 될지 한번 생각해보게."

헤파이스토스가 제안하는 것은 영원한 단일성이다. 연인의 대답은 들리지 않는다. 대신 아리스토파네스 자신이 끼어들어서 선언한다: "다른 어떤 것을 원할 연인은 아무도 없네"(192e). 그런데 연인이 정말로 원하는 게 무엇인지에 관한 질문에 있어서 아리스토파네스나 그의 대변인 헤파이스토스는 얼마나 믿을 만한 증인인가? 두 가지 의구심이 든다: 올림포스산 만신전의 성교 불능자이자 부정한 아내의 남편인 헤파이스토스는 에로스적 문제에 있어서 기껏해야 제한적인 권위자로밖에는 볼 수 없으며, 아리스토파네스의 판단("다른 어떤 것을 원할 연인은 아무도 없네")은 그 자신의 신화와 관련된 인류학에 의해 거짓임이 드러난다. 그의 환상 속 둥근 존재들은 타락 전에 단일한 상태로 세상을 굴러다니며 완벽한 만족을 유지했던가? 그렇지 않다. 그들은 엉뚱한 생각을 품고는 신들을 공격하기 위해 올림포스산을 향해 굴러가기 시작했다(190b~c). 그들은 다른 무언가를 향해 손을 뻗기 시작했다. 단일성에 대해서는 이쯤 해두기로 하자.

우리가 여러 예에서 살펴보았듯이, 자신의 욕망을 표현할 기회를 얻었을 때 연인의 마음이 향하는 대상은 '하나'라는 숫자가 아니다. 삼각 분할이라는 묘책이 그의 비밀을 폭로한다. 왜냐하면 그의 기쁨은 손을 뻗는 행위에 있기 때문이다; 완벽한 무언가를 향해 손을 뻗는 것이 완벽한 기쁨일 것이다. 사포의 「단편 105a」에서 여전히 달랑거리고 있는 달콤한 사과는 이 비통하고 유쾌한 사실을 대변한다. 우리는 사포가 시에서 욕망과 욕망할 만함을 지속시키는 몇몇 불완전성의 전술을 살펴보았다. 우리는 그와 비슷한 전술, 즉 연인들의 논리를 관통하며 전에는 알려지지 않았던 단일한 존재로 수축되는 전술을 살펴보았다. 이 상상력의 전술은 때로는 상대 연인을 드높이는 데 주력하고 때로는 연인 자신을 재구상하는 데 주력하면서도 언제나 하나의 특정한 가장자리나 차이를 분명히 나타내는 것을 목표로 삼는다: 그 가장자리는 단일한 초점으로 합쳐지지 않는 두 이미지 사이의 가장자리인데, 그것들이 합쳐지지 않는 이유는 동일한 수준의 실체에서 유래하지 않기 때문이다—하나는 실재적 이미지고, 다른 하나는 가능한 이미지다. 두 이미지를 모두 알면서 그 차이를 계속 가시적으로 만드는 것이 에로스라는 이름의 속임수다.

쉼볼론
Symbolon

공간은 우리에게서 뻗어나가 세상을 번역한다.
— 릴케, 「새들이 돌진하며 날아가는 곳은
친숙한 공간이 아니다」

우리는 사포의 글루쿠피크론에[*] 대한 오역을 용인하면
서 달콤쌉쓸한 **에로스**에 대한 연구를 시작했다. 우리는
에로스의 달콤함은 누가 봐도 명백하지만 그의 쌉쓸함은
덜 그러하기 때문에 사포가 글루쿠를 앞에 두었을 거라
고 추정했다. 그러고서 우리는 관심을 쌉쓸한 측면으로
돌렸다. 이제 우리가 알게 되었다시피 이런 판단은 피상

적인 것이었다. 에로스의 달콤함은 그의 쓸쓸함과 분리할 수 없고, 각각은 지식에 대한 우리 인간의 의지에 아직 명확히 이해되지 않는 방식으로 관여한다. **에로스**가 연인의 마음속에서 작용하는 방식과 사상가의 마음속에서 앎이 작용하는 방식 사이에는 어떤 유사성이 있는 것처럼 보일 것이다. 소크라테스 시대부터 철학은 그 유사성의 본성과 쓰임새를 이해하려고 노력해왔다. 하지만 철학자들만 그런 노력에 호기심을 보이는 것은 아니다. 나는 이 두 행위, 즉 사랑에 빠지는 것과 앎에 이르는 것이 왜 나를 진정으로 살아 있다고 느끼게 만드는지 파악하고 싶다. 그것들에는 전기가 통하는 것과도 같은 무언가가 있다. 그것들은 다른 어떤 것 같지 않은 대신 서로 비슷하다. 어떻게 그러한가? 우리가 이해한 고대 시인들의 글루쿠피크로테스*glukupikrotēs* 개념이 이 문제를 조금이라도 해명해주는지 살펴보도록 하자.

"모든 사람은 본성상 알고자 손을 뻗는다reach out"[1]고 아리스토텔레스는 말한다(『형이상학』, A. 1.980a21). 만일 그렇다면, 그것은 앎과 욕망함의 행위에 대해 중요한 무언가를 드러낸다. 본질적으로 그것들은 손을 뻗는다는 똑같은 기

---

1 "모든 사람은 본성상 알고 싶어한다"로 옮기는 게 자연스럽겠으나 'reach out'의 의미를 강조하기 위해 위와 같이 번역했다.

쁨을 지니고 있고, 다다르지 못하거나 모자란다는 똑같은 고통을 수반한다. 이러한 사실은 호메로스의 단어 용법에 이미 함축되어 있을지도 모르는데, 서사시에는 '…에 유념하다, 염두에 두다, …에 주의를 돌리다'와 '구애하다, 환심을 사다, 구혼자가 되다'를 동시에 의미하는 동일한 동사 므나오마이*mnaomai*가 존재하기 때문이다. 사고하는 정신은, 그것 자체의 가장자리에 혹은 그것이 지닌 현재 지식의 가장자리에 머무르며 알려지지 않은 것을 이해하고자 구애를 시작한다. 마찬가지로 구애자도 한 개인으로서 자신이 지닌 가치의 가장자리에 서서 다른 존재의 경계를 가로지를 권리를 주장한다. 정신과 구애자 모두 이미 알려진 실재적인 것에서 별개의 무언가, 아마 더 나을 무언가, 욕망하는 무언가를 향해 손을 뻗는다. 다른 무언가를 향해. 그게 어떤 기분일지 한번 생각해보라.

우리 자신의 생각에 대해 생각해보려 애쓸 때, 우리는 우리 자신의 욕망을 느껴보려 애쓸 때와 마찬가지로 맹점에 놓인 우리 자신을 발견하게 된다. 그곳은 벨라스케스의 그림 〈시녀들〉의 관람자가 그림을 볼 때 서 있는 지점과 같다. 벨라스케스의 이 그림은 스페인의 왕과 왕비를 그린 것이다. 하지만 왕과 왕비는 그림의 일부가 아니다. 아니, 일부인가? 그림 속에는 벨라스케스를 포함한 많은 사람이 있지만 누구도 왕이나 왕비처럼은 보이지 않고, 모두가 액자 너머의 다른 누군가를 응시하고 있다. 누구를? 이들과 눈길을 마주치며 우리는 처음에는 그들이 우리를 응시하고 있다고 생각한다. 그러고서 우리는 방 뒤쪽의 거울에 비친 어떤 얼굴들을 알아차린다. 그것들은 누구의 얼굴인가? 우리 자신의? 아니다. 그들은 스페인의 왕과 왕비다. 그런데 잠깐, 왕과 여왕은 대체 어디에 위치하는가? 우리가 그림 속 거울에 비친 그들을 응시하는 동안, 그들은 정확히 우리가 서 있는 곳에 서 있는 것처럼 보인다. 그렇다면 우리는 어디에 있는가? 그 점과 관련해서, 우리는 누구인가?

우리는 특별히 그 누구도 아니며, 우리가 서 있는 곳은 맹점이다. 미셸 푸코는 인간 지식의 고고학에 대한 연구인『말과 사물』에서 벨라스케스의 그림과 그것의 맹점을 분석했다. 푸코는 그 맹점을 "실제로 바라보는 순간에 우리의 시선이 우리에게서 사라져 숨어버리는 본질적 은신처"라고 부른다. 우리가 생각을 생각하거나 욕망을 욕망할 수 없듯이, 우리는 속임수를 쓰지 않고는 그 지점을 볼 수 없다. 〈시녀들〉에서 우리는 방 뒤쪽의 거울에서 이제 막 초점이 맞춰지고 있는 그 속임수를 본다. 푸코의 용어로 말하면 이 거울은 "가시성의 음위 전환"[2]을 제공하는

---

2 단어 내의 음이나 철자 순서가 바뀌는 것.

데, 왜냐하면 그림이 거울 주위로 의도적인 공백을 만들어내기 때문이다: "그림의 깊이를 가로지르는 선들은 불완전하다; 그것들은 모두 궤적의 일부를 결여하고 있다. 이 빈틈은 왕의 부재—화가의 기교가 만들어낸 부재—로 인해 생겨난 것이다".

벨라스케스의 기교는 우리의 인식을 삼각 분할해서 우리로 하여금 바라보는 우리 자신을 가까스로 보게 한다. 즉, 그는 우리가 그것을 주시하는 동안 우리를 시달리게 하는 사실이 서서히 분명해지는 방식으로 그림을 기획했다. 그러니까 거울에 의해 나타난 공백이 펠리페 4세와 마리아나 왕비의 공백이 아니라는 사실 말이다. 그것은 우리 자신의 공백이다. 왕과 왕비가 서 있을 자리에 대역처럼 서서, 우리는 거울 속에 어렴풋이 보이기 시작하는 얼굴들이 우리 자신의 것이 아님을 (막연히 실망한 채) 알아차리고, 우리가 보기 위해 우리 자신 속으로 사라지는 그 지점을 (앵글의 초점이 계속 안 맞춰지는 일만 일어나지 않는다면) 가까스로 본다. 우리 자신과 그들 사이의 빈틈에 놓인 지점을. 그 지점에 초점을 맞추려는 시도는 정신에 현기증을 불러일으키고, 그와 동시에 특별히 격렬한 기쁨이 생겨난다. 그것이 우리를 찢어서 구멍을 냄에도 불구하고 우리는 그 지점을 보길 갈망한다. 왜 그런가?

그 지점은 정적이지 않다. 우리가 그것들에 초점을 맞

추려 할 때마다, 마치 정신 속에서 내면의 대륙들이 비틀리기라도 하듯이 그곳의 구성 요소들은 분열되고 갈라진다. 그곳은 우리가 왕과 왕비를 하나의 이미지로, 하나의 명사로 평화롭게 집중시키는 식으로 응시할 수 있는 지점이 아니다. 그 지점은 동사다. 우리가 바라볼 때마다 그곳은 행위한다. 어떻게?

인간 사고의 풍경에서의 또다른 지점, 동사—더구나 행위할 때마다 우리를 삼각 분할하고, 시달리게 하고, 분열시키고, 기쁘게 하는 동사—이기도 한 지점에 대해 생각하며 이 질문들에 유념하도록 하자. '은유metaphor'라고 불리는 동사적 행위의 지점에 대해 생각해보도록 하자.

"이름 없는 것들에게, 그것과 같은 유에 속하거나 유사해보이는 것으로부터의 이전metaphora를 통해 이름을 부여하는 것", 이것이 아리스토텔레스가 설명하는 은유의 기능이다(『수사학』, 3.2.1405a34). 오늘날의 이론에 따르면 이 사고 과정은 은유적 문장에서의 주부와 술부 사이의 상호작용으로 이해하는 것이 가장 적합할 것이다. 은유적 의미는 문장 전체를 통해 생겨나며, 한 비평가가 "의미론적 부적절성impertinence"(Cohen 1966)이라고 부르는 것, 즉 언어의 일상적 사용에서 술부의 귀속을 지배하는 적절성 pertinence 혹은 관련성relevance 원칙의 위반을 통해 작동한다. 그 위반은 새로운 적절성 혹은 적합성congruence, 즉 보통의 혹은 문자 그대로의 의미의 붕괴에서 비롯된 은유적 의미를 발생시킨다. 새로운 적절성은 어떻게 발생하는가? 아리스토텔레스가 에피포라*epiphora*라고 부르는(『시학』, 21.1457b7) 정신에서의 거리 변화 혹은 변경이 있는데, 그것은 두 이질적인 것을 가까이 붙여서 그것들의 유사성을 드러내는 것이다. 멀리에서 가까이로의 이런 거리 변경에서 은유의 혁신이 일어나는데, 그것을 일으키는 것은 바로 상상력이다. 상상력의 고도로 기교적인 행위는 두 대상을 하나로 합치고, 그것들의 부적합성inconguence을 알아보는 동시에 새로운 적합성을 알아보며, 그러는 동안에도 새로운 적합성을 통해 이전의 부적합성을 계속해서 인식한다. 보통의, 문자 그대로의 의미와 새로운 의미 novel sense가 은유라는 표현을 통해 동시에 나타난다; 보통의 서술적 지시 내용과 새로운 지시 내용 모두가 세상을 바라보는 은유의 방식에 의해 팽팽하게 유지된다.

이처럼 날카롭고 풀리지 않는 종류의 긴장이 바로 이 정신적 행위의 특징을 이룬다. 그것은 정신에게 (Stanford 1936에서 말하듯) "입체적 시각" 혹은 (야콥슨의 용어로) "분열된 지시 행위"를, 즉 두 관점을 동시에 균등히 지닐 수 있는 능력을 요구한다. 폴 리쾨르는 이런 정신적 긴장 상태를, 아직 개념적 평화에 이르지 못한 채 먼 거리와 가까움 사이에, 동일성과 차이 사이에 붙들려 있는 정신의 전

쟁 상태라고 부른다. 리쾨르에 따르면 그러한 전쟁 상태
는 모든 인간적 사고가 보여주는 풍경의 특징이다.

우리가 '은유'라고 부르는 수사법이 우리가 개념을 만들
어내는 일반적 방법을 일별하게 해준다는 점에서, 우리는
가다머와 더불어 사고의 근본적 은유성에 대해 말할 수도
있을 것이다. 이는 은유적 과정에서 유개념類概念[3]을 향한 움
직임이 차이라는 저항에 부딪혀 저지되고, 말하자면 수사
학적 표현에 가로막히기 때문이다.

—Ricoeur 1978, 149

정신을 분열시켜서 자체적 전쟁 상태에 빠뜨리는 저
지 및 가로막음이 바로 '은유'라는 행위다. 이 행위를 〈시
녀들〉에서의 우리의 경험과 비교해보도록 하자. '은유'라
는 행위의 핵심부에서 우리의 정신은 동일화를 향해 손
을 뻗는다: 아리스토텔레스가 말하듯 "이름 없는 것들에
게 이름을 부여하기 위해". 벨라스케스의 기교 때문에 결
국 우리는 그림 속에서 바깥을 내다보는 모든 눈이 쳐다
보고 있는 그 대상에 이름을 부여하려고 애쓰게 된다. 잠

---

3 genus. 특정한 개별적 개념들이 포함되는 보다 상위의 일반적 개념을 의미한
다. 이에 대응하는 종개념(species)은 보다 구체적이고 개별적인 개념을 의미한다.

시 우리는 그 눈들이 모두 우리를 쳐다보고 있다고 생각한다. 그러다가 우리는 거울 속에 비친 얼굴들을 본다. 그 얼굴들에 이름을 부여하려는 우리의 움직임은 그 유개념의 후보들인 두 종개념種概念(우리 자신, 왕과 왕비) 사이의 차이에 부딪혀 저지된다. 그 저지는 우리의 시각을 분열시키는 비틀림과 함께 발생하고, 우리의 판단을 갈라지게 하며, 우리가 아무리 자주 그것으로 돌아가도 해결되지 않는데, 왜냐하면 우리가 바라볼 때마다 우리의 즐거운 자기 인식의 순간은 거울에 비친 흐릿한 두 왕족의 얼굴에 가로막히기 때문이다. 아리스토텔레스는 형이상학적 사고에서 일어나는 그런 가로막힘의 순간을 정확히 집어내는데, 그럴 때 정신은 이렇게 중얼거리는 듯하다: "그래, 그렇구나! 결국 내가 완전히 잘못 알고 있었던 거야!" 그는 그것을 역설적 요소_ti paradoxon_라 부르며 그것을 은유가 주는 본질적 쾌락 가운데 하나로 여긴다(『수사학』, 3.2.l412a6).

에로스는 또한 그 힘의 핵심부에, 씁쓸함이 달콤함을 가로막는 지점에 "역설적인 무언가"를 지니고 있다. 거기에는 다르며 부재하는 것을 가깝게 끌어당기는 거리 변경이 있다. '조각상들의 눈이 부재'하는 상황은 텅 빈 홀, 사랑과 증오 사이의 맹점에 서 있는 메넬라오스에게 헬레네를 드러낸다(『아가멤논』, 414~419). 그리스 시민과 그들이 가장 좋아하는 알키비아데스 사이의 연애에 대해 아리스토파네스는 "그들은 그를 사랑하고 증오하고 또 그를 소유하길 간절히 바라나니"라고 말한다(『개구리』, 1425). "나는 사랑에 빠졌다, 나는 사랑에 빠지지 않았다! 나는 미쳤다, 나는 미치지 않았다!"라고 아나크레온은 외친다(PMG, 413). 역설적인 무언가가 연인을 저지한다. 저지는 실재하는 것과 가능한 것 사이의 불일치 지점에서, 우리의 현실태가, 만일 우리가 우리가 아니었다면 될 수도 있었을 가능태로 사라지는 맹점에서 발생한다. 하지만 우리는 우리다. 우리는 스페인의 왕과 왕비가 아니다. 우리는 욕망을 느끼는 동시에 달성할 수 있는 연인이 아니다. 우리는 우리의 의미를 실어나르기 위해 은유나 상징을 필요로 하지 않는 시인이 아니다.

영어 단어 'symbol(상징)'에 해당하는 그리스어 단어 쉼볼론*symbolon*은, 고대 그리스에서 자기 신분을 나타내는 징표로 들고 다니며 나머지 절반을 가진 누군가에게 보여주던 지골指骨의 절반을 의미한다. 두 개의 절반은 합쳐질 때 하나의 의미를 만들어낸다. 은유는 상징의 종개념이다. 연인도 마찬가지다. (플라톤의 『향연』에서의) 아리스토파네스의 말을 빌리자면,

우리 각자는 한 인간의 쉼볼론—넙치처럼 반으로 잘려

하나 대신 둘이 된—에 불과하며, 각자가 자신의 섬볼론을
끊임없이 찾아다니는 거라네.

—191d

추적하고 갈구하는 연인은 모두 지골의 절반이며, 부
재와 불가분의 관계인 의미의 구애자다. 우리가 이것들
을 이해하는 순간—우리가 우리의 가능성을 나타내는
화면에 투사된 우리의 실재성을 보는 순간—은 언제나
비틀림과 저지의 순간이다. 우리는 그 순간을 사랑하고
또 증오한다. 가능성과의 접촉을 유지하길 바란다면, 결
국 우리는 그 순간으로 계속 돌아가야만 한다. 하지만 이
는 또한 그 순간이 사라지는 것을 지켜보는 일을 수반한
다. 오직 신의 말만이 시작이나 끝을 지니고 있지 않다.
오직 신의 욕망만이 결핍 없이 손을 뻗을 수 있다. 오직
욕망의 역설적 신만이 이 모든 규칙의 예외자로서 끝없
이 결핍 그 자체로만 채워져 있다.

"사포는 이 개념을 한데 모아서 **에로스**를 글루쿠피크
론이라고 불렀다."[4]

---

4 2세기의 소피스트이자 순회 강연자인 티레의 막시무스(Maximus of Tyre)도
그렇게 말한다—원주.

새로운 의미
A Novel Sense[1]

자연에는 윤곽선이 없지만 상상력에는 윤곽선
이 있다.

—윌리엄 블레이크, 『공책Notebooks』

상상력은 욕망의 핵심이다. 그것은 은유의 핵심에서
작용한다. 그것은 읽고 쓰는 행위에 있어서 필수적이다.
고대 그리스 서정시에서 이 세 궤도는 어쩌면 우연히 교

---

1 앞 장에서 '새로운 의미'를 뜻했던 'novel sense'의 'novel'은 이 장에서 '소설'
로 그 의미가 확장 및 변형된다.

차했고, 상상력은 인간의 욕망에 (어떤 사람들이 생각하기에는) 전무후무하게 아름다운 윤곽선을 남겼다. 우리는 그 윤곽선이 어떤 형태를 취했는지 이미 살펴보았다. 욕망에 대해 쓰면서 고대 시인들은 말로 삼각형을 만들었다. 혹은, 덜 날카롭게 표현하자면, 그들은 두 요소(연인, 상대 연인)를 포함해야 하는 상황을 세 요소(연인, 상대 연인, 그리고 어떤 식으로든 인식되는 그 둘 사이의 공간)를 통해 나타냈다. 이 윤곽선은 그저 서정시가 지닌 상상력의 맹목적 숭배물에 불과한 것일까? 그렇지 않다. 우리는 욕망의 달콤쌉쓸함과 관련해서 비극 작가들과 희극 시인들과 경구가들을 살펴보았다. 우리는 호메로스의 아프로디테 개념에서 그 기원을 발견했다. 우리는 그 문제를 곰곰이 생각하는 플라톤을 보았다. 여기에는 에로스와 관련하여 필수적인 무언가가 있다.

서정시인들은 그 윤곽선을 불시에 예리하게 포착해서 글로 남겼다. 서정시에 나타난 증거는 우리를 "연인은 사랑에서 무엇을 원하나?"라는 질문으로 이끌었다. 하지만 이제 우리는 그 문제를 다른 측면에서 살펴봐야 하는데, 서정시에 나타난 증거의 본성은 서정시가 기록물이라는 사실과 분리할 수 없으며 그 사실은 불가사의로 남아 있기 때문이다. 그러니까 내 말은, 알파벳에 뒤이어 문자 행위가 최초로 급격히 증가하던 시기를 살아가며 구술과 대중 낭독을 위한 서정시 작시를 의뢰받으면서도 왠지이 시들을 문자 기록으로 남기는 일에도 관여하게 되었던 서정시인들이 경계선 사례[2]를 보여준다는 것이다. 그들은 구술 절차와 문자 절차 사이의 가장자리를 탐구하면서 글쓰기가, 읽기가, 시가 어떤 종류의 것이 될 수 있는지 알아보려고 탐색한 시인들이다. 그런 입장에 놓이는 것은 결코 간단한 일이 아니다. 그 시들이 그렇게 훌륭한 이유는 아마도 그 때문일 것이다. 어쨌든 그리스 세계 전역에 읽고 쓰기가 퍼지면서 그들이 놓인 입장은 점점 나아졌다. 새로운 표현 장르들이 발달해 그리스 세계의 수요를 충족시켰다. 그중에서 가장 영향력 있던, 작가들과 독자들의 재미를 위해 특별히 발달한 장르를 살펴보도록 하자. "연인은 사랑에서 무엇을 원하나?"라는 질문 위에 "독자는 읽기에서 무엇을 원하나? 작가의 욕망은 무엇인가?"라는 질문을 겹쳐보기로 하자. 소설novel이 바로 그 답이다.

그리스 작가 카리톤[3]은 우리가 소설 혹은 로맨스romance[4]

---

2 '이쪽도 저쪽도 아닌 애매한 경우'를 가리킨다.

3 카리톤(Chariton, 1~2세기경). 고대 그리스의 소설가. 그의 소설은 사랑, 모험, 오해, 극적인 재회를 중심으로 한 전형적인 연애 서사를 확립하였으며, 후대의 로맨스 문학뿐만 아니라 비잔틴 소설과 유럽의 중세 연애 서사에도 영향을 미친 것으로 평가된다.

4 중세 유럽에서 유행한 장르로, 보통 무용담이나 사랑을 다룬 기사 이야기를 뜻한다.

라고 부르는 장르의 사례 가운데 현존하는 가장 초창기 작품인 『카이레아스와 칼리로에Chaereas and Callirhoe』의 첫머리에 "나는 그것을 글synegrapsa로 썼다"고 말한다. 처음부터 기록문학이었던 소설은 읽고 쓰기가 확산되고 출판업이 활기를 띠며 폭넓은 대중적 독자층이 형성된 기원전 3세기 무렵부터 그리스 로마 세계에서 번성했다. 우리가 사용하는 '소설'이나 '로맨스'라는 용어는 그 장르에 해당하는 고대 명칭의 뉘앙스를 반영하지 않는다. 카리톤은 자기 작품을 에로티코 파테마타erōtika pathēmata, 즉 '에로스적 고통'이라고 부른다: 이는 일반적으로 사랑이 고통스럽길 요구하는 사랑 이야기다. 그 이야기는 산문체로 말해지며 그것의 명백한 목적은 독자를 즐겁게 해주는 것이다.

기원전 1세기 무렵에서 4세기 사이에 쓰인 것으로 추정되는 몇몇 단편과 요약본, 다수의 라틴어 로맨스 외에도 네 편의 고대 그리스 소설이 현존한다. 플롯은 대체로 동일한데, 마지막 페이지까지 연인들을 떼어놓고 비참하게 만드는 데 바쳐지는 사랑 이야기들이다. 한 편집자는 그 장르를 이렇게 요약했다.

로맨스적 사랑 이야기는 일련의 감상적이고 선정적인 에피소드를 매단 실이다; 두 주인공은 이야기가 시작하자마자 서로 사랑에 빠지거나, 어떤 경우에는 실제로 결혼하자마자 곧장 헤어지기도 한다; 그들은 대단히 있을 법하지 않은 불운한 사건들로 인해 몇 번이고 갈라진다; 그들은 모든 형태의 죽음과 직면한다; 때로 부수적인 커플들이 도입되는데, 그들이 나누는 진정한 사랑은 매우 순탄하지 않게 흘러간다; 남자 주인공과 여자 주인공은 둘 다 다른 이들의 가슴에 사악하고 절망적인 사랑을 불어넣는데, 그 다른 이들은 적대 세력이 되어 때로 주인공들의 최종적인 결별을 이루어내는 듯 보이지만 결코 완전한 승리는 거두지 못한다; 종종 이야기는 장소나 풍경 혹은 어떤 자연물을 묘사하기 위해 중단되지만, 곧장 사랑하는 커플의 고통스러운 모험과 함께 다시 이어질 뿐이다; 그리고 마지막 페이지에 이르러 모든 일은 정리되고, 복잡하게 꼬인 이야기의 실타래는 자세하고 장황한 설명과 함께 허물어지며, 행복한 한 쌍은 길고 풍요로운 여생의 전망과 함께 영원히 하나로 결합한다.

—Gaselee 1917, 411

삼각 분할 전술은 소설의 주된 임무다. 이 전술은 고대 시인들로 인해 우리에게 친숙한 것으로, 이제 산문적으로 상세히 *in extenso* 사용된 것이다. 소설가들은 서정시에서 처음으로 드러난 에로스적 모순과 어려움의 그 모든 측면을 플롯과 인물의 딜레마를 통해 발생시킨다. 경쟁 상대로서의 연인들은 플롯의 곳곳에서 등장한다. 추격과 탈주를 위한 구실은 페이지마다 가지를 뻗는다. 로맨스적 결합을 막는 장애물은 지칠 줄 모르게 다양한 방식으로 구체화된다. 연인들 자신도 그들 자신의 욕망을 가로막는 것에 대해 상당한 힘을 쏟는다―간섭하는 부모, 잔인한 해적, 돌팔이 의사, 끈덕진 도굴꾼, 굼뜬 노예, 무관심한 신, 우연한 변덕 등으로도 부족하다는 듯이. 아이도스는 특히 인기 있는 묘책이다. 로맨스적 남자 주인공과 여자 주인공은 순수성과 관능성 사이의 모호하고 흥미진진한 경계 지역에서 작동한다. 욕정이 손에 닿을 듯할 때마다 그들 사이에 아이도스가 베일처럼 드리워진다. 아이도스는 '수치심'이라는 고대 윤리로, 이제 좁은 의미에서의 순결로 재해석된 것이다. 그것의 짓궂은 수법은 로맨스적 플롯에 만연하며, 연인들에게 이야기를 오래 끄는 대가로 미덕이라는 위업을 요구한다.

한 비평가는 이런 즐거운 고통에 '아프로디테적 순결'이라는 이름을 붙였는데, 왜냐하면 아프로디테가 소설 내에서 아이도스의 도착성倒錯性을 담당하는 신이기 때문이다. 그녀는 변화하는 삼각관계의 주요 설계자이자 주요 전복자이며 후원자인 동시에 적으로서, 연인들에게 그녀 자신이 나서서 퍼붓는 모든 유혹을 견딜 만큼 강한

열정을 불어넣는다. 순결한 연인들은 그녀를 헌신의 대
상으로 삼으며 그녀가 가하는 학대의 대상이 된다.

소설에서의 아프로디테의 역할은 고대 시에서의 에로
스의 역할처럼 역설적이지는 않더라도 양가적이다. 『에
페수스 이야기*Ephesiaca*』에서 에페수스의 크세노폰[5]은 우
리에게 아프로디테적 양가성을 요약한 이미지를 보여준
다. 남자 주인공과 여자 주인공의 신방新房을 묘사하며 크
세노폰은 침대보에 수놓인 에이콘*eikōn*[6]을 상세히 설명한
다. 그것의 주제는 아프로디테, 즉 신부와 신랑을 한 방에
있게 하는 일을 책임지는 신이다. 하지만 침대보에 새겨
진 시나리오는 결혼에 좋은 징조가 못 된다. 아프로디테
는 헤파이스토스의 순종적인 아내보다는 아레스의 정부
로 그려진다. 아레스는 상대 연인과의 밀회를 위해 치장
하고 있고, 에로스는 타오르는 횃불을 치켜든 채 그의 손
을 붙잡고 그를 그녀에게로 이끌고 있다(1.8). 크세노폰
이 묘사한 에이콘을 본 그리스 독자라면 누구나 어떤 생
각을 떠올릴 것이다. 그것은 고대 항아리에 무수히 그려
져 있으며 틀림없이 일상생활에서 친숙한 장면을 환기한

---

5   에페수스의 크세노폰(Xenophon of Ephesus, 2~3세기경). 고대 그리스의 소
설가. 『에페수스 이야기』의 저자로 알려져 있다. 그의 작품은 현존하는 가장 이른
시기의 그리스 로맨스 중 하나로, 사랑과 모험, 시련을 중심으로 한 전형적인 서사
구조를 따르고 있다.
6   '형태' '모양' '이미지' '무늬' 등을 뜻하는 그리스어 단어.

다: 타오르는 횃불들의 인도를 받으며 새 신부가 남편의 손에 이끌려 그의 집으로 향하는 결혼 행진 장면을. 그 에 이콘은 개념과 설계의 측면에서 일반적인 결혼식의 패러디다. 결혼식에 대해서는 이쯤 해두기로 하자.

그럼에도 결혼식은 모든 로맨스적 남자 주인공과 여자 주인공의 공공연한 목적으로 남는다. 이는 그들을 그들 자신과, 또 아프로디테와 불화하게 만든다. 더 중요하게도, 욕망을 성취하려는 의도는 연인들을 소설가와 불화하게 만드는데, 그가 그들의 목적을 전복시키지 못하면 소설은 끝나버릴 것이기 때문이다. 소설가와 그의 연인들 사이의 관계에는 역설적인 무언가something paradoxical가 있다. 작가로서 그는 그들의 이야기가 반드시 끝나야 한다는 것을 알고 그러기를 원한다. 마찬가지로, 독자로서 우리는 소설이 반드시 끝나야 한다는 것을 알고 그러기를 원한다. "하지만 아직은 아니야!" 독자는 작가에게 말한다. "하지만 아직은 아니야!" 작가는 자신의 남자 주인공과 여자 주인공에게 말한다. "하지만 아직은 아니야!" 상대 연인은 연인에게 말한다. 그렇게 욕망이 손을 뻗는 행위는 계속 이어진다. 역설이란 무엇인가? 역설이란 손을 뻗어보지만 그 끝에는 결코 이르지 못하는 생각의 일종이다. 그것이 손을 뻗을 때마다 생각 도중에 해답이 파악되는 것을 방해하는 거리 변경이 일어난다. 제논[7]의 유명한 역설을 생각해보라. 그것들은 끝에 도달한다는 현실에 대한 반론이다. 제논의 달리는 사람은 절대 경기장의 결승선에 이르지 못하고, 제논의 아킬레우스는 절대 거북이를 따라잡지 못하며, 제논의 화살은 절대 과녁에 도달하지 못한다(아리스토텔레스, 『자연학』, 239b5~18; 263a4~6). 이것들은 역설에 대한 역설이다. 각각의 역설은 생각이 스스로 접혀 사라지는 듯 보이는, 혹은 적어도 그렇게 느껴지는 지점을 포함한다. 그것은 사라질 때마다 다시 시작될 수 있고, 그렇게 손을 뻗는 행위는 계속 이어진다. 만일 당신이 생각을 즐기는 사람이라면, 당신은 기쁜 마음으로 다시 시작할 것이다. 하지만 다른 한편으로 생각을 즐기는 당신의 행위는 분명 결론에 도달하고픈 어떤 소망을 수반해야 하고, 그리하여 당신의 기쁨은 분함이라는 가장자리[8]를 가질 것이다.

운동[9]의 달콤쏩쏠함에서 우리는 에로스의 윤곽선을 본다. 당신은 제논을 사랑하고 또 증오한다. 당신은 그의

---

7 제논(Zenon, BC 490?~430?). 고대 그리스의 철학자이자, 엘레아 학파의 대표적 인물. 아킬레우스와 거북이, 화살의 역설 등 서양 철학사에서 가장 유명한 논리 실험, '제논의 역설'로 유명하다.

8 'an edge of'는 보통 '강렬한' '격한' 등을 뜻하므로 'an edge of chagrin'은 '격한 분함' 정도로 옮길 수도 있겠으나, 본서에서 중시되는 개념인 '가장자리(edge)'를 강조하기 위해 직역했다.

9 위에서 거론된 '제논의 역설'은 모두 '운동'의 불가능성을 증명하기 위한 논증이다.

역설에서 작동하는 책략을 알면서도 계속 그 역설로 돌아간다. 그리고 당신이 그 역설로 계속 돌아가는 것은 아킬레우스가 거북이를 따라잡는 것을 보고 싶기 때문이 아니라 역설이라는 게 무엇인지 이해하려고 애쓰길 좋아하기 때문이다.

당신은 보이지 않지만 활기 넘치는 그 지점, 즉 당신의 이성이 스스로를 바라보고 있는―혹은 거의 바라보고 있는―그 지점을 좋아한다. 왜 그런가? 우리는 이전에 벨라스케스의 〈시녀들〉을 고찰하면서, 그리고 은유의 핵심에 자리한 역설적 행위를 생각하면서 이 맹점에 도달한 적이 있다. 소설은 우리에게 그 맹점에 이르는 또다른, 더 넓은 통로를 제공하는데, 왜냐하면 소설은 수많은 책략을 사용해서 수많은 페이지에 걸쳐 역설의 경험을 지속시키기 때문이다. 그 맹점과 그것의 욕망할 만함에 대한 소설가들의 책략에서 우리가 무엇을 읽어낼 수 있을지 살펴보기로 하자.

역설적인 무언가
Something Paradoxical

소설 비평가들은 역설을 "소설 장르의 원칙"으로 여기
며 로맨스에서 "새롭고 기이한*kainos*" 혹은 "이치에 맞지
않는*paralogos*" 혹은 "생각지도 않은*adokētos*" 상황이 언급되
는 빈도수에 주목한다(Heiserman 1977, 77 그리고 226 n. 4).
역설의 기술은 이 이야기들을 플롯, 이미지, 말장난 등의
모든 층위에서 풍요롭게 한다. 역설은 특히 작품의 정서
적 질감에 필수적이다. 이는 에로스적 픽션의 서정시적
전례에 익숙한 사람에게는 전혀 놀라운 사실이 아니다.
"나는 미쳤다! 나는 미치지 않았다! 나는 사랑에 빠졌다!
나는 사랑에 빠지지 않았다!"고 기원전 6세기의 아나크
레온은 말했다(PMG, 413). "어떻게 해야 할지 모르겠네.

두 동강이 난 내 마음……"이라고 사포는 말했다(「단편
51」). 소설의 인물들은 인격이 두 개의 파벌로 나뉘어 서
로 싸우는 그런 정서적 분열증의 순간에 탐닉한다. 소설
가들은 이 순간을 영혼의 전면적인 독백으로 전개해서 인
물이 자신이 처한 에로스적 딜레마에 대해, 대개 길고 보
람 없이, 스스로 숙고할 수 있게 한다. 하지만 감정적 분
립은 소설의 남자 주인공들과 여자 주인공들의 전유물이
아니다. 텍스트 안에서건 밖에서건 자신의 운명을 주시하
는 사람이라면 누구나 이런 식으로 반응하게 마련이다.

이를테면 크세노폰의 『에페수스 이야기』의 결말을 보
라. 여주인공 안티아가 연인의 품안으로 쓰러질 때 주변
에 서 있던 마을 사람들은 "영혼 속 전부 뒤섞인 쾌락,
고통, 두려움, 과거의 기억, 미래의 불안"으로 동요한다
(5.13). 헬리오도로스[1]의 『에티오피아 이야기*Aethiopica*』의
결말에서 연인들의 결합을 목격한 동료 시민들의 경우도
마찬가지다. 그들 안에서,

…완전한 모순점들이 하나의 소리처럼 들어맞았다: 슬

---

1 헬리오도로스(Heliodoros, 3~4세기경). 고대 그리스의 소설가. 『에티오피아
이야기』는 현존하는 그리스 로맨스 중 가장 길고 복잡한 서사 구조를 가진 작품으
로 평가된다. 이집트, 에티오피아, 그리스 등 여러 지역을 배경으로 한 모험과 사
랑, 신탁, 가족의 재회 등의 요소를 포함한다.

품과 뒤엉킨 환희, 웃음소리와 뒤섞인 눈물, 흥겨운 기쁨으로 변해가는 완전한 침울함……

—10권 38장 4절

헬리오도로스의 소설 앞부분에서는 칼라시스라는 인물이 여주인공이 겪는 에로스적 고통에 대한 자신의 반응을 기록한다.

　…동시에 나는 쾌락과 고통으로 가득 차올랐다: 눈물을 흘리는 동시에 기뻐하며 나는 아주 새로운 정신 상태*pathos ti kainoteron*에 있는 나 자신을 발견했다……

—4권 9장 1절

소설가가 자신의 책략을 적절히 사용했다면, 독자로서 우리 또한 이 역설적으로 뒤섞인 감정을 느껴야 마땅하다. 그리하여 카리톤은 플롯의 사건에서 특별히 눈부신 순간에 우리를 향해 그런 뜻을 내비치며 묻는다.

　무대에서 그런 역설적 시나리오*paradoxon mython*를 만들어낸 시인이 있었던가? 그대들은 분명 동시에 수많은 감정들로 가득찬 극장에 앉아 있다고 생각했을 것이다. 눈물, 환희, 놀라움, 연민, 불신, 열렬한 기도!

쾌락과 고통을 동시에 만들어내는 것이 소설가의 목적이다. 우리는 잠시 이 지점에 대해 곰곰이 생각해봐야 한다. 여기서 얼마간 중요한 것은, 독자로서 우리가 상충된 정서적 반응, 즉 욕망으로 분열된 연인의 영혼이 보이는 것과 가까운 반응에 전형적으로 또 반복적으로 휘말린다는 사실이다. 독자라는 지위 자체가 이러한 반응에 필요한 미학적 거리와 경사傾斜를 제공한다. 독자의 감정은 앎이라는 특권적 위치에서 시작된다. 우리는 이야기가 행복하게 끝날 것임을 안다. 이야기 속 인물들은 이를 알지 못하는 듯 보인다. 그리하여 우리는 사건에서 사실이라고 말해진 것과 인물들이 사실이라고 믿는 것을 모두 볼 수 있는 각도에 서서 텍스트를 바라본다: 두 층위의 내러티브적 현실이 수렴되지 않은 채 위아래로 떠서 욕망하는 연인의 경험이기도 한 정서적이고 인식적인 입체 영상을 독자에게 제공한다.

우리는 사포가 「단편 31」에서 이런 입체 영상적 순간을 그녀 자신, 상대 연인, "가만히 귀기울이는 남자"의 세 점으로 이루어진 욕망의 회로로 구성해내는 것을 보았다. 「단편 31」에서의 동사적 행위는[2] 우리의 인식이 욕망의 한 층위에서 다른 층위로, 실재하는 것에서 가능한 것으로, 둘 사이의 차이를 망각하지 않은 채 도약하거나 이동하게 해준다. 사포의 시에서 관점 변경은 순간적인 것으로, 그것은 감정이 형성되는 핵심부에 아주 가까이 다가가는 갑작스러운 감각이자 현기증이다. 소설에서는 이러한 거리 변경 기술이 독자가 사건을 바라보는 영구적인 태도로 대체된다. 소설은 에로스의 책략을 제도화한다. 그것은 일관되게 부적합한, 정서적이고 인식적인 내러티브 조직이 된다. 그것은 독자가 이야기의 인물들과 삼각관계에 놓이는 것을 가능하게 한다. 또한 독자가 인물들이 욕망하는 대상을 붙잡고자 텍스트 속으로 손을 뻗으며 그들의 갈망을 공유하는 동시에 그것과 거리를 두고, 인물들이 바라보는 현실과 동시에 그 오해까지 목격하는 것을 가능하게 한다. 그것은 거의 사랑에 빠지는 것이나 다름없다.

---

2 본서에서 'verbal'은 대체로 '언어적'과 '동사적'의 의미를 동시에 뜻한다. 맥락상 전자의 뉘앙스가 조금 더 강할 때는 '언어적'으로 옮기되 'verbal'을 병기하도록 한다.

나의 페이지는 사랑을 나눈다
My Page Makes Love

몇몇 예들이 준비되어 있다. 소설가 롱구스[1]는 삼각 분할적 긴장에 대한 대담한 진술로 소설 『다프니스와 클로에Daphnis and Chloe』의 서두를 떼는데, 그 긴장은 소설의 구조이자 존재 이유이다. 그는 "**에로스**의 역사를 그린 어떤 이미지"를 접했는데, 그것이 자신이 본 것 중 가장 아름다운 것으로 여겨졌기에 이야기를 쓰게 되었다고 우리에게 말한다. "글로써 그것에 필적하는 이미지를 만들어

---

1 롱구스(Longus, 2~3세기경). 고대 그리스 소설가. 『다프니스와 클로에』의 저자로 알려져 있다. 이 작품은 그리스 로마 시대의 로맨스 중에서도 특히 목가적 서정성을 띠는 대표작으로, 젊은 연인 다프니스와 클로에가 사랑을 깨달아가는 과정을 중심으로 전개된다.

내려는" 갈망*pothos*에 사로잡힌 그는 소설 집필에 착수했다. 서두에 나타난 롱구스의 발상은 세 구성 요소로 이루어져 있다. 우선 주변의 나무나 물의 실재적 아름다움을 모두 초월하는 이상적 아름다움*kalliston*으로서의 **에로스**의 도상圖像이 있다고 롱구스는 말한다. 또한 글쓰기 행위를 통해 경쟁 상대에 손을 뻗거나 그림 속의 완벽한 아름다움에 근접하려는 언어적*verbal* 도상, 즉 소설이 있다. 이상적 도상과 경쟁 상대로서의 도상 사이에는 롱구스로 하여금 이 두 이질적 이미지를 상상의 화면 위로 한데 모으도록 애쓰게 하는 욕망*pothos*이라는 원동력이 있다.

두 도상은 은유의 두 요소와도 같다: 기존의 이미지 혹은 의미와 새로운/소설적*novel* 이미지 혹은 의미가 상상의 행위를 통해 밀착된다. 그것들은 함께 하나의 의미를 만들어낸다. 우리가 은유라고 부르는 언어적*verbal* 혁신이 그러하듯, 롱구스의 상상적인 노력은 이미 알려진 실재적인 것에서 다른 무언가, 별개의 무언가, 욕망하는 무언가를 향해 손을 뻗는 에로스적 행위다. 그가 만들어내는 것은 정적인 지점이 아니라, 소설이 다양한 삼각관계의 여러 측면을 오가며 활기를 띠는 역동적인 의미다. 이런 이동에는 역설적인 무언가가 내재해 있고, 독자로서 우리는 다른 사람이 품은 욕망의 가장자리에 서서 그 경험에 초대된다. 종이 한 장 위에 나타난 일련의 기호에 의해 저지되고, 구애를 받고, 삼각 분할되고, 변화된 채 말이다. "나의 페이지Page[2]는 사랑을 나누고, 그것을 격정적으로 이해한다"고 몽테뉴는 말한다(『에세』, 5.3).

롱구스의 페이지는 우선 명백하게도 독자를 이야기 속 연인들의 달콤쏩쓸한 감정으로 끌어들임으로써 독자와 사랑을 나눈다. 하지만 이런 내러티브적 관음증은 오직 표면적 현상일 뿐이다. 심층에서는 도상이 서로 맞서도록 설정한 전반적 은유 작업을 통해 훨씬 더 큰 저지력을 지닌 사랑 행위가 일어나고 있다.

『다프니스와 클로에』는 에로스를 발견하는 소년과 소녀의 이야기다. 그들이 행하고 말하는 모든 것은 상징적으로 읽힌다. 모든 연인은 자신들이 사랑을 발명하고 있다고 믿는다: 다프니스와 클로에는 실제로 사랑을 발명한다. 그들은 목가적인 동화 속 나라에 살면서 봄의 새싹과 함께 욕망으로 부풀어오르고, 수많은 좌절 끝에 마지막 페이지들에 이르러 **에로스**의 동굴에서 서로 결혼한다. 어느 비평가가 말했듯이, 그들은 "상징적 곤경 속에서 에로스적 지식을 상징적으로 발달시키는 상징적으로 순결한 자들이다"(Heiserman 1977, 143). 이를테면 클로에

---

2 몽테뉴의 『에세』에서 'Page'는 '시동(侍童)'의 의미로 사용된 것이지만 저자는 의도적으로 이를 '책의 페이지'의 의미로 사용하고 있다.

와 결혼해도 좋다는 아버지의 승낙을 받아낸 다프니스가 그녀에게 그 소식을 전하러 달려갈 때 다음과 같은 일이 일어난다. 두 연인이 있는 곳은 과일나무로 가득한 과수원이다.

그곳에는 사과를 모두 딴 사과나무 한 그루가 서 있었다. 나무에는 열매도 잎도 달려 있지 않았다. 가지는 모두 앙상했다. 그리고 가장 높고 높은 가지에는 사과 한 알이 떠 있었다. 그것은 다른 많은 사과보다 크고 아름답고 더 향기로웠다. 사과 따는 사람은 그렇게 높이 올라가기 두려웠거나 그것을 못 보고 지나친 것이다. 그리고 어쩌면 그 사과는 사랑에 빠진 양치기를 위해 자신을 남겨두었는지도 몰랐다.

다프니스는 간절히 사과를 따고 싶어하고 클로에는 그런 그를 막는다. 다프니스는 사과를 딴다. 그러고는 클로에를 달래고자 다음과 같이 말한다.

"오 소녀여, 아름다운 계절이 이 사과를 낳았고, 무르익히는 태양 속에서 아름다운 나무가 그것을 키웠으며, 행운이 주의깊게 지켜보았어요. 눈을 지닌 나로서는 그것을 그냥 내버려둘 수 없었습니다―그것은 땅에 떨어져 풀을 뜯는 양떼의 발에 짓밟히거나, 어떤 기어다니는 동물에 의해

독을 품게 되거나, 거기서 기다리며 찬양의 대상으로 시선
을 받다가 시간에 의해 소진되어버렸을지도 모르니까요.
이것은 아프로디테가 아름다움으로 얻은 상이니, 나는 이
것을 당신께 승리의 상으로 드리렵니다."

—3권 33~34절

다프니스가 사과를 클로에의 무릎에 떨어뜨리자 그녀
는 그에게 키스하고, "그리하여 다프니스는 감히 그렇게
높이 올라갔던 것을 전혀 후회하지 않았다".

다프니스는 문학적literary 모티브를 문자 그대로literally 받
아들이는 연인이다. 여기서 그는 상대 연인에게 구애의
상징 자체로 구애하며 욕망에 손을 뻗는 전형적 행동을
보인다. 롱구스는 우리가 사포의 시(「단편 105a」)에 등장
한 가장 높고 높은 가지에 매달린 사과를 떠올리기를, 그
리고 다프니스의 행위를 상징적으로 읽기를 기대한다.
그와 동시에 사과는 모든 사랑 선물의 전형으로서, 그리
스 시와 시각예술을 통틀어 연인이 상대 연인에게 바치
는 가장 인기 있는 선물로 잘 알려져 있다. 사과가 아프로
디테 및 파리스의 심판과 지니는 전통적 연관성은 여기
서 다프니스 자신에 의해 환기된다. 또한 사과는 야생에
서 꽃을 피워 곧 결혼을 위해 꺾일 신부로서의 클로에를
나타낸다고 여겨질 수도 있다. 연인과 상대 연인이 각각

보이는 태도는 정형화된 것이기도 하다: 억누를 수 없는 욕망이 단호한 저항에 부딪힌다. 그는 고집하고, 그녀는 굴복하며, 사과는 패배자가 된다. 이런 다양한 층위의 추론이 본질적인 내러티브적 사실 위에 떠 있다: 그것이 진짜 사과이며 진짜 키스를 쟁취했다는 사실 위에, 혹은 그렇다고 우리는 읽는다.

롱구스의 소설은 그런 층위들이 이어진 직조물로, 그것은 나무 위에 "떠" 있는 사과처럼 플롯의 사실들 위로 풍부하고 투명하게 매달려 있다. 잠시 롱구스의 텍스트에 등장하는 이 사과를 더 자세히 들여다보라. 롱구스는 사과를 나무에 매달기 위해 다소 흥미로운 동사를 선택했다: 에페테토*epeteto*(3.33)는 "날다"라는 뜻의 동사 페토마이*petomai*에서 온 것이다. 그것은 보통 날개 달린 생물이나 마음을 급습하고 지나가는 정서와 관련해서 사용된다. 특히 에로스적 정서와 자주 연관되는 이 동사는, 이를테면 사포가 「단편 31」에서 에로스가 "내 가슴속 심장에 날개를 다네" 혹은 "내 심장을 날게 하네"라고 말할 때 사용된다. 여기서 롱구스는 그 동사를 미완료 시제로 사용한다. 즉, 그는 동사의 행위를 시간 속에서 지연시키고 (미완료는 지속성을 나타낸다), 그리하여 제논의 역설에 등장하는 화살처럼 사과는 정지한 가운데 날아간다. 게다가 사과가 날아가는 문장은 앞 문장들과의 역설적이고 병렬적인 관계 속에 떠 있다. 그 관계는 이 문장을 텍스트 자체와 이어주는 연결사가 단지 "그리고*kai*"라는 점에서 병렬적이다. 그 관계는 "그리고 사과 한 알이 떠 있었다"는 진술이 선행하는 세 진술, 즉 나무에서 사과를 다 땄고 열매도 잎도 남아 있지 않으며 모든 가지는 앙상했다는 진술과 완전히 모순된다는 점에서 역설적이다. 롱구스의 번역가들은 예외 없이 "그리고"를 "하지만"으로 변경함으로써 역접으로 이어진 절 속의 부적절한 사과가 우리의 문법적으로 올바른 시계視界 속으로 갑자기 날아들게 한다. 하지만 롱구스의 목표는 그렇게 평범하지 않다. 그의 문법은 우리의 자기만족적 시계를 가로막으며 그것을 둘로 쪼갠다. 한편으로 우리는 사과를 다 따서 앙상해진 나무 한 그루를 본다. 다른 한편으로는 사과 한 알이 떠 있다. "그리고" 그 둘 사이의 관계는 역설적인 무언가다. 롱구스의 "그리고"는 우리를 맹점에 자리하게 하고, 거기서 우리는 문자 그대로 거기 있는 것 이상을 본다.

롱구스는 자신의 독자에게 많은 것을 기대한다. 우리가 『다프니스와 클로에』를 읽으며 즐기는 특권적 앎의 위치는 단지 모든 게 잘 끝나리라는 믿음에 기초하지 않는다. 롱구스는 교양 있는 독자가 에로스적 토포스들의 전체 역사를 알고 문법적 통찰력을 지니고 있을 거라고 추정하며 그것을 이용한다. 그는 은유라는 정신적 행위가 에로스에 최대한 근접하는 경험을 우리에게 지속적으로 선사하길 바란다. 그게 어떤 느낌일지 한번 생각해보라. 소설을 읽는 동안 우리의 정신은 인물, 에피소드, 실마리의 층위에서 개념, 해결책, 해석의 층위로 이동한다. 그 행위는 유쾌하지만 고통스러운 것이기도 하다. 각각의 이동에는 무언가가 상실되었거나 이미 상실되었다는 예리한 감각이 동반된다. 해석은 내러티브로의 순수한 몰입을 망치고 방해한다. 내러티브는 우리가 해석에서 관심을 돌리길 요구한다. 하지만 우리의 정신은 행위의 두 층위 중 그 어느 쪽도 놓아버리길 꺼리며 둘 사이의 입체 영상 지점에 저지된 채 남아 있다. 그것들은 하나의 의미를 만들어 낸다. 이러한 정서적이고 인식적인 방해의 순간을 고안해내는 소설가는 사랑을 나누는 중이고, 그의 구애 대상은 바로 우리다. "그 책과 그것의 저자는 우리의 뚜쟁이[3]였어요!"라고 프란체스카[4]는 지옥에서 외친다, 혹은 그렇다고 우리는 『신곡: 지옥편』(5.137)에서 읽는다.

---

[3] 이탈리아어 원문은 '갈레오토(Galeotto)'로, 아서왕의 전설에 등장하는 인물 갤러후트(Galehaut)의 이탈리아어식 발음이다. 갤러후트는 친구 랜슬롯 경과 기네비어 왕비의 사랑 이야기를 쓴 저자이자 그 책의 제목으로, 이 때문에 중세 이탈리아어에서 '중매인' 혹은 '포주' '뚜쟁이'를 뜻하게 되었다. 저자는 보통 "그 책과 그것의 저자는 갤러후트(혹은 갈레오토)였어요"로 번역되는 문장에서 '갤러후트(혹은 갈레오토)'를 의도적으로 '뚜쟁이(pimp)'로 옮겼다.

[4] 불구인 남편의 동생 파올로와 사랑에 빠졌다가 남편에게 발각되어 파올로와 함께 죽임을 당한 인물로, 단테와 동시대인이었다.

문자, 편지
Letters, Letters

그리스어 그람마타는 영어 '레터letter'와 마찬가지로 '알 파벳 문자'를 의미할 수도 있고 '편지'를 의미할 수도 있 다. 소설은 두 종류의 레터[1]를 모두 담고 있으며 욕망의 맹점에 대해 서로 다른 두 관점을 제공한다. 넓은 의미에 서의 레터, 즉 표기된 텍스트로서의 소설의 떠 있기 책략 은 읽는 경험에 에로스적 긴장을 제공한다. 그것에는 작 가에서 독자로, 다시 이야기 속 인물들로 이어지는 삼각 회로가 있다; 그 회로의 점들이 이어질 때 역설이 안겨주

---

1 'letter'가 '문자'와 '편지'를 모두 뜻하는 경우에는 '레터'로 옮기되 '문자'의 의 미로만 사용된 경우에는 '문자'로, 주로 '편지'의 의미로 사용된 경우에는 '편지'로 옮겼다.

는 곤란한 쾌락은 전기가 통하는 것처럼 느껴질 수 있다. 좁은 의미에서의 레터, 즉 편지 혹은 문자로 쓰인 메시지는 다양한 소설의 플롯 내에서 인물들 사이의 에로스적 속임수의 수단으로 기능한다. 그 효과는 우리가 기대하는 대로다: 삼각 분할적, 역설적, 전기적. 고대 소설에서 발견되는 수많은 서간체 시나리오에서 편지는 절대 연인과 상대 연인 사이의 직접적인 사랑의 선언을 전하는 용도로 사용되지 않는다. 편지는 사건 옆에 비스듬히 서서 삼각관계를 펼쳐놓는다: A가 C에게 B에 대해 쓰거나, A가 있는 자리에서 B가 C에게서 온 편지를 읽는 식으로. 소설에서 편지가 읽힐 때 즉각적으로 나타나는 결과는 연인들의 감정과 그들의 전략에 역설이 주입되는 것이다 (이로 인해 전자는 쾌락과 동시에 고통이 되고, 후자는 이제 부재하는 현존의 방해를 받는다).

아킬레우스 타티오스[2]의 소설 『클리토폰과 레우키페 Clitophon and Leucippe』를 생각해보라. 상대 연인(레우키페)이 죽었다고 믿는 남자 주인공(클리토폰)은 다른 여자와 결혼하려는 찰나에 레우키페가 보낸 편지를 받는다. 그는 레우키페의 편지를 읽으려고 결혼식을 중단하는데, 그

---

2 아킬레우스 타티오스(Achilleus Tatios, 2세기경). 헬레니즘 시대 후기의 그리스 소설가. 로맨스 『클리토폰과 레우키페』를 남겼다. 파란만장한 사건과 감각적 묘사, 복잡한 서사 구조로 유명하며, 그리스 장편 로맨스의 대표작으로 꼽힌다.

편지는 레우키페를 "그의 영혼의 눈앞에" 데려오고, 그의 뺨은 "간통하는 도중에 붙잡히기라도 한 것처럼" 수치심에 짙게 붉어지기 시작한다(5.19). 클리토폰은 곧장 자리에 앉아 "**에로스** 자신이 불러준" 답장을 쓴다. 답장의 첫 구절은 연인, 상대 연인, 그람마타를 연결하는 세 점짜리 회로를 그것들의 표준 각도에서 깔끔하게 구성해낸다.

> "안녕하시오, 나의 여인 레우키페. 나는 환희로운 가운데 비참한데, 왜냐하면 당신의 편지에서 현존하는 동시에 부재하는 당신을 보기 때문이오."
>
> —5권, 20절

클리토폰은 계속해서 편지에서 자신의 사랑을 선언하고, 자신과 결합할 때까지 그녀의 욕망을 잃지 말길 레우키페에게 간청한다. 쓰인 편지는 제삼자, 즉 증인이자 심판관이자 에로스적 전하電荷의 도관으로서의 현존과 권위를 지닌다. 편지는 연결하는 동시에 분리하는, 고통스러운 동시에 달콤한 에로스적 역설의 메커니즘이다. 편지는 욕망의 공간을 구성해내고, 그 공간 안에서 연인이 자신의 교착 상태에 대해 계속 의식하게 하는 모순적 감정을 일으킨다. 문자는 문자 그대로 거기 없는 제삼자를 불러내서 지금 있는 것(클리토폰과 다른 여자 사이의 실재적이고 현존하는 에로스적 관계)과 있을 수 있는 것(클리토폰과 레우키페의 이상적 사랑) 사이의 차이를 갑자기 가시화함으로써 기존의 이항적 상황을 저지하며 복잡하게 만든다. 편지는 실재의 화면에 이상을 투사한다. 편지 내부에서 **에로스**가 행위한다.

보다 신탁적인hieratic[3] 예는 헬리오도로스의 소설 『에티오피아 이야기』에 등장한다. 여기서 문자 텍스트는 편지가 아니지만 그와 똑같은 방식으로 기능한다. 헬리오도로스의 여주인공(카리클레이아)은 에티오피아의 흑인 왕비가 낳은 하얀 피부의 딸이다. 여왕은 남편의 의심이 담긴 질문에 직면하기보다는 태어난 아이를 버리길 택한다. 그리하여 카리클레이아는 타이니아*tainia*(가는 띠 혹은 머리 수건)에 둘러싸인 채 버려진다. 하지만 평범한 타이니아는 아니다: 여왕은 그것에 아기의 내력과 하얀 피부의 이유를 설명하는 문자 텍스트를 새긴다. 공교롭게도 아기는 사제들에 의해 구조되어 델포이에서 길러진다. 여러 해가 지나 소설이 4권에 이르러서야 소설가는 타이니아에 쓰인 텍스트를 우리에게 밝힌다. 그것을 읽는 장

---

3 본래 hieratic은 고대 이집트에서 종교적 문서에 사용된 '신관문자'를 지칭하지만 '의례적' '신탁적'과 같은 상징적 의미로도 사용된다.

면은 에로스적 위기의 순간을 위해 남겨졌던 것이다: 카리클레이아가 테아게네스라는 인물과의 사랑 때문에 죽음을 택하기 직전에 한 사제가 그녀의 목숨을 구하고자 타이니아를 읽는다. 타이니아에서 에티오피아의 왕비는 이렇게 말한다.

···내가 빛처럼 환한 하얀 피부를 지닌 널 낳았을 때—에티오피아에서는 부적절한 일이지—나는 그 이유를 알았단다. 있잖니, 남편이 내게 삽입하던 바로 그 순간 나는 안드로메다의 그림을 응시하고 있었거든. 그 그림에는 페르세우스가 바위에서 그녀를 차지하던 바로 그때 완전히 벌거벗고 있던 그녀의 모습이 담겨 있었지. 그녀의 겉모양이 내 씨앗을 변화시켰어—운이 나쁜 쪽으로.

—4권 8장 5절

이제 여기서 흥미로운 삼각형이 등장한다. 테아게네스에 대한 카리클레이아의 욕망은 시간을 거슬러 펼쳐지면서 어머니가 저지른 미학적 부정不貞행위를 포함하게 된다. 남편과 성교하는 순간 왕비는 다른 무언가를 생각하고 있었다. 그녀의 관심은 다른 연애 사건, 즉 페르세우스와 안드로메다의 신화적 혹은 이상적 에로스에 쏠려 있었다. 여왕은 삼각 분할을 했다.

그것은 단순한 삼각형이 아니다. 헬리오도로스는 단순한 작가가 아니다. 비잔티움의 어느 비평가는 헬리오도로스의 내러티브를 꼬리는 드러내고 머리는 숨긴 뱀들의 무리에 비유했다(Michael Psellos; Colonna 1938, 364). 게다가 헬리오도로스는 여왕의 문체가 난해하다고 우리에게 미리 경고하는데, 그녀는 타이니아에

　…일반 대중이 사용하는 에티오피아 알파벳이 아니라 이집트의 신관문자를 닮은 '왕실' 문자grammasin basilikois로

—4권 8장 1절

글을 새기길 택했기 때문이다. 그 문자는 고귀하고 그 의미는 복잡하다. 그럼에도 에로스적 삼각형의 익숙한 구성 요소들은 쉽게 알아볼 수 있다. 우리는 상대 연인인 아내와 결합하고자 손을 뻗는 에티오피아의 왕을 본다. 그가 그러는 동안 방해 행위가 일어나며 세번째 각이 벌어진다. 멀리에서 가까이로, 이상에서 현실로의 거리 변경을 통해 페르세우스와 안드로메다는 여왕의 눈짓을 가로막으며 그녀의 욕망을 분열시킨다. 그녀의 상상력이 도약한다. 그리고 그녀의 상상력이 실재하는 것(남편)에서 가능한 것(페르세우스와 안드로메다)으로 손을 뻗는 동안 역설적인 무언가가 발생한다: 즉, 카리클레이아가.

카리클레이아는 우선 사실의 층위에서 역설적 존재이지만(흑인에게서 태어난 백인), 추론의 차원에서도 그러하다. 비록 그녀 자신은 테아게네스에 대한 자신의 사랑을 위태롭게 하지 않았지만, 그녀의 (하얀 피부가 그것의 상징으로 여겨졌을지도 모를) 완벽한 순결은 그녀의 탄생 이전에 어머니의 마음속에서 일어난 순간적인 무절조無節操로 인해 이제 (하얗게) 물든 것처럼 보인다. 그녀의 경우 하얀색은 불순함의 증거다: 타이니아가 이야기를 펼치는 동안 우리는 이 말의 의미가 그것의 부적합성 위로 투사되는 것을 본다. 우리는 그 부적합한 적합성의 지점을 생각하고, 추론해낸 정보는 정신 속에서 일그러지는 듯 보인다. 그림이 진짜 피부를 변화시킬 수 있나? 은유가 실체를 하얗게 바꿀 수 있나? 유쾌한 이야기이지만 해석으로서는 불만족스럽고, 우리의 정신은 계속해서 해답을 향해 손을 뻗는다. 우리가 손을 뻗을 때마다 생각conception[4]은 방해interception로 변경된다: 카리클레이아의 검은 씨앗은 안드로메다의 하얀 피부 속으로 접혀 사라진다.

그 책략의 맹점에 위치한 우리는 기쁨과 분함을 느낀다. 우리의 뒤섞인 반응은 소설 속 읽는 이의 반응과 공명

---

4 'conception'은 '생각' 외에도 '임신' '수태'를 뜻하며, 이어지는 'interception'과 각운을 이룬다.

한다. 카리클레이아를 구할 방법을 찾길 바라며 타이니아를 읽는 사제(칼라시리스)는 자신의 반응을 기록한다.

> …이것을 읽었을 때 나는 신들의 섭리를 알아차리고 경탄했으며, 동시에 쾌락과 고통으로 가득 차올랐다: 눈물을 흘리는 동시에 기뻐하며 나는 아주 새로운 정신 상태에 있는 나 자신을 발견했다.

—4권 9장 1절

소설에서 중심축을 이루는 이 장면에서 헬리오도로스가 읽기와 쓰기에 부여한 중요성을 명확히 짚고 넘어가도록 하자. 이는 그의 내러티브 배치 방식 때문에 일어나는 일인데, 세번째 각(카리클레이아를 임신하게 된 내력)을 펼침으로써 (카리클레이아와 테아게네스 사이의) 에로스적 상황을 저지하고 복잡하게 만드는 것은 바로 읽는 행위다. 그 세번째 각에서 에로스의 책략이 작동한다. 역설이 생겨난다. 감정이 분화된다. 문자 텍스트 내부로부터 에로스는 칼라시리스에게 작용해서 그의 내면에 소설 독자에게 전형적으로 나타나는 심리 상태를 불러일으킨다. 그 신관문자 텍스트 속으로 손을 뻗으며 우리는 카리클레이아가 지닌 하얀 피부의 의미를 파악하려 한다. 의미는 변경되고 변화하며 우리를 피해가지만, 우리는 그것

이 상대 연인 자체라도 되는 양 그것을 계속 뒤쫓길 갈망
한다.

우리는 이 그리스 소설들을 저자 불명의 5~6세기 라틴
어 로맨스인 『티레의 아폴로니우스 이야기History of Apollonius
of Tyre』와 비교해볼 수도 있겠는데, 이는 펜타폴리스의 왕
녀에 대한 아폴로니우스의 사랑 이야기다. 아폴로니우스
는 소녀의 가정교사가 되어서 어떻게든 그녀를 쟁취하
고, 편지 자체가 지닌 유혹의 힘으로 그녀가 구혼 경쟁자
들에게서 관심을 돌리게 만든다. 그녀가 사랑에 빠질 때,
그것은 아폴로니우스가 제공한 학습 덕분이라고 소설가
는 우리에게 말한다(17장). 경쟁자들은 알현을 요구하지
만 그녀의 아버지는 그들을 물리친다.

지금은 자네들이 거듭 구혼하기 좋은 때가 아니니, 내 딸
이 학습에 완전히 빠져 있고, 공부와 깊은 사랑에 빠진 나
머지 침대에 앓아누워 있기 때문이라네.

— 19장

그러고서 안티오쿠스 왕은 편지의 메커니즘을 이용해
에로스적 삼각형을 구성해낸다. 그는 각각의 구혼자에게
이름과 지참금을 서판에 쓰라고 요청하고, 그것을 딸에
게 전달해서 그녀가 그들 가운데 고를 수 있게 한다. 아폴

로니우스는 그 서판을 그녀에게 전달하고, 그녀가 그 앞에 서서 그것을 읽는 동안 연인, 상대 연인, 글로 쓰인 경쟁자들로 이루어진 익숙한 삼각형이 그려진다. 하지만 이여자 주인공 자신은 문맹이 아니다. 자기 앞에 놓인 삼각형의 기하학적 구조에 불쾌해진 왕녀는 각을 재조정한다. 그녀는 아폴로니우스의 이름을 서판에 써서 자신의 인장과 함께 아버지에게 돌려보낸다(20~21장). 소설 비평가들은 이 "편지 쓰기 익살극"에 대해 조바심하며 "왜 왕은 몇미터 떨어져 있지 않은 누군가에게 편지를 쓰라는 유별나고도 번거로운 절차를 제안하는가?"와 같은 그럴듯한의문을 제기한다(Perry 1967, 306~307). 편지는 다른 방식으로는 말해질 수 없었던 무엇을 말하기라도 하는가?

이 로맨스에서 편지는, 헬리오도로스의 소설에서와 마찬가지로, 그것 자체가 지닌 힘, 실체를 에로스적으로 변화시키는 힘을 보여준다. 왕녀가 아폴로니우스를 만날때 그녀의 마음에 사랑의 불길을 일으키는 것은 바로 편지다. 그녀가 아폴로니우스 앞에 서서 그의 경쟁자들의이름을 소리 내어 읽을 때, 연인과 상대 연인에게 부재하는 현존의 딜레마를 제기하는 것은 바로 편지다. 그녀가문자적 관습을 통해 손을 뻗어 자신의 욕망에 어울리는사랑의 장면을 다시 쓸 때, 맨 위쪽에 에로스의 삼각형을놓도록 허락하는 것은 바로 편지다. 이 여자 주인공은 자신을 만들어낸 작가만큼이나 편지의 에로스적 기교를 완전히 이해한다. 몽테뉴의 것만큼이나 격정적으로, 그녀의 페이지는 사랑을 나눈다.

여기에는 두 종류의 레터가 있고(알파벳과 편지), 또한 두 종류의 사랑 나눔이 있다(독자로서 우리 또한 구애의 대상이 된다). 각각은 나머지 하나에 들어맞는다. 알파벳 문자가 연인들의 편지를 만들어내듯, 아폴로니우스와 왕녀의 연애는 이 소설의 유혹적 행위를 만들어낸다. 하지만 페이지는 여주인공에 의해 장악된다. 그녀는 특정 편지의 문자를 빼앗아서 소설이 들려주길 바라는 사랑 이야기를 자신을 위해 구성해낸다. 거리 변경을 통해 그녀는 플롯 내에서 손을 뻗어 그 플롯을 삼각 분할한다(아폴로니우스의 경쟁자들 사이에 그의 이름을 새기면서). 그녀 자신이 소설가라도 되는 양, 문자 자체가 어쩔 수 없이 이해의 에로스적 형태라도 되는 양 말이다.

그런 변경을 행할 때, 왕녀는 실재하는 것(아버지의 서판에 그 이름이 적힌 구혼자 목록)에서 가능한 것(그녀 자신이 선호하는, 이름이 적히지 않은 구혼자)으로 손을 뻗는 상상의 행위를 통해 그렇게 한다. 그런 변경을 행할 때, 그녀는 그녀 자신의 창조자인 작가로부터 편지 쓰기라는 토포스를 빼앗아 장악하며 스토리텔링의 한 (문자 그대로의) 측면에서 다른 측면으로 건너간다. 그런 변경은 문자주의적

lettristic 부적절성의 행위이며 우리에게 즐거움을 준다. 그와 동시에 우리는 그 장면 전체를 '유별나고도 번거로운' 절차로 여길 수도 있다. 하지만 편지를 소설적 토포스로 이해함으로써 우리는 에로스의 동적이고 삼각 분할적이며 유쾌하고도 교란적인 행위로 이끌려들어간다. 서판에 자기 연인의 이름을 쓰면서, 왕녀는 우리를 유혹한다.

접힌 의미들
Folded Meanings

사용되자마자 쓰기와 읽기의 기술은 고대인들에게 사생활과 비밀 유지를 위한 장치로 인식되었다. 쓰기가 존재하지 않는 사회에서 모든 의사소통은 어느 정도 공적일 수밖에 없다. 분명 전령을 통해 전달되어 야외에서 극적으로 낭송되는 메시지는 눈으로만 읽힐 목적으로 쓰인 편지보다 덜 사적인 성명서다. 초기의 독자들과 작가들은 이런 차이를 강하게 인식하고 있었던 것 같다. 그들의 태도를 보여주는, 사포의 것으로 여겨지는 고대의 수수께끼가 있다.

본성은 여성이며, 목소리가 없음에도 먼 곳의 사람들에

게 말을 건네는 태아들을 자궁에 숨긴 창조물은 무엇인가?

라고 사포는 물은 후, 스스로 수수께끼에 답한다.

> 그 여성적 창조물은 편지letter다. 태아들은 그것이 실어
> 나르는 (알파벳의) 문자letters다. 그리고 문자는 목소리가 없
> 음에도 먼 곳의 사람들에게, 원하는 누구에게든 말을 건넨
> 다. 하지만 다른 누군가가 그것을 읽고 있는 사람 바로 옆
> 에 우연히 서 있더라도 그것을 듣지는 못할 것이다.
>
> ―안티파네스, CAF, 「단편 196」;
> 아테나이오스, 『데이프노소피스타이』, 450c

문자는 부재하는 것을 현존하게 만드는데, 그것이 작
가가 독자에게 보내는 사적인 암호라도 되는 것처럼 배
타적인 방식으로 그렇게 한다. 시인 아르킬로코스는 자
신의 시에 암호의 은유를 적용하는데, 누군가에게 시를
보내며 그가 자신을 스쿠탈레skutalē로 지칭하기 때문이
다. 스파르타인들이 전령을 보낼 때 사용한 수단으로 가
장 잘 알려진 스쿠탈레는 가죽 두루마리를 감은 지팡이
혹은 봉棒이었다. 이것은 가죽을 특정한 방식으로 감아서
그 위에 메시지를 쓰고는 그 가죽 조각을 풀어서 수신인
에게 보내면 수신인이 그것을 비슷한 지팡이에 다시 감

아서 읽는 단순한 방법을 통해 암호로 사용되었다(Jeffrey 1961, 57). 아르킬로코스의 은유는 의사소통 행위를 작가와 독자 사이의 은밀한 공모로 받아들인다. 그들은 텍스트의 두 절반을 연결함으로써 그들 사이에 의미를 구성해낸다. 그것은 다른 이들은 접근할 수 없는 의미다.

아이스퀼로스가 쓴 『탄원하는 여인들』의 잘 알려진 한 구절은 글쓰기가 지닌 암호로서의 가능성을 강조한다. 여기서 구두로*viva voce* 민주적 결정을 선언하는 펠라스고스 왕은 자신의 숨김없고 공적인 발언을 문자 텍스트라는 은밀한 기록과 대비시킨다.

> 그것이 바로 이곳 시민들이 일반 투표를 통해
> 만장일치로 내린 법령이네……
> 이 법령에는 나사못이 단단히 박혀 있고
> 그래서 그것은 굳건히 고정되어 있지.
> 그것은 서판에 쓰인 것도 아니고
> 접힌 책 안에 봉인된 것도 아니어서,
> 자네는 자유롭게 말하는 혀가 들려주는 그것을
> 숨김없이 듣고 있네.
>
> ─942~949행

쓰인 글은 접혀서 사라질 수도 있다는 사실을 펠라스

고스의 말은 암시한다. 봉인되거나 접히거나 불가해하거나 비민주적이지 않은 것은 오직 구어뿐이다.

그렇다면 접을 수 있는 책과 서판은 고대 세계에서 실재하는 것이었다. 고대와 고전 시대에 문자와 메시지를 썼던 가장 흔한 표면은 델토스*deltos*, 즉 글을 새긴 후 접어서 내용을 숨길 수 있는 접철摺綴식 목재 혹은 밀랍 서판이었다. 독자는 서판을 펼쳐서 오직 자신만을 위해 말해진 의미와 마주했다. 금속 서판도 글쓰기에 사용되었는데, 특히 신탁을 청하는 사람들이 사용했다. 이를테면 기원전 7세기부터 신탁소가 활발히 운영된 도도네[1]에서 고고학자들은 제우스의 신탁을 위한 질문이 쓰인 150여 개의 서판을 발견했다. 서판에 나타난 온갖 종류의 필체, 철자, 문법은 각각이 질문자 자신에 의해 새겨진 것임을 보여준다. 서판은 납으로 되어 있다. 각각은 리본처럼 폭이 좁은 띠의 형태로 잘려 있고, 그것에는 띠의 길이만큼 이어지는 문장이 두 줄에서 네 줄까지 쓰여 있다. 거의 모든 경우 그 띠는 글을 쓴 후 내용을 숨기기 위해 몇 차례 깔끔하게 접혔다. 이렇게 접은 것은 명백히 납 띠의 긴 모양 때문이었고, 이는 또한 기록된 질문의 내용이 절대 띠의 뒷면까지 넘어가지 않았다는 사실을 말해준다(Parke 1967,

---

1 Dodona. 제우스의 신탁소가 있던 그리스 에피루스의 고대 도시.

114). 도도네에서 납에 쓴 말은 질문자와 제우스의 신탁 사이의 비밀이다.

접힌 텍스트와 사적인 의미는 고대의 독자들에게 글자 그대로 사실이었다. 하지만 여기에는 은유적 실재도 존재한다. 그것은 호메로스만큼이나 오래된 은유인데, 호메로스가 『일리아스』 6권에서 들려주는 벨레로폰테스 신화는 문자와 읽기와 쓰기와 관련해서 우리가 아는 가장 오래된 이야기다.

벨레로폰테스는 결국 완전히 잘못 알고 있다
Bellerophon Is Quite Wrong After All

비록 서사시적 계보에 끼어 있긴 하지만, 벨레로폰테스의 이야기는 소설의 이상적 재료인 에로스적 삼각형의 이야기다. 호메로스가 그 이야기를 어떻게 알게 되었는지 우리는 알지 못한다; 짐작건대 그것은 그가 그 이야기를 끌어낸 서사시적 전통 내의 리디아[1]적 층위, (호메로스의 시대를 기원전 8세기로 가정했을 때) 그의 시대보다 훨씬 이전에 시작된 시기를 반영할 것이다. 그때는 에게 문명

---

[1] 기원전 2천년기 후반부터 소아시아 서부에서 존재한 고대 왕국으로, 전성기는 기원전 6~7세기경이었다. 고유 문자 체계를 사용한 기록이 남아 있다. 실제로 호메로스 서사시는 소아시아 해안 지역(특히 이오니아)에서 형성되었으며, 이 지역은 리디아 문화의 영향을 받는 공간이었다.

에, 혹은 적어도 이야기의 배경이 되는 뤼키아 사람들에게 일종의 읽기와 쓰기가 알려진 시기였다. 어떤 글쓰기 체계였는지는 아무도 모른다. 아마 호메로스 자신도 몰랐을 것이다. 학자들은 대체로 그가 문맹이었다고 믿는다; 어쨌든 그는 벨레로폰테스 이야기를 들려주면서 거기서 지극히 중요한 부분을 차지하는 쓰기와 읽기라는 현상에 조금도 매혹되지 않는다. 편지의 모티프는 여기서 완전히 실패해서 우리를 놀라게 한다.

벨레로폰테스는 신들에게서 놀라운 아름다움을 부여받은 젊은이였다(『일리아스』, 6.156). 살인죄로 고향에서 추방당한 그는 에퓌라의 프로이토스 왕에게로 도피했다가 완전히 부지불식간에 프로이토스의 아내인 안테이아의 가슴에 사랑을 일으키고 만다. 연인은 "욕망으로 미칠 지경"이고(6.160), 상대 연인은 전혀 반응하지 않는다: 이는 전형적인 에로스적 시나리오로, 안테이아에게서 전형적인 에로스적 반응을 이끌어낸다. 그녀는 삼각 분할을 한다. 그녀는 거짓으로 지어낸 이야기로 남편을 흥분시켜 벨레로폰테스를 질투하게 만들고, 그래서 그는 그 젊은이를 파멸시키기로 결심하지만 직접적인 충돌은 피한다. 프로이토스는 일종의 함정을 설치해서, 치명적인 텍스트가 작동할 때 에로스의 세 각이 벨레로폰테스 쪽으로 닫히게 만든다. 벨레로폰테스는 자신의 사형 집행 영

장을 들고서 뤼키아에 있는 안테이아의 아버지 저택으로
보내진다.

> 그리고 프로이토스는 그를 뤼키아로 보내면서 그에게 그
> 를 죽이게 될 글*sēmata lugra*을 주었는데,
> 왜냐하면 프로이토스는 접힌 서판에 생명을 파멸시키는
> 것들*thumophthora*을 잔뜩 써서
> 그가 파멸을 맞이하도록 그것을 안테이아의 아버지에게
> 보여주라고 그에게 명했기 때문이네.
>
> ―6권 168~170행

서판에 쓰인 "생명을 파멸시키는 것들"이란 무엇인
가? 파멸을 맞이할 생명은 벨레로폰테스의 생명이고, 파
멸을 안겨줄 사람은 안테이아의 아버지다. 그렇다면 아
마 프로이토스는 장인에게 그의 순결한 딸이 강간범이
자 악당인 벨레로폰테스에게 치욕을 당했다고 이야기했
을 것이다: 안테이아의 상상 속에서 시작된 에로스적 삼
각형이 이제 글로 쓰인 사실로서의 지위를 획득한다. (그
사실은 거짓이지만, 어차피 모든 소설은 거짓이다; 이 점이 우리
를 지체하게 하진 않을 것이다.) 그 사실 위로 벨레로폰테스
를 거의 죽음에 이르게 하는 은유가 투사된다. 그 은유는
연인의 구애 행위와 문자 텍스트를 읽는 행위를 벨레로

폰테스의 목숨이라는 화면에 한데 모은다. 왜냐하면 그는 자신이 전하는 기호에 부지불식간에 갑절로 연루된 피해자이기 때문이다. 우선 신들에게서 부여받은 그 자신의 아름다움이 안테이아를 유혹하는데, 그는 그 사실을 알지 못한다. 그러고서 프로이토스가 준 접힌 서판에 그의 죽음을 명하는 글이 쓰여 있는데, 그는 그것을 읽지 않는다. "생명을 파멸시키는 것들"은 그가 전하는 텍스트이지만, 그 단어 튀모프토라*thumophthora*는 의미가 애매하다. 표면적으로 "생명을 파멸시키는 것들"은 벨레로폰테스의 계획된 살인을 가리키지만, 그 형용사는 또한 (『오뒷세이아』, 4.716에서와 마찬가지로) "가슴을 아프게 하는"이라는 정서적 의미를 전달하며 안테이아를 미치게 만든 유혹적인 아름다움을 환기할 수도 있다. 부지불식간의 구애가 벨레로폰테스의 이야기를 시작하게 했다. 읽히지 않은 글이 그것을 끝낼 것이다. 이런 가능성들이 떠다니는데도 벨레로폰테스는 그것들을 보지 못한다.

　자신이 해독하지 않는 의미를 얼굴(아름다움)과 손(서판)에 지닌 벨레로폰테스는 에로스의 맹점에 대한 살아 있는 은유다. 그 텍스트는 그에게 문자 그대로 또 은유적으로 접힌 것으로 남아 있다. 펼쳐진 텍스트의 양면은 하나의 의미, 즉 벨레로폰테스라는 실재적 사실(살아 있는)과 극도로 부적합한 의미를 구성해낸다. 그 의미는 동사로서, 벨레로폰테스에게 새로운 술부(죽은)를 부여하는 역할을 할 것이다. 그 새로운 의미가 이전의 의미를, 또한 그것들 사이의 차이를 완전히 모호하게 하지는 않을 것이다(왜냐하면 죽음은 생명을 계속 보이게 하는 동시에 부재하게 만들기에). 그 의미는 자신이 처한 상황에 대한 벨레로폰테스의 앎이 그 앎 자체 안으로 사라지는 맹점이다. 만일 벨레로폰테스가 서판을 펼쳐서 자신이 전하는 메시지를 엿본다면 (아리스토텔레스와 함께) 이렇게 외칠 것이다: "그래, 결국 내가 완전히 잘못 알고 있었던 거야!" 그것은 가슴을 비트는 고통의 순간이 될 것이다. 또한 그것은 그의 생명을 구할 것이다. 가능한 것과의 접촉을 유지하길 바란다면 우리는 계속 그런 순간들로 돌아가야만 한다.

"다른 누구도 아닌 벨레로폰테스 자신이 편지를 전했다: 이른바 비극적인 방식으로, 자신의 날개에 붙잡혀"라고 『일리아스』 텍스트에 대한 고대 주석에서 에우스타티우스는 말한다. 에우스타티우스는 과잉 해석하고 있다. 호메로스가 들려주는 이야기에 비극적인 내용은 전혀 없는데, 벨레로폰테스는 뤼키아에서 전혀 "붙잡히지" 않기 때문이다. 안테이아의 아버지 궁에 도착한 후 그는 저주의 편지를 왕에게 건넨다. 그러고는 계속해서 몇몇 영웅적 위업을 세워 편지 내용의 신용을 떨어뜨리고 그 보상으로 왕의 다른 딸을 쟁취한다. 접힌 서판은 다시는 언급되지 않는다. 우리는 벨레로폰테스의 이야기가, 이를테면 안테이아의 시점에서 말해지며 비극이 될 수 있었다는 걸 쉽게 알 수 있다(에우리피데스의 『힙폴뤼토스』를 보라). 마찬가지로, 거기에는 벨레로폰테스와 그의 뤼키아 신부를 둘러싼 로맨스를 지어낼 훌륭한 재료도 있다. 『일리아스』는 이런 이야기들을 들려주지 않는다. 호메로스의 남자 주인공은 전사이자 승자이다. 그에게 사랑은 부수적인 것이다. 게다가 그를 상징적으로 해석하려는 시도는 좌절감을 안겨줄 뿐이다. 벨레로폰테스는 자신의 은유를 펼치는 행위가 아니라 영웅적 미덕을 통해 결국 승리를 거둔다. 소설가들을, 나중에는 시인들을 즐겁게 하는 추론과 참조의 퍼즐은 호메로스의 주요 관심사가 아니다; 그에게는 벌여야 할 전쟁이 있다. 호메로스는 접힌 서판에 쓰인 글에도 관심이 없다. 벨레로폰테스와 마찬가지로 그는 그것을 전달하고는 무시한다. 벨레로폰테스는 왜 서판을 읽지 않는가? 그는 호기심이 없는가? 그는 문맹인가? 그는 봉인을 뜯는 것에 양심의 가책을 느끼는가? 이와 똑같은 질문들을 호메로스에게도 던져볼 수 있을 것이다. 고대 구술 전통 내에서 말하는 시인으로서 그는 알파벳과 삼각관계에 관한 짤막한 뤼키아 장면과 어떤 관계를 지니는가? 그는 자신이 사용하는 기호를 읽을 수 있는가?

나는 이 질문들에 우리가 어떻게 대답할 수 있을지 알지 못한다. 벨레로폰테스에 대한 이 전통적 이야기와 그를 죽이라는 텍스트 내에는 강력한 은유적 잠재력이 화석화되어 있는 듯하지만, 과잉 해석하지 않고서는 그 잠재력을 끄집어낼 수 없다. 그럼에도 그 이야기는 읽고 쓰는 능력과 그것이 작가들과 독자들에게 미친 영향에 대해 사색거리를 제공한다. 이미 말했듯이 벨레로폰테스 신화는 뤼키아 사회가 어떤 형태로든 글쓰기를 알고 있던 시대로부터 유래했다. 그 신화는 우리가 고대 소설들에서 탐구해온 여러 개념을 한데 모은다. 이를테면 그것은 접힌 텍스트 내부에서 에로스가 행위하는 사랑 이야기다; 그 에로스적 상황은 두 항으로 이루어지지만 연인은 여기에 세번째 각을 추가함으로써 의도적으로 복잡하게 만든다; 문자 텍스트는 복잡화의 메커니즘이다; 문자 텍스트가 이야기 속으로 들어오는 가장자리를 따라서 은유, 추론, 역설, 상상적 행위의 요소들이 움직인다; 이 요소들은 이야기의 한가운데에, 또한 이야기의 남자 주인공인 벨레로폰테스의 한가운데에 맹점을 새긴다. 그 맹점 속으로 벨레로폰테스와 호메로스에 대한 몇몇 중요한 질문이 사라지는 것을 우리는 지켜본다.

이러한 요소들이 서로 다른 장르에서 읽고 쓰는 현상과 반복적으로 합류하는 것으로부터 무언가 배울 점이 있을까?

작가가 읽고 쓰면서 그 행위에 대해 생각하기 시작할 때 응당 그의 상상력이 특정한 선들을 따라서 훈련되고 그의 정신적 풍경이 특정한 각도로 비춰진다고 볼 수 있다. 장르로서의 소설은 그 각도에 적응하도록 발달했다. 벨레로폰테스 이야기의 심층에서 호메로스 이전 시대의 어떤 상상력이 그것과 똑같은 각도를 그려냈다. 우리가 읽어나가는 동안 그것은 우리에게 특별하고 다루기 힘든 쾌락을 제공한다. 호메로스는 소설가들처럼 자의식적인 태도로 그 쾌락을 써먹지 않지만, 그의 이야기를 읽는 일은 우리를 사안의 핵심에 자리한 질문으로 얼마간 더 가까이 끌어들인다.

그것은 독자와 읽기 사이의 관계에 관한 질문이다. 우리는 단테의 『신곡: 지옥편』에 나오는 프란체스카의 유명한 말을 이미 상기한 바 있다. 다른 유사한 시나리오의 예로 푸시킨의 『예브게니 오네긴』에 등장하는 여주인공의 경우를 떠올릴 수 있겠다.

타티아나는 로맨스 소설에 푹 빠져 있다:
이제 그녀는 얼마나 집중해서
감미로운 소설을 읽고
얼마나 생생한 황홀감에 사로잡혀

그 유혹적인 허구를 들이마시는지!

(…)

타인의 황홀경과 타인의 비애를

자기 것으로 만든 후 한숨을 내쉬며

그녀는 사랑스러운 남자 주인공에게 쓰인 편지를

무아지경에 빠져 속삭이듯 암송한다.

—3장 9연

허구적 세계에서뿐만 아니라 실제 세계에서도 독자는 문자 텍스트의 매력을 증언한다. 소설가 유도라 웰티는 자기 어머니에 대해 이렇게 말한다: "어머니는 디킨스와 눈이 맞아 달아날 듯한 기세로 디킨스를 읽었다"(『작가의 시작』). 1855년에 그가 마리아 비드넬에게 보낸 편지로 판단하건대, 디킨스 자신은 독자의 그런 기세에 당황하지 않았을 것이다. 여기서 그는 도라에 영감을 준 여자에게 소설 『데이비드 코퍼필드』에 대해 말한다: "어쩌면 당신은 그 책을 한두 번 내려놓고는 '그 소년은 나를 정말로 사랑했던 게 분명해, 이 남자가 그것을 이토록 생생히 기억하는 것을 보면!'이라고 생각했을지도 모릅니다!"(Slater 1983, 66). 프란체스카를 통해, 타티아나를 통해, 마리아 비드넬을 통해, 유도라 웰티의 어머니를 통해, 쓰인 페이지에서 에로스의 어떤 전류가 튀어오른다. 몽테뉴 혹은 헬리오도로스 혹은 사포를 읽으며 우리는 그것을 스스로 느꼈다. 우리는 이 현상에 대해 보다 현실적인realistic 평가를 내릴 수 있을까? 대체 읽기와 쓰기의 어떤 점이 에로스적인가?

현실주의자
Realist

이제 나에게 반박하는 사람은 아무도 없고 내
인생에서 소금[1]은 사라져버렸다.

 —빅토리아 여왕, 남편 앨버트 공의 사망 후

에로스는 갈등을 사랑하고 역설적 결과를 즐
긴다.

 —카리톤, 『카이레아스와 칼리로에』 1권 1장

---

1 '신뢰할 만한 사람'을 뜻한다.

모든 발언이 어떤 의미로는 에로스적이라고, 모든 언어가 어느 정도는 욕망의 구조를 보여준다고 말하는 것은 전혀 새로울 게 못 된다. 이미 호메로스의 단어 용법에서 하나의 동사 므나오마이가 '유의하다, 언급하다'는 의미뿐만 아니라 '구애하다, 환심을 사다, 구혼자가 되다'는 의미를 지니고 있다. 이미 고대 그리스 신화에서 동일한 여신Peitho이 수사적 설득과 유혹의 기술을 담당하고 있다. 이미 가장 초기의 은유에서 '날개'와 '숨'이 연인에게서 상대 연인에게로 에로스를 실어나르듯 화자에게서 청자로 말을 실어나르고 있다. 그런데 쓰였거나 읽히는 말은 언어 구성단위들의 가장자리에, 그리고 '독자'와 '작가'라고 불리는 구성단위의 가장자리에 갑작스럽고도 뚜렷한 초점을 맞춘다. 가장자리를 가로지르며 상징적 교류[2]가 이리저리 오간다. 어떤 표기된 말을 만들기 위해 알파벳의 모음과 자음이 상징적으로 상호작용을 하듯, 작가와 독자는 하나의 의미의 두 절반을 한데 모으고, 연인과 상대 연인은 하나의 지골의 두 쪽처럼 합쳐진다. 은밀한 공모가 일어난다. 구성된 의미는 사적이고 참되며 영구적으로 완전히 이치에 맞는다. 적어도 이상적으로 말해서 그러하다.

---

2 '교류'로 옮긴 'intercourse'는 '성교(性交)'를 뜻하기도 한다.

실은 독자도 작가도 연인도 그런 완성[3]에는 이르지 못한다. 우리가 읽는 말과 우리가 쓰는 글은 우리가 의미하는 바를 절대로 정확히 말하지 않는다. 우리가 사랑하는 사람들은 절대로 우리가 욕망하는 모습 그대로의 그들이 아니다. 두 개의 쉼볼라*symbola*는 절대로 완벽히 들어맞지 않는다. 에로스는 사이에 존재한다.

욕망의 경험과 읽기의 경험은 둘 다 우리에게 가장자리에 대해 무언가를 가르쳐준다. 우리는 고대문학, 즉 서정시와 로맨스에서 에로스에 대한 설명을 찾아봄으로써 그것이 무엇인지 알고자 노력했다. 우리는 고대 시인들이 어떻게 사랑 시를 (삼각형으로) 만들어내고 고대 소설가들이 어떻게 소설을 (지속적인 역설적 경험으로) 구성해내는지 지켜보았다. 심지어 호메로스의 경우에서도 벨레로폰테스의 이야기에서 읽기와 쓰기라는 현상을 통해 유사한 윤곽선이 그려지는 것을 목격했다. 우리는 (독자를 유혹하려는?) 작가의 목적에 대해 숙고했고, 마침내 독자가 읽기에서 원하는 것과 연인이 사랑에서 원하는 것은 매우 유사한 모양으로 디자인된 경험일 것으로 추측하기에 이르렀다. 그 디자인은 필연적으로 삼각형 모양이며

---

3 '완성'으로 옮긴 'consummation'은 '(결혼식 후) 첫날밤 치르기'를 뜻하기도 한다.

알려지지 않은 것을 향해 손을 뻗는 행위를 포함한다.

지식에 대한 욕망은 야수의 표식이다: "모든 사람은 알고자 손을 뻗는다"고 아리스토텔레스는 말한다(『형이상학』, A. l.980a21). 욕망의 순간에 자기 자신의 가장자리를 인식하면서, 읽는(혹은 쓰는) 동안 단어의 가장자리를 시시각각으로 인식하면서, 우리는 인식할 수 있는 가장자리 너머로—다른 무언가, 아직 파악하지 못한 무언가를 향해—손을 뻗으려는 충동을 느낀다. 따지 않은 사과, 손이 닿을 듯 말 듯 한 상대 연인, 완전히 획득하지 못한 의미는 모두 지식의 욕망할 만한 대상이다. 그것들을 계속 그렇게 유지하는 것이 에로스의 기획이다. 알려지지 않은 것은 반드시 알려지지 않은 상태로 남아야 하는데, 그렇지 않으면 소설은 끝난다. 모든 역설이 어떤 면에서는 역설에 대한 역설이듯, 모든 에로스는 어느 정도까지는 욕망을 위한 욕망이다.

따라서 책략이 요구된다. 읽기(혹은 쓰기)의 에로스적인 점은 우리와 우리가 대상으로 삼은 앎 사이의 공간에서 일어나는 상상력의 놀이에 있다. 연인들과 마찬가지로 시인들과 소설가들은 은유와 속임수로 그 공간이 활기를 띠게 한다. 그 공간의 가장자리는 우리가 사랑하는 것들, 그 부조화가 우리의 정신을 움직이게 하는 것들의 가장자리다. 그리고 그 가장자리에 이 감상적인 영역에서의 불안한 현실주의자인 **에로스**가 있다. 역설에 대한 사랑으로 행위하는 존재인 그가, 즉 사랑하는 대상을 접어서 보이지 않는 수수께끼로, 맹점으로 만들어서 그 대상이 알려진 동시에 알려지지 않은 상태로, 실재이면서도 가능성으로, 가까우면서도 멀리, 욕망의 대상이면서도 우리를 끌어당기는 상태로 떠 있게 하는 그가.

얼음-쾌락
Ice-pleasure

우리는 오로지 시간이 비존재를 끊임없이 지
향하는 덕분에 그것이 실로 '존재한다'고 말할
수 있습니다.

　　　—아우구스티누스, 『고백록』, 11권 14장 17절

시간은 어둠 속에서 지켜보다가
당신이 입맞추려 하면 기침한다.

　　　—W. H 오든, 「어느 저녁One Evening」

에로스의 맹점은 공간에서뿐만 아니라 시간 속에서도 역설이다. 부재를 현존으로 가져오려는, 혹은 멀리와 가까이를 접으려는 욕망은 그때then를 위해 지금now을 저당 잡히려는 욕망이기도 하다. 연인으로서 우리는 오랫동안 욕망해온 사과를 베어 물게 될 '그때'라는 어떤 시점을 향해 손을 뻗는다. 한편 우리는 '그때'가 '지금'이 되자마자 우리의 욕망인 그 달콤쌉쌀한 순간이 사라질 것임을 알고 있다. 우리는 그것을 원할 리 없지만, 그럼에도 그것을 원한다. 이것이 어떤 기분일지 살펴보도록 하자.

아래의 작품은 소포클레스가 쓴 『아킬레우스의 연인들』이라는 사티로스극의 단편이다. 그 단편은 욕망을 서술한 것이다. 그것은 에로스를 미묘하게 회전시키며 에로스가 지닌 도착성의 서로 다른 측면을 드러나게 한다. 그 중심에는 차갑고 근본적인 쾌락이 있다. 그 중심 주위로 시간의 원들, 서로 다른 종류의 시간, 시간에 의해 설정된 서로 다른 딜레마가 움직인다. 이 시가 하나의 비유라는 점에 주목하라. 시에서 말하는 쾌락도, 다양한 종류의 시간도 에로스와 동일시되어서는 안 되지만, 그것들이 교차하는 방식은 우리에게 에로스처럼 느껴질 것이다.

이 질병은 하루에 속박된 악惡이지.
여기 그 비유가 있네 — 꽤 괜찮은 비유 같군:
야외에서 얼음이 희미하게 빛날 때

아이들은 그것을 움켜쥐지.

손에 쥔 얼음 - 수정은

처음에는 상당히 새로운 쾌락이야.

하지만 그런 순간이 오지 —

녹고 있는 덩어리를 내려놓을 수도 없고

계속 들고 있을 수도 없는 순간이.

욕망도 그와 같다네.

연인을 행위하는 동시에 행위하지 않도록 끌어당기지,

몇 번이고 계속, 끌어당기지.

                                            ―「단편 149」[1]

　욕망의 공식화 작업이 으레 그러하듯 이 시에서는 많은 게 말해지지 않은 채로 남아 있지만, 그럼에도 우리는 그게 무슨 의미인지 정확히 안다고 느낀다. 직접적인 언급은 이루어지지 않는데, 이를테면 욕망을 욕망할 만한 것으로 만드는 것에 대한 언급도 이루어지지 않는다. 여기서 욕망은 첫 행부터 "질병"이자 "악"으로 등장한다.

---

[1]　번역문의 첫 행으로 Radt의 교정된 텍스트(ephimeron)를 따르지 않고 MS의 독해(ephēmeron)를 따른 것은 부주의의 결과가 아니다. 아르세니우스(Arsenius) 이후로 필사본의 에페메론(ephēmeron, 하루에 속박된)은 의미상 부적절하다는 이유로 에피메론(ephimeron, 사랑스러운, 욕망할 만한)으로 수정되었다: 왜 소포클레스가 욕망에 대한 서술을 그것의 시간에 대한 속박으로 시작하겠는가? 나는 그것이 설득력 있게 이치에 맞는다고 믿고, 또 그렇다는 것을 보여주길 기대한다. 우리는 에페메론이라는 악으로 시작해야만 한다―원주.

비유 부분에서(2~9행) 욕망은 쾌락적인 것으로 드러나지만, 그것은 손에 얼음을 쥐었을 때 느껴지는 쾌락이다. 몹시 고통스러운 쾌락이라는 생각이 들겠지만, 이번에도 얼음이 주는 고통에 대한 직접적 언급은 이루어지지 않는다. 여기서 얼음은 새로운 종류의 즐거움을 준다. 얼음과 욕망의 예측 가능한 속성이 부재하기에 우리는 계단의 단이 사라진 것처럼 놀라지만, 어쨌든 우리는 시를 계속 오른다. 그러다 갑자기 우리는 에셔나 피라네시가 만들어낸 계단에 선 우리 자신을 발견하게 된다.[2] 시는 동시에 두 장소에 이르고, 우리는 그 두 곳에 모두 서 있는 듯하다. 그런 일은 어떻게 일어나는가?

우선 시는 단순한 원환 구조[3]처럼 보인다. 왜냐하면 전체 구조가 콤파란둠(욕망, 1행과 10행)이 그것의 콤파라티오(얼음을 한 움큼 움켜쥐기, 2~9행)[4]를 깔끔하게 둘러싼 비유이기 때문이다. 그리하여 욕망은 그 희생자들로 이루

---

2 에셔와 피라네시가 그린 판화를 의미한다. 에셔의 그림은 시점과 방향이 뒤틀려 상하 구분이 모호하고 끝없이 순환하는 계단을 보여주며, 피라네시의 '상상의 감옥' 연작에서도 폐쇄적이고 미로 같은 계단 구조가 반복 등장한다. 이러한 계단들은 논리적·물리적 일관성을 거부하는데, 이는 보는 사람으로 하여금 공간 자체에 대한 이중적 지각을 경험하게 만든다.

3 앞부분과 뒷부분이 대등한 위치에서 상응하는 구조로, 고대 구전 전통에서 흔히 사용하던 수사법의 일종.

4 '콤파란둠comparandum'은 '비유의 원관념', '콤파라티오comparatio'는 '비유의 보조관념'을 뜻하는 라틴어 단어이다.

어진 작은 우주의 둘레에 원환을 형성한다: 희생자들이란 욕망을 나타내려 애쓰는 시인, 욕망의 유사물에 매혹된 아이들, 욕망의 강요에 꼼짝도 못하게 된 연인이다. 하지만 그 우주는 시의 바깥쪽 원을 이루지 않는다. 우리는 계속 올라가는데, 계단이 계속 나선형을 그리기 때문이다. 시의 시작 부분에 등장하는 욕망은 일시적인 것으로서의 욕망이다—그것은 하루에 속박되어 하루를 스쳐지나가는 "하루밖에 못 사는 악 *ephēmeron kakon*"이다. 시의 끝부분에 등장하는 욕망은 반복으로서의 욕망이다—"몇 번이고 계속 *pollakis*" 끌어당기는. 그리하여 시간은 욕망 주위로 원환을 형성한다. 그런데 시간의 동심원들을 응시하면서 우리는 시의 중심부에서 녹고 있는 얼음 한 조각을 본다. 얼음의 깜짝 놀랄 만한 유사성이 그것을 손에 움켜쥔 아이들이 느낄 법한 충격과 함께 우리의 의식에 던져진다. 두 종류의 시간이 각각 고유의 논리를 지닌 채 시의 구조를 통해, 욕망의 심리학을 통해 나선형을 그리며 올라가고, 시는 놀랍게도 우리를 그 두 시간 사이의 접점에 위치시킨다. 그 두 시간은 서로 들어맞는 것처럼 보이지만, 그럼에도 관점이 양립할 수 없게 되는 시점이 있다.

얼음에 대한 욕망은 명백히 순간적인 사건이다. 하지만 물리적 시간만이 그것을 위협하는 것은 아니다: 여기서 얼음-쾌락은 새로움이다. 다른 시인들이 획기적인 책략(바큅리데스, 「송가 16」, 51), 독창적이고 예기치 않은 고뇌(아이스큅로스, 『결박된 프로메테우스』, 102), 전에는 들어보지 못한 기이한 굉음(『테바이를 공격한 일곱 장수』, 239)을 말할 때 적용한 형용사 포타이니우스*potainious*를 사용하며, 시인은 "상당히 새로운" 쾌락이라고 말한다. 그 형용사는 신선하며 시도해보지 않은, 아마도 최신식일 무언가를 나타낸다. 이 형용사를 통해 소포클레스는 얼음에 대한 우리의 감수성을 재조정하고, 에로스를 그저 장애가 아니라 역설로 표현하고자 하는 자신의 바람을 분명히 한다. 물리적 실체로서의 얼음은 유쾌한 것이라 말할 수 없는데, 왜냐하면 녹기 때문이다; 하지만 '녹음'이 그 자체로 새로움에 대한 미학적 고찰의 은유라고 한다면, 역설에 초점이 맞춰지기 시작한다. 새로움은 정의상 단명하는 것이다. 만일 얼음-쾌락이 얼마간 새로움으로 이루어져 있다면, 얼음은 욕망할 만한 것이 되기 위해 반드시 녹아야만 한다.

그리하여 얼음이 녹는 것을 지켜보는 동안, 그것에 대한 우리의 근심은 다른 종류의 염려로 산란해진다. 얼음은 심지어 상태가 바뀌기도 전에 매력을 잃을지도 모른다. 그것이 주는 "쾌락"은 "상당히 새로운" 것이기를 그치고, 따라서 쾌락이기를 그칠지도 모른다. 여기서 갑자기 얼음이 녹는 사건을 관장하는 물리법칙이, 분위기와 스타일의 새로움에 대한 우리 인간의 예속을 관장하는 어떤 더 모호한 심리적 법칙과 교차한다. 새로움은 정신적이고 정서적인 사건이다; 녹음은 물리적 사실이다. 각각은 우리가 시간이라고 부르는 저울로 측정된다. 물론 서로 다른 두 종류의 시간이 관련되긴 하지만 말이다. 새로움의 딜레마는 어디서 얼음 조각의 딜레마를 가로막는가? 연인은 시간으로부터 무엇을 원해야 하는가? 하루의 계단을 거꾸로 달려 내려가면 새로움을 자라게 할 수 있는가? 혹은 욕망을 얼릴 수 있는가?

소포클레스가 어떤 책략으로 우리를 이 질문들로 이끄는지 섬세하게 따져보도록 하자. 얼음의 비유는 연약하고 교활한 메커니즘이다. 그것은 시의 중심에 우리의 감각뿐만 아니라 정신과 감정도 충돌하게 만드는 긴장 상태를 조성한다. 우리는 녹는 얼음의 물리적 운명에 세심한 주의를 기울인다; 그것은 어떤 면에서 비유의 주인공이며, 우리는 그것이 소멸하는 것을 지켜보고 있다. 그와 동시에 우리는 아이들의 손을 염려한다. 얼음은 차갑고, 오래 들고 있을수록 손은 더 차가워진다. 하지만 이런 염려는 우리에게 또다른 사실을 상기시킨다. 얼음은 오래 들고 있을수록 더 많이 녹는다. 그러니 얼음을 내려놓아서 손과 얼음이 서로를 벗어나게 해주는 게 더 합리적이지 않겠는가? 하지만 얼음을 붙잡고 있는 것은 아이들을 기쁘게 하는데, 그것이 새로움이기 때문이다. 이 시점에서 우리의 추론에서는, 오든이 말하듯, 시간이 어둠 속에서 기침하는 소리가 들려온다. 시간은 유쾌함과 소멸 모두의 조건이다. 시간은 얼음의 본성을 인간 본성과 치명적으로 결합하게 이끌고, 그리하여 결정적인 순간에 수정 같은 얼음의 매력과 새로움에 대한 인간의 민감성이 교차한다. (미학적 사건과 관련된) 한 종류의 시간이 (물리적 사건과 관련된) 또다른 시간과 교차하며 후자를 탈구시킨다.

우리의 긴장감에는 감각적 측면도 존재한다. 소포클레스가 떠올린 시간의 이미지는 녹는 얼음 조각이다. 이 이미지는 극적이고 멜로드라마적인 가능성뿐만 아니라 그것의 역사 때문에 선택되었다. 그리스 서정시의 독자로서 우리는 여기서 친숙한 에로스적 토포스를 알아보는데, 시인들은 흔히 욕망을 열의 감각이자 녹이는 행위로 상상하기 때문이다. **에로스**는 전통적으로 '사지를 녹이는 자 *lusimelēs*'이다. 수많은 이 관습적 이미지 가운데 하나의 생생한 예를 핀다로스의 어느 단편에서 찾아볼 수 있다.

…하지만 나는 성스러운 벌들의 밀랍 같다
열기가 덥석 문 밀랍 같다:
소년들의 신선한 사지를 볼 때마다 나는 녹는다.
—「단편 123」, 10~12행

핀다로스에게서 보듯, 관습적으로 녹는다는 것은 감미로운 열기의 맥락에서 얼마간 욕망할 만한 것이다. 소포클레스는 그 이미지를 전복시킨다. 그의 녹는 얼음을 지켜보는 동안, 욕망의 녹이는 경험에 대한 우리의 모든 관습적 반응이 탈구된다. 관습적 연인으로서, 우리는 녹음에 대한 감각을 우리의 달콤쌉쌀한 방식으로 즐긴다. 얼음의 관찰자로서, 녹음에 대한 우리의 감정은 그와 다르고 더 복잡하다. 우리는 그 감정을 관습적 이미지의 화면에 가져와서 그것에 거의 초점이 맞춰지게 할 수 있지만, 완전히 그러진 못한다. 에로스는 사이에 존재한다. 에로스와 녹음의 관습적 이미지와의 연결, 그와 동시에 에로스와 이 새로운 이미지와의 연결은 우리의 정신에 현기증을 일으킨다.

현기증 속에서 소포클레스는 우리를 시간의 문제로 다시 끌어들인다. 그의 비유는 감각의 역설로 전개된다: 뜨거운 얼음이라는 불안한 이미지에 거의 초점이 맞춰진다. 그 비유는 우리를 상충하는 반응에 휘말리게 한다: 얼음을 구하기 위해 우리는 반드시 욕망을 얼려야만 한다. 우리는 그것을 원할 리 없지만, 그럼에도 그것을 원한다.

시간 속에서 소포클레스는 우리를 맹점의 문제로 다시 끌어들인다. 이 시에서 시간은 욕망을 둥글게 둘러싸고 있고, 녹는 얼음은 욕망이 시간 속을 회전하는 방식을 나타내는 이미지다. 그것은 하루살이 목숨을 축으로 회전한다: 하루를 조건으로 하는*ephēmeron* 그것은 하루와 함께 녹을 것이다. 하지만 하루하루는 되풀이된다. 그것은 새로움을 축으로 회전한다: 연인으로서 우리는 "몇 번이고 계속" 현기증에 빠져든다. 우리는 그것을 원할 리 없지만, 그럼에도 그것을 원한다. 그것은 매번 상당히 새롭다.

정신 속에서 동시에 포착할 수 없는 서로 다른 종류의 지식(이를테면 입자의 위치와 속도)이 있다는 것을 하이젠베르크는 입증했다. 소포클레스의 시에 나타난 욕망과 얼음의 유사성은 우리를 그런 지식으로 이끄는데, 그 이끎은 욕망의 역설이 연인을 분열시키는 것만큼이나 우리의 정신적 시각을 분열시킨다. 이 시를 이해하려 애쓰며 우리가 계단 위에서 입체 영상을 경험하는 순간은 그 에로스적 분열을 꽤나 훌륭히 모방한다. 하이젠베르크보다 훨씬 전에, 소포클레스는 시간이나 욕망에 대해 생각하는 일에는 한계가 있다는 사실을 인지했던 것 같다. 딜레마가 생겨나는, 계단이 뒤집히는 시점이 온다: 에로스의 순간이.

지금 그때
Now Then

나는 상대 연인의 부재에 관한 담론을 끝없이 이어나간다; 이는 참으로 터무니없는 상황이다; 상대방은 지시 대상으로서는 부재하지만, 담화 대상으로서는 현존한다. 이 기이한 뒤틀림은 일종의 지탱할 수 없는 현재를 만들어낸다; 나는 두 시제, 즉 지시의 시제와 담화의 시제 사이에 끼어 있다: 당신은 떠났고(그래서 나는 슬퍼한다), 당신은 여기 있다(내가 당신에게 말을 걸고 있으므로). 그 때문에 나는 현재가, 그 난해한 시제가 무엇인지 안다; 그것은 순수한 불안의 한 조각이다.

—롤랑 바르트, 『사랑의 단상』

에로스의 경험은 시간의 애매성에 대한 연구다. 연인들은 늘 기다리고 있다. 그들은 기다리길 싫어한다; 그들은 기다리길 좋아한다. 이 두 감정 사이에 끼인 채 연인들은 시간에 대해 아주 많은 생각을 하게 되고, 그것을 그들만의 도착된 방식으로 아주 잘 이해하게 된다.

연인에게 욕망은 시간을 발생 즉시 부숴버리는 것처럼, 다른 모든 순간을 욕망 안으로 대수롭지 않게 거두어들이는 것처럼 보인다. 하지만 그와 동시에 연인은 그의 욕망의 '지금'과 그 전후로 늘어선 '그때'라고 불리는 다른 모든 순간의 차이를 다른 누구보다 더 예리하게 인식한다. '그때'라고 불리는 다른 순간 중 하나는 그의 상대 연인을 품고 있다. 그 순간은 사랑과 동시에 증오로 현기증을 일으키며 그의 관심을 끈다: 우리는 녹는 얼음에 대한 소포클레스의 시에서 이 현기증 비슷한 무엇을 느낄 수 있다. 움켜쥔 얼음의 경우에서 보았듯이, 연인의 진짜 욕망은 물리학의 확정성을 빠져나가, 부재가 현존하고 '지금'이 '지금'이길 그치지 않으면서도 '그때'를 포함할 수 있는 시공간의 애매성 속에 떠 있는 것이다. 바르트가 말했듯이 '두 시제 사이에 끼인' 특별히 유리한 시점 vantage point에서, 연인은 계산적인 눈과 무너지는 마음으로 '지금'과 '그때'를 바라본다. 그는 얼마나 시간을 통제하고 싶어하는지! 그 대신 시간이 그를 통제한다.

더 정확히 말하면 **에로스**가 시간을 이용해 연인을 통제한다. 그리스 시에서 연인은 기이한 솔직함과 어느 정도의 아이러니를 지닌 채 시간에 종속된 자신을 바라본다. 그는 불가능한 이중적 곤경에 처해 꼼짝도 못하는 동시에 새로움과 반복의 희생자가 된 자신을 본다. 그리스 서정시인들 모두가 시간의 도착성에 관심이 있음을 보여주는 하나의 아주 명확한 증거가 있다. 그것은 그 자체로 에로스의 시간적 딜레마를 축소판으로 보여주는 한 단어로, 바로 부사 데우테*dēute*이다. 그리스 서정시를 읽는 사람이라면 누구나 이 부사가 사용되는 빈도수와 통렬함에 놀라지 않을 수 없다. 사랑을 다루는 시인들은 시간을 지칭하는 다른 어떤 표현보다도 그것을 좋아한다(알크만, 「단편 59(a)1」; 사포 「단편 1」「단편 22」「단편 83」「단편 99」「단편 127」「단편 130」; 아나크레온, PMG, 349.1; 356(a)6; 356(b)1; 358; 371.1; 376.1; 394(b); 400.1; 401.1; 412; 413.1; 428.1). 데우테는 시간 속의 어느 지점을 나타내는가?

그 부사는 '모음 축합縮合' 즉 음운 변화상의 이유로 하나로 축약된 두 단어가 '뒤섞이며' 나타난다. 모음 축합은 그리스어에서 흔한 현상이지만, 이 경우에 그것은 드물게 입체적인 효과를 낳는다: 데우테를 구성하는 두 단어 각각은 서로 다른 유리한 시점을 지닌다. 그것들의 교차는 역설 비슷한 무언가를 만들어낸다.

데우테는 불변화사 데*de*와 부사 아우테*aute*의 결합이다. 불변화사 데는 무언가가 그 순간에 실제로 일어나고 있음을 생생하고도 극적으로 나타낸다(Denniston 1954, 203, 219, 250). 부사 아우테는 '다시, 다시 한번, 되풀이해서'를 의미한다. 불변화사 데는 지금 이때의 생생한 인식을 나타낸다: "지금 저것 좀 봐!" 부사 아우테는 현재 순간을 지나 그 너머로 이어지는 반복된 행위의 패턴을 응시한다: "처음이 아니야!" 데는 우리를 시간 속에 위치시키고 그 위치시킴을 강조한다: 지금. 아우테는 '지금'을 가로막고 그것을 '그때들'의 역사로 다발처럼 묶는다.

데우테 같은 복잡한 단어는 복잡한 어조를 만들어낼 수 있다. 다급한 비애감에서부터 다양한 정도의 경멸감에 이르기까지 폭넓은 뉘앙스를 불러일으킬 수 있는 불변화사 데 자체에 의해 강력하고도 기민한 정서의 뉘앙스가 생겨난다. 아이러니 혹은 회의론의 어떤 기미가 종종 눈에 띄게 된다(Denniston 1954, 203~206). 이것은 두 눈을 갑작스러운 인식으로 휘둥그레지게 했다가 이해를 거쳐 다시 작아지게 만드는 단어다. 부사 아우테는 그 이해를 에워싼다. 동의를 표하며 깍지 낀 두 손처럼, 깊게 고개를 끄덕이며: 몇 번이고 계속.

서정시인들이 그들의 사랑 시에 데우테를 삽입할 때 그 효과는 무엇인가? 우선 우리에게 이미 익숙한 예를 살펴보도록 하자. 우리는 사포의 「단편 130」으로 이 에세이를 시작했다.

> **에로스**ー또 시작이군*dēute*!ー사지를 축 늘어지게 하는 그
>   것이 나를 어지럽히네,
> 달콤쓸쓸하고, 물리칠 수 없는, 슬그머니 다가오는 존재인
>   그것이.

연인이 자신을 공격하는 자를 인식하며 욕망을 피하기는 이미 늦었음을(또 이러다니!) 깨닫는 동안(오, 안 돼!), 번역할 수 없는 부사 데우테는 시의 시작 부분에서 하나의 긴, 차라리 거친 한숨처럼 등장한다. 또다른 시에서 사포는 연인에게 말을 걸며 말한다.

> …그대의 (리라를) 들고 (곤귈라¹를) 노래해주오
> 욕망이 지금 또다시*dēute* 그대 주위를 날아다니는 동안
> 왜냐하면 그대가 본 그녀의 옷이
> 그대를 숨차게 만들었으니……
>
> ー「단편 22」, 9~13행

---

1   사포의 연인의 이름으로, 사포의 「단편 95」에도 등장한다.

스파르타 시인 알크만은 이런 예를 보여준다.

에로스—그래, 또deute! —퀴르프리스여 맙소사
달콤한 존재가 나를 녹이고 있네,
내 심장을 따뜻하게 만들고 있네

—PMG, 「단편 59(a)」

    이 시들 각각은 과거의 메아리와 교차하는 현재 순간에 대한 적나라한 환기다. 자기 경험과 거리를 둔 채 그것을 이 용어로 평가할 수 있는 연인은, 어떤 유리한 시점을 차지하는 법을 배우고서 '그때'를 '지금' 위로 다단식 망원경처럼 포개는 사람이다. 이 시기의 다른 서정시인들이 그러하듯, 사포는 그런 일에 능숙하다. 그 기술은 그들의 시에 특이한 힘을 부여해서, 시를 현실의 시간에서 잘라낸 순간으로 만든다. 그들은 어떻게 이 기술을 발달시키게 되었나?

    시간의 도착성에 크게 매료된 이 시인들은 아마도 읽기와 쓰기 기술을 받아들이고 그것을 시작詩作에 사용한 첫 그리스인들에 속할 것이다. 읽기와 쓰기는 우리의 시간관에 변화를 가져다줄 수 있다. 어떻게 그런지 살펴보도록 하자.

    우리는 습관적으로 흐름²의 은유를 사용해 시간을 말

한다. 시간은 흘러간다. 시간은 흘러가는 개울이고, 이어지는 오솔길이고, 우리가 걸어가는 길이다. 우리의 모든 사건과 행위와 발언은 시간의 흐름의 일부다. 특히 언어는 이 움직이는 과정 속에 단단히 박혀 있고, 우리가 하는 말은 시간이 사라지면 따라서 사라진다—호메로스의 말대로 "날개를 달고서". "언어는 그 진정한 본성에 있어서 늘 그리고 매 순간 순간적이다"(Humboldt 1848, 6·8). 그렇다면 발화 행위는 시간적 과정의 경험이다: 우리가 '순간적'이라는 단어를 발음할 때 두번째 음절은 첫번째 음절이 그치기 전까지는 나타나지 않는다(『고백록』 11.27). 반면에 읽기와 쓰기 행위는 시간을 저지하고 조작하는 경험이다. 작가이자 독자로서 우리는 순간성의 가장자리에 서서 어둠 속에서 들려오는 애매한 기침 소리를 듣는다. '순간적'이라는 단어는 녹는 얼음 조각처럼 매섭게 페이지에서 우리를 되쏘아본다. 그리고 그것은 흘러가지 않는다. 시간적으로 그 단어는 우리와 도착적 관계, 즉 그 자체로 영원한 동시에 순간적인 관계를 고수한다. 이 관계에 통달하는 것이 문자 연구의 일부를 이룬다. 그것은 독자 혹은 작가에게 시간을 통제하는 게 어떤 것인지를 맛보게 해준다.

---

2 편의상 '흐름'으로 옮긴 'passage'는 '통로' '길' 등을 뜻하기도 한다.

읽거나 쓸 때 우리는 연인이 갈망하는 그 통제를 달성하는 듯 보인다: '지금'과 '그때'의 딜레마를 거리를 두고 지켜볼 수 있을 유리한 시점을. 욕망이 우리가 읽는 텍스트의 주제일 때, 우리는 그것을 어디서든 열어볼 수 있고 원하는 언제든 끝낼 수 있다. 만일 **에로스**가 페이지에 쓰인 무엇이라면, 우리는 책을 덮고 그와의 인연을 끊을 수 있다. 혹은 다시 돌아가서 단어들을 계속해서 몇 번이고 다시 읽을 수도 있다. 그곳에서 얼음 조각은 영원히 녹는다. 문자로 쓰인 것은 "고정된 채 머물고 똑같이 남아 있다"고 기원전 5세기의 연설가 이소크라테스[3]는 말한다(『소피스트 대론』, 12). 플라톤은 『파이드로스』에서 작가들과 글쓰기에 대한 그들의 태도에 대해 숙고한다. "글쓰기에는 이런 기이한 힘이 있다네"라고 그는 말한다: 문자의 기술을 배우는 사람은 사물을 영원히 "분명하고 확고하게" 만드는 자기 능력을 믿게 된다(275c; 277d). 그것은 위험한 믿음일 수 있다. 왜냐하면 그것은 놀라운 힘이 될 것이기 때문이다.

그런 힘은 사랑에 빠진 누군가에게 어떤 차이를 낳을까? 연인은, 만일 그가 시간을 통제하고 있다면, 시간에

---

3 이소크라테스(Isokrates, BC 436~338). 고대 아테네의 저명한 수사학자. 소피스트들과의 차별성을 강조하며 철학적 수사학을 발전시켰다.

게 무엇을 요청할까? 이 질문들은 에로스에 관한 우리의 연구와 관련된 것인데, 왜냐하면 대체로 우리는 사랑의 열정이 실재에 대해 우리에게 무엇을 가르쳐줄 수 있는지 알고자 애쓰고 있기 때문이다. 그리고 사랑은 통제의 문제다. 또다른 인간을 통제한다는 것은 과연 무슨 뜻인가? 자신을 통제한다는 것은? 통제를 잃는다는 것은? 고대 시인들은 욕망에 대한 묘사에서 그런 질문들의 답을 위한 자료를 제공한다. 철학자들은 묘사를 넘어선다. 우리가 이 질문들을 따라서 시인들로부터 플라톤까지 간다면, 우리는 『파이드로스』에서 연인이 사랑에게, 시간에게, 통제 그 자체에게 무엇을 요청해야 하는지에 대한 처방에 이르게 된다. 이 처방이 특히 흥미로운 것은, 플라톤이 이 질문들을 읽기와 쓰기의 본성에 대한 철학적 염려 위로 투사하여 양자를 연결하기 때문이다.

왜 읽기와 쓰기가 플라톤을 염려하게 만드는가? 그의 염려는 글이 지닌 "이 기이한 힘"과 밀접히 관련된 듯 보인다. 글 안에는 망상이, 염려될 만큼 충분히 설득력 있는 망상이 깃들어 있는데, 왜냐하면 글은 독자나 작가가 거부할 수 없는 메커니즘을 통해서 그의 영혼 속으로 전해지기 때문이다: 즉, **에로스**를 통해서. 『파이드로스』에서 소크라테스의 대화 상대는 문자 텍스트와 사랑에 빠진 젊은 남자다. 파이드로스와 소크라테스는 그 사랑에 대해 이야기를 나누다가 대화 도중에 연인과 문자가 교차하는 맹점을 펼친다. 그것은 공간 속의 지점일 뿐만 아니라 시간 속의 지점이기도 한데, 왜냐하면 플라톤이 특별히 시간 속에 처한 우리의 필멸적 상황을 고려하여 자신의 염려를 진술하기 때문이다. 만일 우리가 이 맹점에 초점을 맞춘다면, 통제의 문제에 초점이 맞춰질지도 모른다.

에로티코스 로고스
Erotikos Logos[1]

더 행복한 사랑! 더 행복하고 행복한 사랑이여!

—존 키츠, 「그리스 항아리에 부치는 노래」

파이드로스는 소피스트인 뤼시아스가 작성한 텍스
트와 사랑에 빠져 있다. 그것은 "에로스에 대한 로고스
logos"(227c), 즉 뤼시아스가 사랑을 주제로 한 연설을 글로
쓴 것이다. 그것은 의도적으로 불쾌한 논지를 담고 있다.

---

1 '에로스에 관한 로고스', 즉 '사랑에 관한 이야기'를 뜻하는 그리스어. '로고스'
는 '이야기' '연설' '이성' '논리' '담론' 등 다양한 의미를 지닌다.

뤼시아스는 아름다운 소년이 자기를 사랑하는 사람보다
는 자기를 사랑하지 않는 사람에게 호의를 베푸는 편이
낫다고 주장하면서, 사랑하지 않는 사람non-lover이 사랑하
는 사람lover[2]보다 연애 상대로 나은 점을 열거한다. 파이
드로스가 이 텍스트의 글자들을 응시할 때 욕망이 그를
뒤흔들고 *epethumei*(228b), 그가 그것을 소크라테스에게 소
리 내어 읽어줄 때 눈에 보이는 환희가 그에게 생기를 불
어넣는다(234d). 소크라테스가 보기에 파이드로스는 그
텍스트를 그의 파이디카*paidika*, 즉 소년 애인처럼 다루고
(236b), 그것을 유혹의 수단으로 사용하여 소크라테스 자
신을 도시 경계 밖으로 끌어내 탁 트인 전원 지대에서 읽
는 행위에 탐닉하게 하려고 한다(230d~e; 234d). 읽는 행위
는 소크라테스가 자신이 "로고스(이야기)를 사랑하는 사
람"(*andri philologō*, 236e; *tōn logōn erastou*, 228c)이라고 스스
로 인정하게 만든다. 『파이드로스』에서 에로스와 로고스
는 지골의 두 절반처럼 딱 들어맞는다. 어떤 의미가 만들
어지는지 살펴보기로 하자.

---

2 『파이드로스』에서는 '사랑하는 사람'과 '사랑하지 않는 사람'의 대비가 매우 중
요하므로, 『파이드로스』를 논하는 부분에 한해서 지금까지 '연인'으로 옮긴 'lover'
를 '사랑하는 사람'으로 옮기되 형용사가 붙는 경우에만 그대로 '연인'으로 옮기기
로 한다.

옆으로 비켜서기
The Sidestep

뤼시아스의 연설은 일반적 감정에 경종을 울리고 사랑에 대한 선입견을 몰아내기 위한 목적으로 작성된 것이다. 그것은 강력하고 유혹적인 방식으로 전복적이길 지향한다. 그럼에도 연설은 단순한데, 그 모든 통찰력과 충격값[1]이 하나의 메커니즘에 빚지고 있기 때문이다: 뤼시아스는 특별히 유리한 시점을 차지한다. 사랑하지 않는 사람이 느끼고 생각하고 행하는 모든 것을 사랑하는 사람이 느끼고 생각하고 행하는 것과 구분 짓는 것은 바로

---

[1] shock value. 충격을 일으킬 수 있는 요인을 뜻하는 말로, 'shock factor'라고도 한다.

이 시간적 관점이다. 그것은 사랑에 빠진 사람이라면 누구도 용인하지 못할 관점이다. 뤼시아스는 결말의 관점에서 연애 사건을 바라본다.

사랑에 빠진 사람은 누구도 사랑이 끝날 거라고 믿지 않는다. 연인들은 그 "순수한 불안의 한 조각", 즉 욕망의 현재 직설법 속에 떠 있다. 그들은 사랑에 빠질 때 깜짝 놀라고, 사랑에서 빠져나올 때도 똑같이 깜짝 놀란다. 뤼시아스가 보기에 이런 태도는 그야말로 어리석고, 에로스적 경험을 현실적으로 판단하려는 사람이라면 누구나 없애야 하는 것이다. 뤼시아스는 하나의 사실, 즉 에로스적 욕망의 변함없이 순간적인 본성을 주장하며, 에로스에 대한 그의 전복적 이론은 바로 이 사실에 의존한다.

그렇다면 욕망과 시간의 관계가 곧 뤼시아스가 펼치는 주장의 버팀대가 된다. 사랑하는 사람은 욕망이 시들해지자마자 소년 애인에 관한 관심을 잃고서 고통과 당황스러움만을 남긴 채 떠나갈 거라고 뤼시아스는 예측한다. 사랑하는 사람은 관계를 끊고 그것에 투자한 것을 후회하며 새로운 열병으로 옮겨갈 것이다. 순간적인 육체적 갈망에 기반한 사랑은 흥분이 가시고 나면 흔들릴 수밖에 없다(233a~b). 반면에 사랑하지 않는 사람의 사랑하지 않음은 현재의 쾌락에 특별히 헌신하지 않기에 그의 연애 대상과 연애 사건에 대해 한결같이 무시간적 태도를 취할 수 있다. 사랑하지 않는 사람에게 '지금'과 '그때'라는 순간은 동일한 가치를 지닌다. 자신이 구애하는 소년에게 그가 그렇게 말하고 있다.

> …자네와 시간을 보낼 때 나는 그 순간의 쾌락이 아니라 무엇보다도 미래에 찾아올 이익을 돌볼 것인데, 내가 욕망에 정복되지 않고 나 자신을 완전히 통제하고 있기 때문이지. (…) 이런 것들이야말로 오랫동안 지속될 우정의 증거야.
> —233b~c

사랑하지 않는 사람은 그 자신이 지닌 관점의 일관성 덕분에 상대 연인의 변화를 허용한다고 뤼시아스는 계속해서 주장한다. 사랑하지 않는 사람은 그의 소년이 나이가 들어 신체적 외모가 변해도 질겁하지 않을 것이며(234b), 소년이 이를테면 새 친구나 새로운 생각이나 재산을 얻음으로써 다른 식으로 변하는 것을 막으려 애쓰지도 않을 것이다(232b~d). 그는 열정이 식어도 관계를 저버리지 않을 것이며, 심지어 소년의 아름다움이 전성기를 넘긴 후에도 그 소년 애인에게 주는 우정의 대가를 조금도 아까워하지 않을 것이다(234b).

사랑하는 사람들은 욕망이 사라지자마자 잘해주었던 것

을 후회하지만, 사랑하지 않는 사람들은 마땅히 후회해야
할 때가 없으니 말일세.

—231a

사랑하지 않는 사람에게는 욕망이 고통일 "때가 없"
다. 그에게 '지금'과 '그때'는 호환이 가능하다: 그의 연애
사건은, 그 어떤 시점에도 들어갈 수 있고 전체를 훼손하
지 않은 채 그 어떤 순서로도 재배치될 수 있는 시간 속에
서 벌어지는 일련의 사건이다. 뤼시아스의 사고 과정은
욕망의 종결점에서 시작되고, 그의 텍스트는 에로스를
거꾸로 진행시킨다. 혹은, 소크라테스가 말하듯,

　…그는 처음부터 시작하지 않고 끝에서부터 시작해서
　로고스의 흐름을 거슬러 헤엄치려 하고 있네. 연애가 끝난
　후 사랑하는 사람이 소년 애인에게 할 법한 말로 시작하고
　있네.

—264a

뤼시아스는 한 번의 동작으로 에로스의 딜레마 전체
옆으로 비켜선다. 그것은 시간 속에서 일어나는 동작이
다: 그는 사랑에 빠진 사람에게 '지금'인 순간, 즉 욕망
의 현재 순간으로 들어가길 그냥 거부해버린다. 대신 그

는 가상의 '그때'에 안전하게 자리하고는 정서적으로 이탈된 유리한 시점에서 욕망을 뒤돌아본다. 그는 '지금'이라는 에로스적 상황에 대한 자신의 평가에 '그때'라는 똑같은 에로스적 상황의 모든 가능성과 함의를 포함시킬 수 있다. 뤼시아스는 소포클레스가 녹는 얼음에 대한 시에서 그러듯이 시간 속의 이 두 지점으로 입체적 이미지를 만들어내며 우리의 인식을 비틀어 당기지 않는다. 뤼시아스의 '지금'과 '그때'는 서로 양립할 수 없거나 불연속적이지 않으며, 그것들의 수렴은 사랑하지 않는 사람에게 고통스럽거나 역설적이지 않다: 그 어느 지점에도 욕망은 개입되지 않는다. 전통적으로 에로스는 사랑하는 사람을 그 두 지점을 동시에 진정으로 욕망하는 위치에 놓는다. 뤼시아스의 에로스 이론은 이 문제를 사전에 방지한다. 사랑하지 않는 사람이 녹는 얼음덩어리를 절망적으로 내려다보는 자신을 발견하게 되는 일은 절대 일어나지 않을 것이다. 이 사람이 얼음을 집어들 때 그의 마음은 곧 차가운 물 한 움큼을 지니게 될 거라는 기대로 가득하다. 그는 차가운 물을 아주 좋아한다. 그리고 그는 얼음에 대해 특별히 애정을 지니고 있지 않다.

그것이 뤼시아스가 한 연설의 요지다. 그것을 소리 내어 읽기를 마친 파이드로스는 소크라테스에게 의견을 구하고, 소크라테스는 로고스의 수사적 측면이 다소 불만

족스럽다고 고백한다(234e). 그는 똑같은 주제가

> …아마도 아름다운 사포나 지혜로운 아나크레온이나 어떤 산문 작가에 의해……

—235c

다루어진 적이 있다는 사실을 떠올리는 듯하다. 그러자 곧 그는 뤼시아스가 펼친 이론의 형식에 대해 자세히 설명하기 시작한다. 소크라테스의 연설은 시간적 요소를 강조하는 뤼시아스의 논지를 인정하며 그것을 재언급한다. 그는 에로스적 경험을 평가할 때 던져야 할 아주 중요한 질문으로 "연인은 시간으로부터 무엇을 원하는가?"를 꼽는다는 점에 있어서 뤼시아스와 의견을 같이한다. 더 나아가 그는 관습적인 연인이 원하는 것은 욕망의 '지금'을 유지하는 것인데, 무슨 일이 있어도, 심지어 그러는 과정에서 상대 연인에게 과도한 피해를 주고 그를 변형시키게 되는 한이 있더라도 그러길 원한다는 사실에도 동의한다. 그런 연인은 상대 연인의 성장을 모든 면에서 방해하며 소년 애인이 에라스테스*erastēs*[2]에 대한 직접적 의존에서 멀어지지 않게 할 거라고 소크라테스는 말한다. 사

---

2 '사랑하는 사람' 즉 '연인'을 뜻하는 그리스어 단어.

랑하는 사람은 소년이 야외 생활을 통해 신체를 정상적으로 발달시키는 일을 막고, 그늘에서 치장만 한 채 남자다운 노역을 하지 못하게 한다(239c~d). 파이디카*paidika*[3]가 정신에 있어서 그보다 뛰어나게 성장하지 않도록, 그는 유사한 장벽을 세워서 소년의 문화적, 지적 발달을 막을 것이다.

사랑하는 사람은 필연적으로 질투가 심할 수밖에 없고, 소년 애인을 성인 남자로 만드는 데 가장 크게 이바지할 여러 이로운 교제를 막음으로써, 특히 그의 지적 능력을 최대한 키워줄 교제─즉, 신적인 철학─를 막음으로써 그에게 큰 피해를 줄 것이네. 사랑하는 사람은 소년을 철학에서 멀리 떨어뜨려놓을 수밖에 없는데, 멸시를 당하게 될까봐 크게 두려워하기 때문이지. 또한 사랑하는 사람은 소년이 모든 문제에 있어서 자신만 바라볼 수 있도록 그가 다른 모든 것에 대해 계속 무지한 상태로 남게 할 방안을 궁리할 것이네.

─239b~c

결국 사랑하는 사람은 그의 파이디카가 사회에서 성인

---

3   '소년 애인'을 뜻하는 그리스어 단어.

의 삶을 살지 못하게 방해할 것이다.

더욱이 사랑하는 사람은 상대 연인이 가능한 한 오랫동안 결혼도 하지 않고 자식도 없고 가정도 꾸리지 않는 상태로 남기를 열렬히 바랄 것인데, 자신에게 달콤한 열매를 가능한 한 오랫동안 따먹으려는 것이 그의 욕망이기 때문이지.

—240a

요컨대 이 해로운 연인은 자신의 소년 애인이 자라기를 원하지 않는다. 그는 시간을 멈추는 일을 더 좋아한다. 그렇다면 소크라테스와 뤼시아스는 관습적인 유형의 에라스테스가 상대 연인을 사랑하는 과정에서 그에게 피해를 준다는 사실에 동의한다. 또한 그들은 피해를 주는 수단이 시간을 통제하려는 시도라는 사실에도 동의한다. 이 사랑하는 사람이 시간에게 요구하는 것은 파이디카를 소년기의 아크메*akmē*[4]에 묶어둘, 에라스테스에 대한 영원한 의존 상태에 머무르게 할 힘이다. 이런 식으로 소년은 자발적으로 시간 속에서 성장을 저지함으로써 자신을 욕망할 만한 존재로 만든다. 이 소년과 그의 딜레마에 대한

---

4 '정점' '전성기' 등을 뜻하는 그리스어 단어.

소크라테스의 서술은 소년을 얼마간 소포클레스의 시에 등장하는 녹는 얼음 조각처럼 느껴지게 만든다.

…그런 소년은 사랑하는 사람에게 가장 큰 기쁨을 주는 바로 그 부분에서 자기 자신에게 가장 큰 피해를 주지.

—239c

살아 있는 것에 주는 피해
Damage to the Living

피해는 이 대화편의 주제이다. 플라톤은 두 종류의 피해에 관심을 지닌다. 하나는 사랑하는 사람들이 욕망이라는 명목으로 주는 피해. 다른 하나는 쓰기와 읽기가 의사소통이라는 명목으로 주는 피해. 왜 플라톤은 이 두 종류의 피해를 나란히 놓는가? 플라톤은 그것들이 유사한 방식으로 영혼에 작용하며 똑같은 종류의 오해로 실재를 침해한다고 믿는 듯하다. 에로스의 행위가 상대 연인에게 해를 끼치는 것은 사랑하는 사람이 모종의 통제적 태도를 취할 때인데, 그 태도의 가장 두드러진 특징은 상대 연인을 시간 속에 동결시키겠다는 결심이다. 표기된 텍스트에서 말을 시간의 흐름 밖에 영구적으로 고정할 수단을 보는 자들, 즉 독자나 작가에게서 그와 유사한 통제적 태도를 발견하는 것은 어려운 일이 아니다. 표기된 문자의 고정된 동일성에 대한 이소크라테스의 발언은(『소피스트 대론』, 12) 이런 견해가 고대 작가들의 흥미를 끌었음을 암시한다. 『파이드로스』의 결론 부분에서 소크라테스는 그 견해와 그것에 대한 오해를 이야기한다. 또한 그는 대화편 내내 언어와 무대 연출의 다양한 묘책을 사용해 그것에 대해 간접적으로 언급한다. 우선 표기된 말의 가치에 대한 소크라테스의 명시적 평가를 살펴보도록 하자.

『파이드로스』가 끝나갈 무렵에 그는 구체적인 연설에서 좀더 일반적인 탐구로 방향을 튼다.

그렇다면 우리는 말하기나 글쓰기를 훌륭하게 만드는 것은 무엇이고, 나쁘게 만드는 것은 무엇인지에 대한 이론 *logos*을 살펴보아야 하네.

—259e

발화된 말과 표기된 말의 비교가 뒤따르고, 글쓰기는 주로 기억을 돕는 수단으로서만 유용한 것으로 여겨진다.

표기된 말이 이미 표기된 내용을 아는 누군가의 기억을

환기해주는 것 이상의 일을 할 거라고 생각한 이는 극도로
순진한 사람일 걸세,

라고 소크라테스는 말한다(275d). 읽기와 쓰기의 기술자
들은 문자를 생각과 지혜를 거듭 사용이 가능한 형태로
완전히 고정할 수단으로 본다. 소크라테스는 지혜가 고
정될 수 있다는 사실을 부정한다. 책을 읽을 때 사람들이
얻는 것은

　　참된 지혜가 아니라 지혜의 겉모양인데, 왜냐하면 그들
　　은 가르침 없이도 많은 것을 읽게 되어 많은 것을 아는 것
　　처럼 보이겠으나 실은 대체로 무지하고 어울리기도 어려
　　우니, 지혜로운 게 아니라 오직 지혜로워 보일 뿐이기 때문
　　이오.

　　　　　　　　　　　　　　　　　　　　　　　　　—275b

　　소크라테스는 지혜를 살아 있는 무언가로, 두 사람
이 이야기할 때 생겨나는 "살아서 숨쉬는 말*ton logon zônta kai*
empsychon"(276a)로 여긴다. 그것에는 변화가 필수적인데,
지혜가 변하기 때문이 아니라 사람들이 변하고, 또 반드
시 그래야만 하기 때문이다. 그에 반해서 소크라테스는
표기된 말의 유난히 고정적인 성질을 강조한다.

파이드로스, 글쓰기에는 이런 기이한 힘이 있으니, 그것은 사실 그림 그리기와 상당히 비슷하다네; 그림 속의 창조물은 거기 살아 있는 존재처럼 서 있지만, 자네가 무슨 질문을 던지면 엄숙히 침묵을 지키거든. 표기된 말의 경우도 마찬가지라네. 자네는 그것들이 실제로 무언가를 생각하면서 말한다고 상상할 수도 있겠지만, 그것들이 무슨 말을 하는지 궁금해서 질문을 던지면 그것들은 영원히 하나의 동일한 내용만 전할 뿐이지.

—275d~e

그림과 마찬가지로, 표기된 말은 살아 있는 존재들을 시공간 속에 고정해서 그것들에게 생기를 띤 겉모양을 부여하나 그것들은 삶에서 떨어져나와 변화 능력이 없다. 발화 형태의 로고스는 살아 있으며 변화하는, 사고의 독특한 과정이다. 그것은 한번 일어나면 돌이킬 수 없다. 숙련된 작가가 글로 쓴 로고스는 이 살아 있는 유기체를 그것의 각 부분의 필연적 순서와 상호 관계에 있어서 실물에 가깝게 모방할 것이다.

자기 몸을 지닌 생물체처럼 조직되어 있어서, 머리가 없거나 발이 없지 않고, 중간과 끝이 서로 들어맞고 전체에도 들어맞지.

　나쁜 작가, 이를테면 뤼시아스의 로고스는 이런 생명의 외양을 지니려는 시늉조차 하려 하지 않는 데다가 말들을 아무 순서 없이 배치하는데, 어쩌면 끝나야 할 지점에서 시작하며 유기적 순서에 대해서도 완전히 무지하다. 우리는 그 어떤 시점에도 이 로고스에 들어갈 수 있고, 그때마다 그것이 똑같은 말을 하는 것을 발견하게 된다. 일단 글로 쓰이고 나면, 그것은 그 똑같은 말을 그것 자체 내에서 계속해서 되풀이하고, 시간 속에서도 계속해서 되풀이한다. 의사소통 수단으로서 그런 텍스트는 죽은 문자나 다름없다.

미다스
Midas

소크라테스는 뤼시아스의 나쁜 글쓰기에 대한 자신의 주장을 무덤에서 가져온 비유를 통해 제대로 인식시킨다. "그것은 프뤼기아의 미다스[1]의 묘비에 새겨진 글과 다를 바가 없네"라며 뤼시아스의 연설에 대해 말한 그는 곧이어 그 글을 인용한다.

청동 처녀인 나는 미다스의 무덤 위에 놓여 있다네.
물이 흐르고 키 큰 나무가 자라나는 한,

---

1 손에 닿는 물건을 모두 황금으로 변하게 했다는 미다스 왕과 동일인이거나 동명이인으로 추정되는 기원전 8세기 인물.

바로 이곳 눈물 어린 무덤 위에서 꼼짝도 하지 않은 채,

근처를 지나는 모두에게 나는 알릴 것이니: 미다스는 죽었

고 여기 묻혀 있다고!

그 비유는 여러 층위에서 기교적인 것인데, 저 새겨진 글이 형식 면에서나 내용 면에서나 우리가 표기된 말을 불신해야 한다는 소크라테스의 주장의 완벽한 본보기일 뿐만 아니라 뤼시아스에 대한 구체적인 풍자까지 겨냥하고 있기 때문이다. 새겨진 글은 비문碑文이다: 죽음의 통지이자 시간에 대한 도전. 그것은 하나의 불변하는 사실을 하나의 영원히 불변하는 형식으로 주장하겠노라고 단언한다: 미다스는 죽었다. 그것의 목소리는 영원히 젊은 한 소녀의 것으로, 그녀 앞을 지나가는 시간과 변화와 살아 있는 현상의 세계에 자랑스럽게 저항한다. 그녀는 미다스와 거리를 둔다: 그는 죽음 속에 있고, 그녀는 문자 속에 있다.

게다가 이 비문은 그 작법에 있어서 하나의 독특한 특징을 지닌다고 소크라테스는 말한다. 모든 행은 그 의미와 음보에 있어서 다른 모든 행과 독립적이고, 그리하여 그 시는 어떤 순서로 읽든 거의 똑같은 의미를 산출한다. 소크라테스는 파이드로스에게 말하길,

자네는 어떤 행을 먼저 읽고 어떤 행을 마지막에 읽든 아무 차이도 없다는 사실을 알아차렸을 것이네.

—264e

이 세부적 설명을 통해 그 비문은 구체적으로 뤼시아스를 조롱하는 것이 된다. 행들의 위치를 바꿀 수 있는 시가, 끝나야 할 곳에서 시작하며 설명 내내 납득할 만한 순서를 따르지 않는 연설문과 어떻게 비교될 수 있는지는 아주 명백하다. 하지만 이 텍스트적 비교를 통해 그것이 가리키는 현실 속 유사성 쪽으로 우리의 관심을 돌려보도록 하자. 미다스 비문은 뤼시아스가 그의 연설에서 상세히 설명하는 사랑 이론과 공통되는 어떤 핵심적 세부 사항을 담고 있다.

뤼시아스가 말하는 사랑하지 않는 사람과 마찬가지로, 비문의 말은 시간과 거리를 두면서 그것이 하루살이 존재들의 세계와 지닌 차이를 선언한다. 사랑하지 않는 사람이 주장하는 사랑하는 사람에 대한 자신의 도덕적 우위는 이런 차이에 기반한다. 그는 사랑에 빠진 사람에게 '지금'인 순간, 즉 사랑하는 사람이 자기 통제력을 상실하는 욕망의 순간 옆으로 비켜섬으로써 그의 차이를 성취한다. 미다스 무덤에 쓰인 말과 마찬가지로, 사랑하지 않는 사람은 자신을 미래로 투사한다. 욕망의 시간 바깥에

선 그는 또한 욕망의 감정 바깥에 서서 연애 사건의 모든 순간을 동일하고도 호환이 가능한 것으로 여길 수 있다. 뤼시아스의 에로스 이론뿐만 아니라 그의 연설 또한 그것의 각 부분이 시간 속에서 필연적 순서를 지녀야 한다고 결코 인정하지 않는다. 마찬가지로 미다스 비문에 쓰인 말 또한 그 내용에서 그러하듯 형식에서도 시간적 순서를 초월한다. 뤼시아스가 소년 애인에게 그러하듯, 그 자체로 변하지 않는 그 말들은 변화하는 시간 앞에서 변하지 않는 일관성을 독자에게 약속한다.

이제 미다스 자신에 대해 생각해보자. 신화적 상징으로서 미다스는 우리가 잠시 생각해볼 만한 인물인데, 왜냐하면 그의 묘비명이 그가 생전에 저지른 가장 주요하고 파괴적인 실수를 반복하기 때문이다. 그것은 사랑하는 사람에게 무언가를 가르쳐줄 수도 있을 실수다.

고대의 관점에서 그는 역설적인 인물이다. 이를테면 아리스토텔레스는 미다스를 부유한 가운데 결핍을 겪는 부조리를 상징하는 인물로 사용한다.

부유함이 그러한 성질을 띠어, 몹시 부유한 남자가 신화에 등장하는 미다스처럼 굶어 죽게 되는 것은 부조리한 *atopon* 일이다: 탐욕스러운 그의 기도 때문에 그의 앞에 있는 모든 것은 황금이 되었다.

소포클레스의 시에 등장하는 손에 얼음을 가득 쥔 아
이들처럼, 미다스는 자신의 욕망 속에 좌초된 채 만지는
동시에 만지지 않기를 바라는 인물의 이미지다. 완벽한
욕망은 완벽한 교착 상태다. 욕망하는 사람은 욕망에서
무엇을 원하는가? 솔직히 말해, 그는 계속해서 욕망하기
를 바랄 뿐이다.

미다스가 지닌 황금의 손은, 스스로 소멸하며 스스로
영속하는, 완벽한 욕망의 강력한 상징일 것이다. 그렇기
에 미다스는 소크라테스와 뤼시아스가 그들의 연설에서
비난하는 유형의 나쁜 연인을 상기시킬 수도 있는데, 미
다스의 손은 그가 사랑하는 것들에 대단히 파괴적인 영
향을 끼치기 때문이다. 그것들은 황금으로 변한다. 그것
들은 시간 속에서 정지된다. 마찬가지로 나쁜 연인 또한
살아 있는 유기체로서의 파이디카를 황금의 순간, 즉 활
짝 핀 젊음의 아크메에 고정할 방법을 고안해서, 소년이
가능한 한 오랫동안 완벽히 즐길 수 있는 존재가 될 수 있
게 한다. 미다스의 손은 또한 사랑하는 사람의 시간도 멈
추어서, 그가 욕망의 정점에 그 자신의 감정적 생명을 동
결시킬 수 있게 한다.

플라톤은 미다스와 시간을 멈추길 바라는 연인 사이

의 그 어떤 연관성도 명시적으로 언급하지 않는다; 그럼에도 여기서 미다스를 언급하는 이유 중 하나는 미다스의 손을 욕망의 이미지로 환기하기 위해서일 수 있다. 그것은 중요한 이미지인데, 소크라테스와 뤼시아스 각각의 에로스 이론 사이의 핵심 쟁점에 초점을 맞추는 데 도움을 주기 때문이다. 두 이론 모두 욕망이 욕망하는 사람을 시간과의 역설적 관계 속으로 끌어들인다는 데 동의한다. 두 이론 모두 관습적인 에라스테스가 이 문제에 대해 특정한 전술로 대응하며 상대 연인의 일생에 걸쳐 일어나는 물리적이고 개인적인 발달의 자연스러운 흐름을 막으려 애쓴다고 말한다. 이 전술이 피해를 준다는 점에 있어서 소크라테스와 뤼시아스는 동의한다; 어떤 전술이 나은지에 대해서는 전혀 동의하지 않는다. 뤼시아스는 자신이 꾸며낸 사랑하지 않는 사람의 이야기를 통해 그저 시간으로부터 한쪽으로 비켜서는 게 최선이라고 권고한다. 문제를 야기하는 순간은 '지금'이니, 우리 자신이 '그때'에 있다고 상상하며 문제를 피해가라고 말이다. 소크라테스는 이 전술을 "흐름을 거슬러 헤엄치려"(264a)하는 것이라 지적하며 그것을 미다스의 무덤에 적힌 경구에 비긴다. 하지만 그가 제기하는 이의는 수사적인 것 이상으로, 그는 계속해서 뤼시아스의 태도를 에로스에 대한 범죄(242e)로 여긴다. 대화편 나머지 부분에서 우리는 이 말이 무슨 뜻인지 알게 된다: 뤼시아스의 사랑 이론은 우리 인간이 처한 시간적 상황을 이루는 물리적이고 정신적인 변화의 자연스러운 흐름을 침해한다. 시간에 참여하는 것에서 물러나길 택하면 우리에게 무슨 일이 일어나는가? 플라톤은 그에 대한 답으로 우리에게 서로 다른 세 이미지를 전해준다.

그중 한 이미지가 바로 미다스 자신이다. 생전과 마찬가지로, 무덤에서 미다스는 그가 참여하지 못할 변화하는 현상의 세계에 둘러싸여 있다. 생전의 그가 마주한 문제는 만족시킬 수 없는 탐욕으로 시작해서 결핍으로 인한 죽음으로 끝나는데, 이는 에로스적 욕망과 중요한 상호 참조 관계를 이루는 역설이다. 하지만 그의 삶과 그것의 함의는 플라톤의 논의에서 암시적인 것으로 남고, 따라서 우리가 그 함의를 끄집어내는 것은 정당하지 않을지도 모른다. 우리는 대화편에 등장하며, 결핍에 대한 태도에서뿐만 아니라 주된 윤곽에서도 미다스의 딜레마를 공유하는 또다른 생명체에게로 주의를 돌려야만 한다.

매미들
Cicadas[1]

매미들 또한 욕망을 추구하며 평생을 보내다 굶어 죽는다. 이 곤충은 살짝 스칠 정도로만 대화편 속으로 들어오는데, 소크라테스가 한 대화 주제에서 다른 주제로 넘어가다가 머리 위 나뭇가지에서 노래하는 그것들을 알아차리기 때문이다. 그는 파이드로스에게 그것들을 언급한다.

…그리고 더위 속에서 매미들이 노래하고 서로 떠들며 우리 머리 위에서 우리를 내려다보는 것 같군.

—258e

---

1 '매미(cicada)'의 복수형으로 앞 장의 제목 'Midas'와 각운을 이룬다.

파이드로스는 매미에 대해 호기심을 보이고, 그래서
소크라테스는 계속해서 어떤 전설을 알려준다.

전하는 말에 따르면, 옛날 옛적에, 무사 여신들이 태어나
기 전에 매미들은 인간이었다고 하네. 무사 여신들이 태어
나 노래가 출현하자 그 생명체들 가운데 일부는 그 즐거움
에 넋이 나가 먹고 마시는 일도 잊은 채 노래하고 또 노래
하다가 죽는 줄도 모르고 죽었다네. 그들로부터 매미 종족
이 생겨났는데, 그들은 무사 여신들에게서 이런 특권을 부
여받았지: 그들은 태어날 때부터 영양분이 필요하지 않고,
먹거나 마시는 일 없이 죽을 때까지 계속 노래만 부른다
네……

—259b~c

미다스와 마찬가지로, 매미들도 근본적인 에로스적 딜
레마의 이미지로 읽힐 수 있다. 그들은 자신의 욕망으로
시간과 대립하게 된 생명체이다. 그들의 열정이 음악적
인 것이기에 이 딜레마는 미다스의 딜레마보다 더 고귀
한 형태를 취하고, '지금'과 '그때'와 관련된 연인의 역설
에 대해 새로운 해법을 제시한다. 매미들은 그저 욕망의
'지금' 속으로 들어가서 거기 머문다. 삶의 과정에서 물

러나고 시간도 잊은 채, 그들은 태어난 순간부터, 소크라 테스가 말하듯 "죽는 줄도 모르고 죽을*elathon teleutēsantes hautous*"(259c) 때까지 쾌락의 현재 직설법을 유지한다. 매미 들에게 욕망 이외의 삶이란 존재하지 않고, 욕망이 끝나 면 그들도 끝난다.

여기 뤼시아스의 사랑하지 않는 사람이 취한 전술의 대안이 있다. 사랑하지 않는 사람은 욕망의 끝에 영구적 으로 자리함으로써 '지금'에서 '그때'로의 고통스러운 이 행 옆으로 비켜선다. 그는 강렬하고 순간적인 쾌락으로 이루어진 사랑하는 사람의 '지금'을 희생하고, 그 대가로 일관된 감정과 예측 가능한 행위로 이루어진 '그때'를 연 장한다. 매미들은 정반대의 희생을 택하며 평생을 '지금' 이라는 중대한 기쁨에 바친다. 흐르는 시간과 그것의 이 행은 그들에게 아무런 영향도 끼치지 않는다. 그들은 쾌 락이라는 살아 있는 죽음 속에 좌초된다.

미다스와 달리, 매미들은 죽음으로서의 삶을 택한 것 에 만족한다. 하지만 그들은 매미다. 즉, 그들은 한때 인 간이었지만 인간의 조건이 쾌락에 대한 자신들의 욕망과 양립할 수 없다는 사실을 알고는 인간의 지위를 거부하 길 택한 생명체다. 그들은 평생 욕망만을 추구하는 생명 체다. 이는 인간뿐만 아니라 시간 속에서의 삶에 헌신하 는 그 어떤 유기체에게도 가능한 선택지가 아니다. 하지만 우리가 보았듯이 욕망에 빠진 유기체는 이런 헌신을 경시하는 경향이 있다. 플라톤은 그들이 그렇게 할 때 무슨 일이 일어나는지에 대한 이미지를 우리에게 하나 더 전해준다.

재미와 이익을 위한 정원 가꾸기
Gardening for Fun and Profit

그것은 바로 정원의 이미지이다(276b~277a). 사랑하는 사람과 작가와 매미만이 시간과 불화하는 것은 아니다. 정원사도 시간적 조건을 회피하거나 조작하거나 거역하길 바라는 경우가 있다. 그런 경우는 축제 때이고, 소크라테스에 따르면 그런 경우 정원사는 놀기 좋아하게 되며 정원 가꾸기는 진지한 규칙을 따르지 않는다. 플라톤은 정원을 화제로 삼아서 글쓰기 기술에 대한 자신의 요점을 밝히고, 그 기술의 진지함에 의문을 제기하고 싶어한다. 우선 정원 가꾸기 놀이를, 그러고는 글쓰기 놀이를 살펴보도록 하자. 플라톤은 그것들을 소위 "아도니스의 정원"의 에로스적 교차점으로 끌어모은다.

아도니스의 정원은 5세기의 아테네 종교의식의 볼거리였다. 아도니스를 기리는 연중 의례 동안 밀, 보리, 회향의 씨앗이 작은 화분에 뿌려져 여드레 동안 열리는 축제의 즐거움을 위해 계절에 반하게 재빨리 강제로 길러졌다. 그 식물들은 뿌리가 없었다. 그것들은 잠시 자랐다가 거의 곧장 시들었고, 축제 이튿날 내던져졌다.[1] 그것들의 몹시 분주한 삶은, 젊음을 한창 꽃피웠을 때 아프로디테 여신에게 꺾여 결과적으로 전성기에 죽음을 맞이한 아도니스 자신의 삶을 반영하도록 의도되었다(Gow 1952, 2:295). 그것은 이상적인 상대 연인의 빠르고 아름다운 생애이다.

소크라테스는 그 자체로 유혹적이고 하루살이 목숨인 이 아도니스의 정원을 표기된 말의 비유로, 살아 있는 담화의 모방물로 제시한다. 글쓰기를 평가하는 도중에 그는 파이드로스에게 질문을 던진다.

이제 내게 이에 대해 말해보게. 씨앗을 돌보고 그것이 결실을 맺기를 바라는 지각 있는 정원사가 한여름에 아도니스의 정원에 진지한 의도로 씨앗을 뿌리고 여드레 만에 그

---

1 축제에서 사용된 정원 식물들은 축제가 끝난 후 통째로 바다나 강에 던져졌다고 전해진다.

것이 그 공간에서 아름답게 자라나는 것을 지켜보며 기뻐하겠는가? 아니면, 그가 그렇게 하기나 한다면, 그런 종류의 일을 오직 재미나 축제를 위해서만 하겠는가? 그리고, 그가 진지했을 때, 그는 정원사로서의 기술을 사용해서 알맞은 땅에 씨앗을 뿌리고 뿌린 그 씨앗이 여덟 달 후에 완전히 자라난 것에 기뻐하지 않겠는가?

—276b

식물을 키우는 그 어떤 진지한 정원사도 아도니스의 정원을 가꾸는 성급하고 허울뿐인 일에 탐닉하지 않을 거라는 점에 소크라테스와 파이드로스는 동의한다. 마찬가지로 생각을 전달하는 일에 진지한 그 어떤 사상가도 "그것을 잉크에 담가 갈대 펜으로 뿌리길"(276c) 택하지 않을 것이다. 문자의 정원에는 아도니스의 정원에서처럼 씨앗이 재미로 뿌려진다(276d). 진지한 생각을 기르려면 그와는 다른 방식의 재배와 시간이 필요하다; 적절한 영혼이라는 땅에 심어진 살아 있는 담화의 씨앗은 뿌리를 내리고 자라나 적절한 때에 지식으로서의 결실을 맺을 것이다(276e~277a). 대화편의 이 시점에서 소크라테스는 자신의 신념을 파이드로스에게 솔직하고 단호하게 이야기한다: 진지한 생각과 지식은 읽기와 쓰기라는 놀이에서가 아니라 철학적 대화 속에서 진정한 생명을 지닌다.

미다스 비문 비유와 마찬가지로, 플라톤의 정원 비유는 구체적으로는 특히 비유기적인 방식의 수사법을 구사하는 뤼시아스의 로고스에 반대하고, 일반적으로는 변증술의 대체물로서 문자를 재배하는 것에 반대한다. 정원은, 미다스 비문보다 훨씬 더 예리하게, 읽기와 쓰기에 대한 플라톤의 염려에서 핵심을 차지하는 시간적 요소에 우리가 관심을 가지게 한다. 표기된 텍스트는 우리가 그저 읽었을 뿐인 것을 안다고 생각하게 만든다. 플라톤이 봤을 때 이런 생각은 위험한 망상이다; 그는 지식을 향해 손을 뻗는 행위가 필연적으로 시공간 속에서 이루어지는 과정이라고 믿는다. 글로 쓰인 논문이라는 형태가 그러하듯 그 과정을 질러가거나 편리한 재사용을 위해 포장하는 일은 시간에 대한 우리의 헌신을 부정하는 것이며 진지하게 받아들여질 수 없다. 뿌리 없이 여드레 동안 자란 식물은 재빨리 얻은 소피아*sophia*[2]의 이미지이다. 그와 동시에 아도니스의 조급한 농업은, 끝나야 할 곳에서 시작하며 사랑의 시작 단계를 난폭하게 질러감으로써 수사적이고 개념적인 목적을 달성하는 뤼시아스의 에로스에 대한 로고스를 우리에게 상기시킨다. 그렇다면 플라톤의 비유에서 작가와 정원사는 시간을 통제하길 바란다는 점

---

2 '지혜'를 뜻하는 그리스어 단어.

에서 교차한다. 하지만 그 비유를 좀더 자세히 들여다보기로 하자. 여기에는 세번째 각이 존재하고, 미다스 신화에서와 마찬가지로 그것은 사랑하는 사람이 사랑의 대상에게 줄 수 있는 피해의 이미지를 펼친다.

강제로 너무 빨리 아크메에 도달해 축제 기간 동안 절정에 머무르다가 이튿날 버려지는 아도니스의 식물을 생각해보라: 이것은 관습적인 에라스테스가 자신의 파이디카를 어떻게 이용하는지에 대한 이미지이다. 그것은 한 인간이 또다른 인간의 삶이라는 시간을 통제함으로써 그를 착취하는 방식에 대한 이미지이다.

사랑하는 사람은 파이디카가 가능한 한 오랫동안 결혼도 하지 않고 자식도 없고 가정도 꾸리지 않는 상태로 남기를 열렬히 바랄 것인데, 자신에게 달콤한 열매를 가능한 한 오랫동안 따먹으려는 것이 그의 욕망이기 때문이지.

—240a

그리하여 소크라테스는 관습적인 에라스테스의 조작적인 경향을 설명한다. 이 사랑하는 사람은 뿌리도 미래도 없는 상대와 에로스적 놀이를 즐기는 것을 선호한다.

진지한 무언가가 결여되어 있다
Something Serious Is Missing

아도니스의 정적靜的인 전성기는 "연인은 시간으로부터 무엇을 원하는가?"라는 우리의 질문에 해답을 제공해 준다. 플라톤이 명확히 말하듯, 그 해답은 사랑하는 사람과 독자가 매우 유사한 욕망을 지니고 있다는 인식으로 우리를 다시 한번 이끈다. 그리고 각자의 욕망은 역설적인 것이다. 사랑하는 사람으로서 우리는 얼음이 얼음이면서도 손에서 녹지 않기를 바란다. 독자로서 우리는 지식이 지식이면서도 글로 쓰인 페이지에 고정되어 있기를 바란다. 그런 바람은 적어도 부분적으로는 우리에게 고통을 주지 않을 수 없는데, 왜냐하면 그로 인해 우리는 욕망의 대상이 그것 자체 안으로 사라지는 것을 지켜보게 되는 맹점에 자리하기 때문이다.

플라톤은 그 고통을 아주 잘 알고 있다. 그는 그것을 변증술로 몇 번이고 다시 재현하고, 그 경험은 그가 전하고자 하는 종류의 이해에 본질적인 것이다. 우리는 『파이드로스』에서 이 재현이 특히 비유적 차원에서 일어나는 것을 목격했다. 플라톤의 비유는 하나의 이미지(이를 테면 정원)가 또다른 이미지(표기된 말)에 정확히 일치하게 중첩되는 납작한 그림이 아니다. 비유는 삼차원 공간 속에 구성된다. 그것의 이미지들은 수렴되지 않은 채 위아래로 떠 있다: 그 사이에 무언가가, 역설적인 무언가가 있다: 즉, 에로스가.

에로스라는 암묵적 기반 위로 신화 속 아도니스와 아프로디테 사이의 모든 일이 벌어지고, 이는 정원 의례로 재연된다. 에로스를 기반으로 삼아 로고스가 대화를 나누는 두 사람 사이로 뿌리내리고, 이 대화는 글로 쓰인 페이지 위에 재연될 수도 있다. 의례와 재연은 사람들의 삶이 벌어지는 현실의 시간 밖에서, 정지된 채 머무는 통제의 순간 속에서 일어난다. 우리가 그런 정지된 채 머무는 시간을 사랑하는 것은 그 시간이 평범한 시간 혹은 실제 삶과 다르기 때문이다. 우리는 축제나 독서처럼 정지된 채 머무는 시간 속에 놓인 행위를 사랑하는데, 그것은 그 행위가 본질적으로 진지하지 않기 때문이다. 이 사랑은 플라톤을 염려하게 한다. 그것의 유혹에 빠진 사람은 현실의 시간을 오직 의례나 책에 적절한 종류의 시간으로 대체할 생각을 품을지도 모른다. 플라톤이 보기에 그것은 심각하고도 해로운 실수가 될 것이다. 왜냐하면 뿌리 없는 식물과 죽어가는 아도니스가 정확히 대응하지 않듯이, 글로 쓰인 말과 실제 로고스도 오직 상징적으로만 대응하기 때문이다. 상징을 실재로 착각하는 사람에게 남는 것은 죽은 정원, 혹은 뤼시아스가 사랑하지 않는 사람에게 처방한 그런 연애 사건일 것이다. 그런 연애 사건에는, 정원에 생명이 결여되어 있듯이, 무언가가, 본질적인 무언가가 결여되어 있다: 즉, 에로스가.

장악
Takeover

그가 자기 삶에 취하는 태도는 조각가가 자기
조각에, 또는 소설가가 자기 소설에 취하는 태
도와 같았다. 소설가의 양도할 수 없는 권리 중
하나는 자기 소설을 고칠 수 있다는 것이다. 시
작 부분[1]이 마음에 들지 않으면 다시 쓰거나 완
전히 지워버릴 수 있다. 하지만 즈데나의 존재
는 미레크가 저자로서 지닌 특권을 허용하지
않았다. 즈데나는 소설 시작 부분에 남아 있기

---

1 'beginning(s)'은 번역어의 통일을 위해 다소 어색한 경우에도 주로 '시작 부
분'으로 옮기되, 통일하지 않아도 되는 부분에서는 맥락에 따라 '시작' '시원(始
原)' 등으로 옮겼다.

를 고집했다. 그녀는 지워지기를 거부했다.

—밀란 쿤데라, 『웃음과 망각의 책』

플라톤은 뤼시아스를 비범한 감정적 미적분학을 통해 모든 위험과 불안과 에로스에의 도취를 통제할 수 있다고 생각하는 사람으로 그린다. 삶과 사랑과 관련해서 뤼시아스가 실제 에로스적 사건에 취하는 전략은 이제 우리에게 익숙한 것들이다. 뤼시아스의 사랑하지 않는 사람은 상대 연인의 삶의 흐름으로부터 옆으로 비켜서서 미학적 거리를 둔 지점에 위치한다. 그것은 작가의 유리한 시점이다. 에로스에 대한 뤼시아스의 통찰력은 작가의 통찰력이고, 그가 설명하는 통제 이론은 사랑의 경험을 어디서 시작하거나 거꾸로 읽어도 똑같은 의미를 산출하는 고정된 텍스트로 대한다. 그것은 나쁜 연설이고, 사랑하지 않는 사람은 지루한 에라스테스가 될 것이다. 하지만 그 연설은 한때 파이드로스를 매혹했다. 파이드로스는 글자와 사랑에 빠지기라도 한 것처럼 그것을 되풀이해서 읽었다(228b; 236b). 뤼시아스의 로고스에는 끔찍한 힘이 깃들어 있다. 그것은 무엇인가?

뤼시아스의 텍스트는 독자에게 사랑에 빠진 사람이라면 누구든 탐내지 않을 수 없는 무언가를 제공한다: 즉,

자기 통제력을. 명백히 외부적인 사건이 어떻게 누군가의 영혼에 들어가서 그것을 통제하는가? 이 질문은, 특히 그것의 에로스적 판본은 그리스인들을 사로잡았다. 우리는 호메로스가 『일리아스』에서 어떻게 그 질문을 트로이의 성벽에서 헬레네와 아프로디테가 만나는 장면으로 표현했는지 보았다(3.400ff). 아프로디테는 평상시라면 평범했을 오후 어느 때 난데없이 나타나서 헬레네에게 욕망을 명한다. 헬레네 쪽에서는 저항하며 소동을 벌인다; 아프로디테는 단 한 차례의 협박으로 그것을 꺾어버린다. 욕망은 출구가 없는 순간이다. 비극과 희극의 시에서뿐만 아니라 그리스 서정시 전체에서 시종일관 에로스라는 경험은 외부에서 사랑하는 사람을 공격하고는 이어서 그의 몸과 정신과 삶의 성격을 통제한다. **에로스**는 날개를 달고서 난데없이 나타나 사랑하는 사람에게 욕망을 부여하고, 그의 몸에서 주요 장기와 물질적 실체를 빼앗고, 그의 정신을 약화하고 생각을 왜곡하며, 정상적인 상태의 육체적 건강과 온전한 정신을 질병과 광기로 대체한다. 시인들은 에로스를 침략, 병, 정신이상, 들짐승, 천재지변으로 나타낸다. 그의 행위는 연인을 녹이고, 부수고, 물어뜯고, 태우고, 삼키고, 닳아 없애고, 빙빙 돌리고, 찌르고, 꿰뚫고, 상처 입히고, 중독시키고, 숨막히게 하고, 끌고 가고, 갈아서 가루로 만드는 것이다. 에로스는 공격을 감행할 때 그물, 화살, 불, 망치, 허리케인, 열병, 권투용 장갑, 재갈과 굴레를 이용한다. **에로스**를 물리칠 수 있는 사람은 아무도 없다(「헤르메스에게 바치는 호메로스 찬가」, 434; 사포, 「단편 130」, 2; 소포클레스, 『안티고네』, 781; 『트라키스 여인들』, 441; 에우리피데스, TGF, 「단편 433」; 플라톤, 『향연』, 196d). 그가 오는 것을 보는 사람은 극히 소수다. 그는 우리 자신의 바깥 어딘가에서 우리에게 내려앉고, 그러자마자 우리는 장악되어서 완전히 변한다. 우리는 그 변화에 저항하거나 그것을 통제하거나 그것과 타협하지 못한다. 그것은 대개 나쁜 방향으로의 변화이고, 기껏해야 은총이자 저주(사포가 말하듯 글루쿠피크론)다. 그것이 시인들이 보이는 일반적인 태도이자 확신이다.

시인에 대한 교양을 지닌 기원전 5세기의 독자에게 말을 걸며, 플라톤은 이런 확신으로 가득찬 사람들을 대상으로 글을 쓰고 있다. 뤼시아스 자신은 시적 전통을 나타내는데, 왜냐하면 그는 에로스가 얼마나 해로울 수 있는지를 보여주면서 관습적인 에라스테스가 자기 통제력을 잃은 사람이라고 사실상 확정 짓고 있기 때문이다.

왜냐하면 사랑하는 사람들은 자신이 병들어 있고 제정신이 아님을 인정하고, 자신의 정신이 온전하지 않음을 알면서도 자신을 통제하지 못하기 때문이지.

에로스에 지배된 사랑하는 사람은 자기 정신이나 행위를 책임지지 못한다. 그리스인들이 에로스적 광기, 즉 마니아*mania*라고 부르는 이런 조건에서 사랑하는 사람의 해로움이 생겨난다.

자기 삶에 에로스가 들어오자마자 사랑하는 사람은 길을 잃는데, 미쳐버리기 때문이다. 하지만 진입점은 어디에 있는가? 욕망은 언제 시작되는가? 그 순간은 아주 찾기 어려워서, 늘 너무 늦고 만다. 우리가 사랑에 빠졌을 때는 언제나 이미 너무 늦은 순간이다: 시인들이 말하듯, 데우테. 사랑이 시작되는 순간을 격리해서 그것의 진입을 막거나 그것을 완전히 피해갈 수 있다면 에로스를 통제하게 될 것이다. 뤼시아스의 사랑하지 않는 사람은 그런 통제력을 얻었다고 주장한다. 그는 어떻게 그것을 얻었는지 말하지 않고, 그 주장은 심리학적으로 믿기 힘든 것으로 남아 있다. 그의 로고스는 에로스가 시작되는 순간을 단순히 무시해버린다: 그는 연애 사건의 끝에서, 한 번도 욕망에 장악된 적이 없는 사람으로서 말한다. 사랑하지 않는 사람들은 "자신의 정복자"(232a)로 남는 자들이다.

소크라테스는 그런 통제가 인간 존재에게 가능하지 않다고, 혹은 심지어 욕망할 만하지 않다고 주장한다. 그는 그것을 죽음의 경제학으로 이야기한다.

> …사랑하지 않는 사람에게서 오는 친밀함은 필멸하는
> 자기 통제력 *sōphrosynē thnētē*과 뒤섞여서, 필멸하는 인색한 계산
> *thnēta te kai pheidōla oikonomousa*으로 분배되고, 상대 연인의 영혼에
> 흔히 미덕으로 칭송받는 노예근성을 불러일으키며……
>
> —256e

  사랑하지 않는 사람이 욕망을 피해가는 수단은 바로
극도의 인색함이다. 그는 황금을 헤아리는 구두쇠처럼
자신의 감정을 분배한다. 그가 에로스와 하는 거래에는
어떤 위험도 수반되지 않는데, 위험의 여지가 있는 순간,
즉 욕망이 시작되는 순간인 '지금'에는 단 한 차례도 투자
하지 않기 때문이다. '지금'은 변화가 터져나오는 순간이
다. 사랑하지 않는 사람은 소프로쉬네 *sōphrosynē*[2]의 껍질에
에워싸여 변화를 매미들만큼이나 성공적으로 거부한다.
그는 인생과 사랑의 서사적 선택에 있어서 안전한 위치
에 있다. 그는 소설이 어떻게 끝날지 이미 알고 있으며 시
작 부분을 단호히 지워버렸다.

---

2 '자기 통제력' '절제' 등을 뜻하는 그리스어 단어.

내게 그 부분을 다시 읽어줘
Read Me the Bit Again

내게 그 부분을 다시

읽어줘, 순수한 것에 대한

그 부분을······

읽어줘, 우리가 스스로

눈을 돌려 바라볼 수 없는,

네가 시작해야 하는 그 부분을.

—존 홀로웨이, 「원뿔Cone」

하지만 소크라테스는 계속해서 시작 부분을 요구한다.
파이드로스가 한 차례 다 읽어준 뤼시아스의 연설을 들

은 후, 소크라테스는 그에게 시작 부분을 다시 읽어달라
고 부탁한다.

자, 뤼시아스의 연설 시작 부분을 내게 읽어주게……

—262d

그러고서 그는 그것을 다시 읽어달라고 부탁한다.

연설 시작 부분을 다시 한번 읽어주지 않겠나?

—263e

파이드로스는 그러기를 정중히 꺼린다. 그는 거기에
시작 부분이 없다는 것을 알고 있으며, 그래서 그렇다고
말한다.

네, 원하신다면 그렇게 하겠지만, 선생님이 찾으시는 것
은 거기에 없습니다.

—263e

소크라테스가 찾고 있는 것은 욕망의 '지금'이다. 하지
만 뤼시아스의 첫 문장은 이미 에로스적 관계를 과거형
으로 말하고 있다. 사랑하지 않는 사람은 소년 애인에게

다음과 같이 말하며 연설을 시작한다.

내가 하는 일에 대해 자네는 알고 있고, 또 자네는 우리 사이에 일어난 이 일들이 어떤 결과를 낳으리라고 내가 생각하는지에 대해서도 들은 적이 있지.

— 230e7; 262e2; 263e7

소크라테스가 뤼시아스의 로고스의, 혹은 뤼시아스의 에로스의 시작 부분을 찾지 못한다는 사실은 결정적이다. 시작 부분은 결정적이다. 소크라테스는 존재하는 모든 것이 시작 부분을 가진다고 더없이 위엄 있는 언어로 강조하는데, 한 가지 예외가 있다고 말한다(245c~246): 즉, 시작 자체. 오직 아르케*arche*[1] 자체만이 그 자신의 시작을 통제할 수 있다. 뤼시아스가 펜을 들고 사랑하지 않는 사람을 위한 에로스의 시작 부분을 지워버릴 때, 그가 강탈하는 것은 바로 이 통제력이다. 하지만 이 행위는 허구다. 현실에서 시작 부분은, 부지불식간에 날개 달린 **에로스**의 목표물이 된 우리가 통제할 수 없는 어느 한순간이다. 이 순간이 가져오는 모든 것, 즉 선한 동시에 사악하고 씁쓸한 동시에 달콤한 그것은 까닭도 없고 예측할 수

---

1 '시작 부분' '시원' '원리' '지배' 등을 뜻하는 그리스어 단어.

도 없이 찾아온다―시인들이 말하듯, 이는 신들의 선물이다. 그 순간부터 이야기의 진행은 대체로 우리에게 달려 있지만, 시작 부분만은 그렇지 않다. 에로스에 관한 생각에서 소크라테스와 뤼시아스가 보이는 중대한 차이는 바로 이 깨달음에 있다. 소크라테스는 주장을 밝히고자 파이드로스에게 헛되이 뤼시아스의 로고스에서 시작 부분을 찾아보게 한다. 시작 부분은 허구로 꾸며낼 수 없다. 그것은 작가나 독자의 통제에 놓일 수 없다. 우리는 '읽다'에 해당하는 그리스어 동사 아나기그노스케인*anagignōskein*이 동사 '알다*gignōskein*'와 '다시'를 의미하는 접두사 아나*ana*의 복합어라는 사실에 주목해야 한다. 우리가 읽고 있다면, 우리는 시작 부분에 있는 것이 아니다.

소크라테스가 말하듯, 우리의 이야기는 **에로스**가 우리에게 들어오는 순간 시작된다. 그 습격은 우리 인생에서 가장 큰 위험이다. 그것을 어떻게 처리하는지가 우리 내면에 있는 것들의 자질과 지혜와 점잖음의 지표가 된다. 그것을 처리하면서 우리는 우리 내면에 있는 것과 갑작스럽고 놀랄 만한 방식으로 접촉하게 된다. 우리는 우리가 누구인지, 무엇을 결핍하고 있는지, 무엇이 될 수 있는지를 인식한다. 보통의 인식과는 아주 달라서 마땅히 광기로 묘사되는 이것은 어떤 유형의 인식인가? 우리가 사랑에 빠질 때 갑자기 세상을 정말 있는 그대로 보는 듯이 느끼는 것은 어째서인가? 앎의 분위기가 우리 인생 위로 떠오른다. 우리는 무엇이 실재이고 실재가 아닌지 아는 것 같다. 무언가가 우리를 아주 완전하고 분명한 이해 쪽으로 끌어올려서 환희에 넘치게 한다. 소크라테스의 믿음에 따르면, 이 기분은 망상이 아니다. 그것은 시간 속을 힐끗 내려다보는 동시에 얼핏 본 상대 애인의 모습처럼 어지러울 만큼 아름다운, 한때 알았던 실재를 힐끗 내려다보는 일이다(249e~250c).

뤼시아스가 자기 로고스에서 삭제한 시점, 즉 에로스가 연인에게 들어오는 마니아의 순간은 소크라테스에게 있어서 대면하여 파악해야 할 단 하나의 가장 중요한 순간이다. '지금'은 신들의 선물이자 실재로의 진입점이다. **에로스**가 우리 인생을 힐끗 들여다보는 그 순간에 주의를 기울이고 그 순간에 우리 영혼에서 일어나는 일을 파악할 때 우리는 비로소 사는 법을 이해하기 시작한다. **에로스**의 장악 방식은 하나의 교육이다: 그것은 우리에게 우리 내면에 있는 것의 본성을 가르쳐줄 수 있다. 일단 그 본성을 언뜻 보고 나면, 우리는 그것이 되기 시작할 수 있다. 소크라테스는 이를 신을 힐끗 바라보는 일이라고 말한다(253a).

그렇다면 시간의 에로스적 딜레마에 대한 소크라테스의 대답은 뤼시아스의 대답의 안티테제이다. 뤼시아스는 '지금'을 편집 과정에서 삭제해버리고 전적으로 '그때'라는 유리한 시점에서 이야기하길 택한다. 소크라테스가 보기에 '지금'을 지워버리는 것은 우선 불가능하며, 작가의 무례한 행위이다. 설령 가능하다고 하더라도 그것은 독특하고 불가결하게 가치 있는 순간을 상실함을 의미할 것이다. 대신 소크라테스는 '지금'을 전 생애와 그 너머에 걸쳐 연장하는 방식으로 동화시킬 것을 제안한다. 소크라테스는 욕망의 순간 속에서 자기 소설을 쓸 것이다. 우리는 이제 소크라테스의 이 문학적 야심을 주시해야 하는데, 왜냐하면 그것은 『파이드로스』에서 플라톤이 들려주는 이야기에 심각한 영향을 끼칠 것이기 때문이다. 그것은 그 이야기를 사라지게 할 것이다.

지금이 시작되는 곳에서 그때는 끝난다
Then Ends Where Now Begins

에로스적 경험에 대한 관찰 가능한 사실에 있어서 소 크라테스와 뤼시아스는 대체로 동의하지만, 그에 대한 그들의 해석에는 엄청난 차이가 있다. 그 사실이란, 에로 스가 우리를 다른 사람이 된 것처럼 보일 만큼 철저히 변 화시킨다는 것이다. 관습적인 사고방식에서 그런 변화는 마땅히 광기로 분류된다. 광인을 어떻게 대하는 것이 최 선인가? 뤼시아스의 대답은, 그를 소설에서 빼버리라는 것이다. 그것은 그의 동시대인들이 어느 정도 납득할 만 한 대답인데, 그가 말하는 에로스는 완전히 관습적인 전 제 조건에서 비롯된 것이기 때문이다. 오랫동안 내려온 시적 전통의 측면에서, 욕망은 자아에 대한 파괴적인 장악 행위이자 대체로 부정적인 경험으로 여겨진다. 그 당시의 일반적인 도덕적 사고의 기준이 그러했듯, 그러한 전제 조건에서는 자기 통제력, 즉 소프로쉬네가 계몽된 삶의 규칙으로 간주된다. 소크라테스는 그 두 클리셰를 모두 전복시킨다. 그의 접근법은 급진적이다. 그는 사랑하지 않는 사람이 소프로쉬네의 위업을 이룰 거라는 사실을 의심하지 않는다. 그는 에로스가 장악이자 일종의 마니아라는 사실을 부정하지 않으면서도 마니아를 옹호한다. 어떻게 그러는지 살펴보도록 하자.

전통적 그리스인의 사고방식에 따르면, 자아의 변화는 곧 자아의 상실이다. 광기로 분류된 그것은 의심할 여지 없이 나쁜 것으로 여겨진다. 소크라테스는 이에 동의하지 않는다.

이 이야기*logos*, 즉 사랑하는 사람은 미쳐 있는 반면 사랑하지 않는 사람은 제정신이기 때문에 전자보다는 후자를 즐겁게 해주어야 한다는 이야기는 참되지 않다고 말해야만 하겠네. 자, 광기*mania*가 나쁘다는 게 무조건 사실이라면, 그 이야기는 훌륭한 것이 되겠지. 하지만 실은 좋은 것들 중에서도 가장 훌륭한 것은 신들의 선물로 주어지는 광기를 통해 우리에게 생겨난다네.

—244a

광기를 재평가하면서 소크라테스가 펼치는 핵심 주장은, 우리가 제정신을 유지하는 것은 신들과의 거래를 중단하는 대가로 얻은 결과라는 것이다. 참으로 훌륭하고 실로 신성한 것들은 우리 바깥에서 살아 있고 활동 상태에 있으며, 변화를 일으키려면 안으로 들여져야 한다. 그런 침입은 사회에서의 우리 삶을 정규적으로 가르치고 풍요롭게 한다; 정신을 잃지 않으면 그 어떤 예언자나 치유자나 시인도 자기 기술을 실천할 수 없다고 소크라테스는 말한다(244a~245). 광기는 그러한 지성의 수단이다. 더 중요한 것은, 에로스적 마니아가 사생활에도 소중한 것이라는 사실이다. 그것은 우리의 영혼에 날개를 달아준다.

마니아가 개인에게 유익한 경험이라는 소크라테스의 설명은, 전통적 시에 의해 제기된 에로스적 통제의 문제에 답하고자 정교하게 고안된 영혼의 역학 이론에 의존한다. 그의 분석은 시인들이 사용하는 에로스의 일반적인 은유를 포섭하는 동시에 전복해서 에로스적 경험에 대한 그들의 전통적 묘사를 재구성할 수 있게 한다. 그들이 상실과 피해를 볼 때, 소크라테스는 이익과 성장을 주장한다. 그들이 녹는 얼음을 볼 때, 그는 자라나는 날개를 말한다. 그들이 장악에 대항해 버틸 때, 그는 비행을 위해 자신을 펼친다.

기본적인 지점에서의 의견 일치에도 불구하고, 결국 에로스에 대해 소크라테스가 보이는 태도와, 뤼시아스를 비롯한 전통적 그리스인의 정서가 보이는 태도에는 엄청난 차이가 있다. 플라톤이 그 모든 차이를 하나의 이미지로 요약하는 것을 보는 것은 근사한 일이다. 전통적 시에서 날개는, **에로스**가 아무것도 모르는 연인을 급습해서 그의 신체와 인격에서 통제력을 탈취하는 메커니즘이다. 날개는 피해의 수단이며 거부할 수 없는 힘의 상징이다. 우리가 사랑에 빠질 때 변화는 날개를 달고서 우리를 휩쓸고 지나가고, 우리는 그 소중한 실재, 즉 우리의 자아를 손에서 놓칠 수밖에 없다.

우리는 사포가 「단편 31」에서 자아의 상실을 어떻게 묘사하는지 보았다. 몸과 정신과 인식 능력이 욕망에 장악되면서 그녀는 엡토아이센*eptoaisen*,[1] 즉 "그것은 내 가슴속 심장에 날개를 다네" 혹은 "그것은 내 안의 심장을 날게 하네"라고 말한다. 아나크레온도 똑같은 감각에 대해 말하며 그것을 똑같은 원인 탓으로 돌린다.

나는 가벼운 날개를 달고 올림포스산으로 날아오르네
에로스 때문에, (내가 욕망하는 소년이) 그의 젊음을 나와 나

---

1 '떨게 하다'라는 뜻의 그리스어 동사.

누려 하지 않기에

—PMG, 378

헬레네를 미치게 만든 욕망을 표현하면서 알카이오스
도 유사한 용어를 사용한다.

…(에로스는) 헬레네의 가슴속 심장을 날개처럼 날게 했고
그녀는 트로이아인 남자 때문에 정신이 나가서
그를 따라 바다 너머로 갔다……

—「단편 283」, 3~6행

헬레니즘 시대에 이르러 **에로스**가 지닌 날개의 의미는
시적 토포스가 되었는데, 우리는 이를 아르키아스[2]의 경
구에서도 볼 수 있다.

"그대는 **에로스**로부터 달아나야 한다": 그래봤자 헛수고
다!
날개를 달고 쫓아오는 자를 두 발로 어떻게 피한단 말인가?

—Anth. Pal. 5.59

---

2 아르키아스(Archias, 시기 미상). 헬레니즘~로마 시기 사이에 활동한 것으로
추정되는 경구 시인.

플라톤은 전통적인 **에로스**의 날개를 가져와서 그것을 다시 상상한다. 플라톤이 생각하기에 날개는 이질적인 침입의 수단이 아니다. 날개는 각각의 영혼에 자연히 뿌리를 내리고 있으며, 영혼의 불멸하는 시원으로부터 남겨진 잔재이다. 우리의 영혼은 한때 날개를 단 채 신들 사이에서 살았고, 줄곧 실재를 관조하며 느끼는 무한한 고양감으로 신들처럼 양육되었다고 플라톤은 말한다. 이제 우리는 그 장소에서 추방되어 그런 삶의 질을 상실했지만, 그럼에도 이따금, 이를테면 아름다움을 바라보거나 사랑에 빠질 때 그것을 상기한다(246~251). 게다가 우리에게는 영혼의 날개라는 수단을 통해 그것을 회복할 힘이 있다. 소크라테스는 적절한 조건에서 어떻게 날개가 영혼에게 그것의 시원을 상기시켜줄 만큼 강력하게 자라나는지를 설명한다. 사랑에 빠질 때 우리는 우리 내면에서 고통스러운 동시에 기분 좋은 온갖 감각을 느낀다: 그것은 우리의 날개가 돋아나는 감각이다(251~252). 그것은 우리가 되어야 할 존재의 시작 부분이다.

시작 부분은 결정적이다. 소크라테스가 그것에 그리도 몰두하는 이유가 이제 더 분명해졌다. 소크라테스에게 에로스가 시작되는 순간은 불멸의 '시원', 즉 영혼을 힐끗 바라보는 순간이다. 욕망의 '지금'은 하나의 수직 통로로, 그것은 시간 속에 박힌 채 신들이 실재 속에 기뻐하며 떠 있는 무시간성 위로 출현한다(247d~e). '지금' 속으로 들어갈 때 우리는 신들이 그러하듯 정말로 살아 있는 것이 어떤 것인지를 상기한다. 무시간적인 시간에 대한 이 '기억'에는 역설적인 무언가가 있다. 에로스 이론에 있어서 소크라테스와 뤼시아스의 진짜 차이는 이러한 역설에 있다. 뤼시아스는 욕망의 역설에 질겁하며 그것을 지워버린다: 그에게 모든 에로스적 '지금'은 끝의 시작일 뿐이다. 그는 변하지 않고 끝이 없는 '그때'를 선호한다. 하지만 소크라테스는 '지금'이라는 역설적 순간을 바라보며 그곳에서 흥미로운 움직임이 일어나는 것을 알아차린다. 영혼이 스스로 시작되는 그 지점에서 맹점이 열리는 듯 보인다. 그 맹점 속으로 '그때'는 사라진다.

날개는 얼마나 큰 차이를 낳는지
What a Difference a Wing Makes

신이라면 그럴 수 있다. 하지만 내게 말해다오,

어떻게 한 인간이 리라의 칠현 사이로 지나갈

수 있겠는가?

우리의 정신은 갈라져 있다.

— 릴케, 「오르페우스에게 바치는 소네트」

날개는 필멸하는 사랑 이야기와 불멸하는 사랑 이야기 사이의 차이를 나타낸다. 뤼시아스가 에로스의 시작 부분을 질색하는 이유는 그것이 실제로는 끝이라고 생각하기 때문이다; 소크라테스는 시작 부분이 실제로 끝을 가질 수 없다고 믿기에 그것을 좋아한다. 마찬가지로 사랑하는 사람의 이야기에서 날개의 등장 여부가 에로스에 관한 그의 전략을 결정한다. 뤼시아스가 자신의 에로스적 경험을 분배하는 수단인 저 인색하고 필멸하는 소프로쉬네(256e)는, 에로스가 부과하는 자아의 변화에 대항하는 방어 전술이다. 변화는 곧 위험이다. 위험을 감수할 가치가 있게 하는 것은 무엇인가?

부정적인 측면에서, 『파이드로스』는 우리에게 무변화성의 몇몇 이미지를 전해준다. 우리는 미다스와 매미들과 아도니스의 정원이 어떻게 시간 속에서 일어나는 삶의 과정과 각자 다양한 방식으로 거리를 두는지 살펴보았다. 그 이미지들은 고무적이지 않다: 우리는 기껏해야 "죽는 줄도 모르고 죽을" 뿐이다(259c 참고). 더 긍정적인 측면에서, 소크라테스의 날개 신화는 에로스가 삶에 들어옴으로써 필멸자가 얻게 될 것을 힐끗 보여준다. 하지만 우리는 힐끗 보이는 그것과 소크라테스가 그것을 펼치는 방법을 아주 자세히 살펴보아야 한다. 그는 수반된 거래의 조건에 있어서 전혀 순진한 태도를 보이지 않는다. 사랑에 빠지는 일은 우리가 무한한 선善에 다가가게 해준다. 하지만 또한 매우 분명한 사실은, **에로스**가 자신의 진정한 형태로 우리를 침범할 때 무언가가, 측정하기 어려운 무언가가 상실된다는 것이다.

사랑에 빠질 때 우리는 평범한 삶의 형태를 저버린다.
사랑하는 사람의 유일한 관심사는 상대 연인과 함께 있
는 것이다. 소크라테스가 서술하듯, 다른 모든 것은 무의
미함으로 전락하고 만다.

> …그는 어머니와 형제와 동무를 모두 잊고, 소홀함으로
> 재산을 잃어도 조금도 신경쓰지 않으며, 한때 그 아름다움
> 을 소중히 여기던 그 모든 예절과 단정한 몸가짐을 업신여
> 기며 기꺼이 노예가 되려 하고, 자신이 욕망하는 것과 최대
> 한 가까운, 허락된 아무 곳에서나 잠을 자려 하지.
>
> —252a

사랑에 빠지는 일은 중요한 것에 관한 우리의 관점을
탈구시키는 듯 보인다. 일탈적인 행위가 뒤따른다. 단정
한 몸가짐의 규칙은 버려진다. 이는 사랑하는 사람이 겪
는 흔한 경험*pathos*이며, 이것을 사람들은 **에로스**라고 부른
다고 소크라테스는 말한다(252b).

하지만 소크라테스는 **에로스**에게 또다른 이름이 있다
고 갑자기 단언하고는 이 흥미로운 폭로를 말장난으로
발전시킨다. 말장난은 얼마간 불합리한 추론 방식이며
그 설득력에 있어서 부당한 수준에 가까우므로 진지한
작가들은 말장난을 사용할 때 변명을 해야 한다고 느끼

게 마련이고, 그래서 소크라테스는 자신의 말장난이 "꽤 거칠고*hybristikon panu*"(252b)[1] 어쩌면 진실이 아닐 거라고 파이드로스에게 주의를 준다("이 말은 믿어도 그만이고 안 믿어도 그만이네"라며 그는 말을 끝낸다; 252c). 게다가 그것은 운율도 안 맞는다. 그 말장난은 호메로스를 모방한 두 시행에 포함되어 있는데, 두번째 행은 운율이 안 맞는다. 두 시행은 신들이 말한 언어와 인간이 말한 언어의 차이를 다룬다. 욕망을 나타내는 말에 관한 한 그 차이는 오직 두 글자에 있다.

필멸자들은 그를 날개 달린 **에로스**라고 부르지만
불멸자들은 그를 **프테로스**Pteros라고 부르는데, 날개를 기르
는 필연성 때문이라네.[2]

—252c

에로스 앞에 프트*pt-*를 붙임으로써 신들은 **프테로스**를 만들어내는데, 그것은 '날개'를 뜻하는 그리스어 단어 프테론*pteron*을 이용한 말장난이다. 그렇다면 신들의 언어에서 욕망 자체는 '날개 달린 것' 혹은 '날개와 무언가 관련

---

1 원서의 '252a'를 오기로 보고 수정했다.
2 이 두 시행은 플라톤의 자작으로 보는 것이 정설이다.

이 있는 자'로 알려져 있다. 왜 그런가? 신들이 프테로스라는 말을 사용하는 데는 이유가 있는데, 이유인즉슨 그욕망이 "날개를 기르는 필연성"을 수반하기 때문이다.

그리스에서 신들이 자신만의 언어를 가진다는 생각은 오래된 것이다. 호메로스는 신적인 언어를 몇 차례 언급하고(『일리아스』, 1.403~404; 2.813; 14.290~91; 20.74; 『오뒷세이아』, 10.305; 12.61), 플라톤은 『크라튈로스』(391ff)에서 그 문제를 거론한다. 현대 언어학자들은 이것이 본토에 살았던 그리스 주민과 그리스 이전 시대의 주민 사이의 차이에서 비롯된 흔적이라고 여긴다. 고대인들은 더 대담한 견해를 지녔다. "분명 신들은 사물을 본래의 이름으로 올바르게 부르니까 말일세"라고 소크라테스는 『크라튈로스』에서 말한다(391e). 신적인 이름은 필멸자의 이름보다 더 분명한 의미나 더 큰 중요성을 지니고 있다고 믿을 수 있다면 좋을 것이다. 불행히도 우리는 현존하는 대부분의 사례에서 이러한 점을 쉽사리 확인할 수 없지만, 플라톤의 시대에 그것은 유력한 견해였음이 분명하고, 소크라테스가 『크라튈로스』에서뿐만 아니라 『파이드로스』에서도 암시하는 것과 맞닿아 있음이 틀림없다. "분명 신들은 참된 이름으로 서로를 부르니까"라고 그는 『크라튈로스』에서 주장한다(400e). **프테로스**는 **에로스**보다 더 참되다.

프테로스가 **에로스**보다 더 많은 진실을 담고 있다고 말해질 수 있는 까닭은, 그것이 우리에게 단지 욕망에 어떤 이름이 붙여져야 하는지만 말해주는 게 아니라 그 이유도 말해주기 때문이다. 혹은 소크라테스가 말하듯, 신들의 이름은 욕망의 파토스*pathos*(서술이 가능한 경험)와 아이티아*aitia*(확정적 원인 또는 이유)를 모두 포함한다(252c). 호메로스를 모방한 인용문의 첫 행에서 분명히 드러나는 사실은, 필멸자들이 **에로스**의 참된 이름을 몰랐더라도 그를 "날개 달린" 존재라고 부를 만큼의 지각력은 지녔다는 것이다—즉, 그들은 그 경험의 파토스를 파악했고, 욕망이 그들의 내면을 휩쓸고 지나간 것을 느꼈다. 하지만 그들은 왜 이 경험이 이런 특별한 성격을 지녀야 하는지는 알지 못했다. 그들은 그 감정의 아이티아는 파악하지 못했다. 신들은 사물이 왜 필연적으로 그러한 모습으로 존재하는지 그 이유를 안다. 그들은 이런 지식을 가지고 사물에 이름을 붙인다.

그렇다면 **프테로스**는 의미론적 층위에서는 순전히 이득만을 가져다준다. 하지만 그것은 시어로서는 머뭇거린다. 소크라테스는 자기 인용문의 운율이 안 맞는다고 우리에게 경고한다; 그는 **프테로스**라는 단어 자체가 둘째 행의 리듬을 탈구시키는 원인임을 알아차리는 일을 우리 몫으로 남겨둔다. 문제는 이러하다: 시행은 장단단 6보격이며, **프테로스**라는 신적 이름에 선행하는 단어 데*de*만

제외하면 운율이 잘 맞는다. 데는 본래 단독으로 사용되는 단음절이며, 시행에서 단음절이 요구되는 위치에 자리한다; 하지만 그리스어 운율학은 보통 단음절 뒤에 자음 두 개가 올 경우 그것이 장음절이 되기를 요구한다. 따라서 신들이 에로스*erōs*를 확장하려고 덧붙인 프트는 이 시행을 운율적 딜레마에 빠뜨린다.[3] 그것은 익숙한 윤곽을 지닌 딜레마다: 우리는 소포클레스의 시에 등장하는, 손에 얼음을 쥐고 있는 동시에 내려놓고 싶어하는 아이들을 떠올릴 수도 있겠다. 데는, 적어도 우리가 보는 현실에서는, 동시에 장음절과 단음절이 될 수 없다.

신들은 분명 실재를 다르게 본다. 하지만 신들의 더 나은 진실이 인간의 척도measure[4]로 환원되길 거부한다는 것은 놀라운 일이 아니다. 신들은 결국 무한한 존재이며, 고대인의 사고는 신들의 방식과 우리의 방식이 같은 척도로 비교될 수 없다는 생각으로 가득하다. 플라톤은 호메로스를 모방한 인용문에서 이 클리셰에 특별하고도 의미 있는 변화를 준다. **프테로스**는 **에로스**가 우리의 삶을 변

---

3 이 시행의 장단단 6보격은 호메로스 서사시에서 정형적으로 사용된 운율로, '장음절 한 개+단음절 두 개'로 구성된 기본 1보가 여섯 번 반복되어 하나의 시행을 이룬다. 이 구절에서 데(de)는 본래 단음절로 기능해야 하는 위치에 자리하지만, 뒤이어 오는 프테로스(Pteros)의 첫 자음군(pt-) 때문에, 운율적으로 장음절로 인식될 가능성이 있다. 이로 인해 시행 전체의 운율이 흔들리는데 저자는 이러한 운율적 불안정성을 시인이 의도적으로 남겨둔 시적 장치로 읽는다.

4 '운율'의 의미로도 사용되었다.

형시키는 것과 똑같은 방식으로 우리의 운율학을 분열시킨다. 운율은 본질적으로 단어를 시간 속에서 통제하려는 시도이다. 우리는 아름다움을 도모하기 위해 그런 통제를 부과한다. 하지만 **에로스**는 우리 삶 속으로 휙 들어올 때 자신만이 지닌 아름다움의 기준을 동반하며, 우리가 "한때 그 아름다움을 소중히 여기던 그 모든 예절과 단정한 몸가짐"(252a)을 단순히 상쇄해버린다.

플라톤이 인용한 서투른 서사시의 일부는 우리 인간이 **에로스**와 하는 거래의 완벽한 본보기이다. 그 거래는 가슴을 쓰라리게 하는 것을 조건으로 한다. 우리는 **에로스**의 참되고 신적인 형태가 **프테로스**임을 인정하는 의미의 확장을 통해 이득을 볼지도 모르지만, 그것은 우리 시행의 형식적 아름다움을 대가로 치르고서야 이루어지는 일이다. 이 조건을 역전시키면, 우리는 소설가의 기교와 계산을 통해 형식적으로는 완벽하지만 아무 의미도 없는 연애 사건을 고안해내는 뤼시아스의 모습을 보게 된다.

에로스의 날개는 신들과 인간 사이의 중대한 차이를 나타내는데, 왜냐하면 그것은 인간의 표현을 거역하기 때문이다. 우리의 언어는 너무 왜소하고, 우리의 리듬은 너무 제한적이다. 하지만 욕망의 참된 의미가 우리 필멸자의 손아귀를 피해가는 것은 그저 철자법과 운율적 관습의 층위, 즉 형태의 층위에서만 벌어지는 일이 아니다.

심지어 신적인 형태의 **에로스**를 언뜻 볼 때도, 심지어 시의 한 행이 욕망의 참된 파토스와 아이티아로의 접근을 우연히 허락할 때도, 우리가 반드시 이해하는 것은 아니다. 이를테면, 서사시를 모방한 이 두 행을 쓴 시인은 "날개를 기르는 필연성"이라는 구절로 무엇을 의도한 것인가? 그 번역은 서투른 것일 수밖에 없는데, 왜냐하면 번역가가 그것의 의미를 모르기 때문이다. 이 구절은 표면적으로는 우리에게 **에로스**의 참된 이름에 대한 신적인 아이티아를 제공해준다. 하지만 그것은 누구의 날개이며 누구의 필연성이란 말인가? **에로스**는 날개가 있는가? **에로스**는 날개가 필요한가? **에로스**는 다른 존재들이 날개를 가지거나 필요하게 만드는가? **에로스**는 다른 존재들이 날개를 가지게 할 필요가 있는가? **에로스**는 다른 존재들이 날개를 가질 필요를 느끼게 할 필요가 있는가? 서로 호환되는 다양한 가능성이 서사시적 인용문으로부터 떠오른다. **프테로스**라는 이름을 사용하면서 신들이 그 의미를 강화하고자 그 이름에 모든 가능성이 동시에 내포되길 의도한다고 주장할 수도 있겠다. 하지만 정말로 그런지는 알 수가 없다. 바로 이 신적인 이름의 문제와 그것의 참된 가치에 대해 논하며 『크라튈로스』에서 소크라테스가 대화 상대에게 말하듯이: "이것이 자네나 내가 이해

할 수 있는 것보다 더 큰 문제임은 틀림없네"(392b).[5]

현대의 독자가 **에로스**의 이름에 대한 진실을 이해할 가망성은 소크라테스나 플라톤이나 플라톤의 독자보다 훨씬 더 불투명하다. 우리(현대의 독자)는 『파이드로스』의 이 지점에서 의심스러운 텍스트 전통의 피해자가 된다. 필사본들은 여기서 "날개를 기르는"으로 옮겨진 형용사의 서로 다른 세 독해를 전한다. 그 형용사는 아마도 플라톤의 창작일 것이기에 전달의 문제는 그리 놀랄 일이 아니거나 해결할 수 없는 성격의 것이다: "프테로퓌토르 *pterophutor*(날개를 기르는)"가 가장 그럴듯한 해석으로 판명된다. 그럼에도 텍스트에 대한 우리의 의심은, 플라톤이 예측했을 리 없지만 아마 진정으로 높이 평가했을 방식으로 그의 요점을 더 분명하고 선명하게 하는 데 이바지한다. 우리가 어떤 기술을 고안해내더라도 우리가 얻을 수 있는 **에로스**에 대한 지식은 불명확하거나 불확실하다 (『파이드로스』, 275c). 신들은 **프테로스**라는 이름이나 "날개를 기르는 필연성" 같은 구절이 무슨 뜻인지 정확히 알지 모르지만, 결국 우리는 알지 못한다. 우리는 에로스적 경험의 파토스가 우리의 삶을 통해 날아오르는 동안 그것을 파악하고자 최선을 다하지만, 아이티아는 스스로

---

5   원서의 '382b'를 오기로 보고 수정했다.

접히며 플라톤 텍스트의 표기된 말속으로 사라져버린다.

이 대화편은 무엇에 관한 것인가?
What Is This Dialogue About?

오래된 연못

개구리 뛰어드네

퐁당

— 바쇼

『파이드로스』는 독자, 작가, 사랑하는 사람에게 나타
나는 통제된 시간의 역학과 위험에 대한 탐구이다. 소크
라테스가 보기에 참된 로고스와 진짜 연애 사건의 공통
점은 바로 그것이 시간 속에서 행해져야만 한다는 점이
다. 그것은 앞으로 진행될 때와 거꾸로 진행될 때가 다르

고, 아무 시점에나 들어가거나 그것의 정점에서 동결시킬 수 없으며, 매력이 약해졌다고 떨쳐버릴 수 없다. 독자는, 나쁜 연인처럼 자신이 어느 시점에든 텍스트로 줌인하듯 들어가서 그 지혜의 열매를 딸 수 있다고 느낄 것이다. 작가는, 뤼시아스처럼 자신이 맹목적으로 사랑하는 허구의 사지四肢를, 그것이 시간 속에서 유기체로서 지닌 삶은 고려하지 않은 채 재배치할 수 있다고 느낄 것이다. 그리하여 독자와 작가는 전면적인 에로스적 장악이나 그것에 수반되는 자아의 변화를 감수하지 않은 채 그람마타의 황홀한 매력에 장난삼아 빠져본다. 배의 돛대에 묶인 오뒷세우스처럼, 독자는 지식이라는 세이렌의 노래로 자신을 흥분시키며 온전하게 항해할 것이다. 뤼시아스의 글로 쓰인 말에 유혹당한 파이드로스를 보면 알 수 있듯이, 그것은 일종의 관음증이다. 플라톤이 보기에, 소크라테스의 에로스에 대한 로고스와 비교했을 때 뤼시아스의 텍스트는 철학적 포르노그래피나 마찬가지다. 하지만 플라톤이 단순히 뤼시아스의 텍스트를 죽은 텍스트로, 소크라테스를 그 옆의 또다른 텍스트로 나란히 놓는다고 해서 이를 입증하진 못할 것이다. 진정으로 저지력을 지니려면, 그 입증은 상당한 수준의 책략을 수반할 필요가 있다.

그리하여 플라톤은 로고스 위에 로고스를 떠 있게 한

다; 그것들은 수렴되지도 않고 상쇄되지도 않는다. 우리는 다른 작가들이 그런 입체 영상적 이미지를 고안해내는 것을 보았다. 이를테면 사포는 「단편 31」에서 욕망의 한 층위를 또다른 층위 위에 겹쳐놓고, 실재하는 것이 가능한 것 위에 떠 있게 하여 우리의 인식이 둘 사이의 차이를 망각하지 않은 채 하나에서 또다른 하나로 도약하게 한다. 혹은 소설가 롱구스는 사과를 모두 딴 나무 위에 사과 한 알을 떠 있게 하면서 논리를 거부하고 다프니스를 매혹한다. 혹은 제논은 자신의 유명한 역설에서 움직이는 대상을 운동의 불가능성으로 정지된 채 머물게 해서 아킬레우스가 아무리 빨리 달려도 아무데도 도달하지 못하는 모습을 보여준다. 이들은 같은 전략을 지닌 작가들이다; 그들은 우리 내면에 정신과 마음의 어떤 행위를—아직 알려지지 않은 의미를 향해 손을 뻗는 행위를—재현하려고 한다. 그것은 결코 도달하지 못하는, 달콤씁쓸한 손 뻗음이다. 『파이드로스』에서 플라톤이 보여주는 로고스들의 상호작용은 이런 손 뻗는 행위를 모방한다. 뤼시아스가 쓴 것을 파이드로스가 읽으면서, 소크라테스가 말하는 것을 파이드로스가 들으면서, 무언가에 초점이 맞춰지기 시작한다. 우리는 로고스가 무엇인지와 무엇이 아닌지를, 그리고 그 둘의 차이를 이해하기 시작한다. **에로스**는 차이다. 방 뒤쪽의 거울을 스쳐지나가는 얼굴처럼, **에로스**는 움직인다. 우리는 손을 뻗는다. **에로스**는 사라지고 없다.

『파이드로스』는 글로 쓰인 대화편의 신용을 떨어뜨리며 끝나는 글로 쓰인 대화편이다. 이 사실로 인해 그것의 독자가 느끼는 매력이 사라지지는 않는다. 아닌 게 아니라, 그것은 이 에로티코스 로고스의 본질적인 에로스적 특성이다. 그것을 읽을 때마다 우리는 역설적인 무언가가 일어나는 장소로 안내된다: 소크라테스와 파이드로스가 글로 쓰인 텍스트 내내 한마디 한마디 펼치던 **에로스**에 대한 지식은 그저 맹점 속으로 걸어들어가 사라지며 로고스를 그 안으로 끌어당긴다. 사랑에 관한 그들의 대화(227a~257c)는 글쓰기에 관한 대화(257c~279c)로 변하고, **에로스**는 두 번 다시 보이거나 들리지 않는다. 이런 변증술적 가로막기 행위는 고대부터 이 대화편이 무엇에 관한 것인지 간명하게 말하고자 하는 이들을 당혹스럽게 해왔다. 하지만 여기에는 전혀 부적절할 게 없다. **에로스**를 붙잡기 위해 『파이드로스』 속으로 손을 뻗으면, **에로스**는 필연적으로 우리를 피해갈 것이다. 그는 우리가 그를 보는 곳에서 우리를 절대 바라보지 않는다. 무언가가 그 사이의 공간에서 움직인다. 그것이 **에로스**의 가장 에로틱한 점이다.

뮈토플로코스
Mythoplokos

애정! 그대는 마음만 먹으면 심부를 찌르지.

그대는 불가능한 것도 가능하게 하고

꿈과도 소통해;—어떻게 그럴 수 있단 말인

  가?—

비현실적인 것과도 그대는 결탁하고

공허한 것과도 교류한단 말이야.

—셰익스피어, 『겨울 이야기』

욕망이 없는 도시를 상상해보라. 도시 주민들이 어떤
기계적인 방식으로 계속 먹고, 마시고, 아이를 낳는다고 잠시 가정해보라; 그럼에도 그들의 삶은 납작해 보인다. 그들은 이론을 세우지도, 팽이를 돌리지도, 비유적으로 말하지도 않는다. 고통을 피하려는 사람은 얼마 없다; 선물을 주는 사람은 아무도 없다. 그들은 시신을 묻고는 어디 묻었는지 잊는다. 자신이 시장으로 당선된 것을 알게 된 제논은 동판지에 법규를 옮겨 쓰는 작업에 착수한다. 이따금 한 남자와 한 여자가, 여관에서 우연히 만나게 되는 여행자들처럼, 결혼해서 아주 행복하게 산다; 밤에 잠들면 그들은 똑같은 꿈을 꾸고, 그것은 그들을 함께 묶은 밧줄을 따라 타오르는 불을 지켜보는 꿈이지만, 그들이 아침에 그 꿈을 기억할 것 같진 않다. 이야기하기의 기술은 대체로 무시된다.

욕망이 없는 도시는 요컨대 상상력이 없는 도시다. 이곳에서 사람들은 이미 알고 있는 것만 생각한다. 허구는 그저 조작에 불과하다. 기쁨은 요점을 벗어난 것이다(그것은 역사적 관점에서 이해되어야 할 개념이다). 이 도시는 무운동성 영혼을 지니고 있는데, 아리스토텔레스라면 그 상태를 다음과 같이 설명했을 것이다. 아리스토텔레스는 말하길, 어떤 생명체가 욕망하는 것을 향해 손을 뻗으려고 움직일 때, 그 움직임은 그가 판타시아*phantasia*라고 부르는 상상력의 행위 속에서 시작된다. 그런 행위 없이는 그 어떤 동물이나 인간도 현재 상태나 이미 알고 있는 것

너머로 손을 뻗으려고 분발하지 않는다. 판타시아는 표상의 힘으로 정신을 움직이게 한다; 다시 말해서, 상상력은 욕망하는 자의 정신 속에 욕망의 대상을 욕망할 만한 것으로 표상함으로써 욕망을 마련한다. 판타시아는 정신에게 이야기를 들려준다. 그 이야기는 한 가지 사실, 즉 현존하는/실재하는/알려진 것과 그렇지 않은 것 사이의 차이, 욕망의 주체와 대상 사이의 차이를 분명히 밝힐 것임이 틀림없다(『영혼에 관하여』, 3.10.433a~b).

우리는 이 이야기가, 시인들이 그것을 서정시로 말할 때, 소설가들이 그것을 소설로 쓸 때, 철학자들이 그것을 변증술로 이해할 때 어떤 형태를 취하는지 보았다. 현존하는/실재하는/알려진 것과 결여된/가능한/알려지지 않은 것의 차이를 전하려면 세 점으로 이루어진 회로가 요구된다. 사포의 「단편 31」의 구조를 떠올려보라: 욕망의 세 구성 요소가 일종의 전기를 띠며 동시에 가시적 상태가 되는 '에로스적 삼각형'. 이 시를 고찰하면서 우리는 그것의 삼각형 모양이 시인이 만들어낸 임의적인 우아함 이상의 것이라고 넌지시 말했다. 욕망은 이 세 각 없이는 인지될 수 없다. 이것이 왜 그러한지 이해하는 데 아리스토텔레스의 판타시아 개념이 도움이 될 것이다. 그의 견해에 따르면, 모든 욕망하는 정신은 상상 행위를 통해 그 대상에게 손을 뻗는다. 이것이 사실이라면, 그 어떤 연인이나 시인 혹은 그 누구도 사포의 「단편 31」을 통해 우리에게 밝혀진 기획, 즉 허구적으로 꾸며내며 삼각 분할하는 기획과 동떨어진 욕망은 지닐 수가 없다. "에로스는 모든 사람을 시인으로 만든다"고 고대의 현인은 말한다 (에우리피데스, 『스테네보이아』, TGF, 「단편 663」; 플라톤, 『향연』 196e).

에로스는 그 안에서 연인과 상대 연인과 그 둘 사이의 차이가 늘 상호작용을 일으키는 이야기다. 그 상호작용은 연인의 정신이 마련한 허구다. 그것은 혐오스러운 동시에 감미로운 감정적 전하를 실어나르며 지식을 닮은 빛을 내뿜는다. 이 문제를 사포보다 더 명민하게 관찰한 이는 아무도 없다. 형용사를 통해 그 문제의 특성을 더 정확히 포착한 이는 아무도 없다. 앞선 페이지에서 우리는 그녀의 신조어 글루쿠피크론, 즉 '달콤쌉쌀한'이 지닌 힘의 일부를 살펴보았다. 에로스적 경험을 특징짓기 위해 그녀가 고안해낸 또다른 문구가 여기 있다.

소크라테스는 **에로스**를 소피스트라고 부르지만, 사포는 그를 "허구의 직조공*mythoplokon*"이라고 부른다.

라고 티레의 막시무스는 말한다(「연설 18」, 9; 사포, 「단편 188」). 막시무스에 의해 보존된 그 맥락과 더불어 형용사

뮈토플로코스*mythoplokos*는 **에로스**의 어떤 중요한 측면들을 한데 모은다. 사포에게 욕망의 욕망할 만함은 그녀가 "신화 짓기"라고 부르는 허구적 과정과 밀접히 결부된 듯 보인다. 반면에 소크라테스는 이 과정에서 궤변술을 닮은 무언가를 본다. 사포와 소크라테스를 이렇게 나란히 배치하는 것은, 이야기꾼을 지혜의 교사와 이렇게 동일한 부류로 묶는 것은 얼마나 흥미로운가: 그들은 **에로스**라는 공통점을 지닌다. 어떻게 그러한가?

그리스 텍스트를 독해하며, 우리는 지식의 구애와 사랑의 구애 사이의 고대적 유사성의 흔적을, 호메로스의 동사 므나오마이에서 엿보이는 가장 초기 자취에서부터 따라가보았다. 사포와 소크라테스가 그 양극을 이루는 이 유사성을 다시 한번 생각해보자. 우리는 그러자마자 어려움에 부딪힌다. 소크라테스는 스스로 증언하듯 양극을 하나로 접기를 선호한다. 그것은 그의 삶을 관통하는 단 하나의 질문이고, 그 과정에서 진정한 실재에 대한 이해와 진정으로 욕망할 것에 대한 추구가 동일시되는 단하나의 탐구이다. 플라톤의 대화편에서 그는 지혜에 대한 자신의 추구에 관해 두 차례 언급하며, 변변치 않은 자신의 지식이 "에로스에 관한 일들*ta erōtika*"(『향연』, 177d; 『테아게스』, 128b)에 관한 지식일 뿐이라고 주장한다. 그는 그가 말하는 타 에로티카*ta erōtika*, 즉 "에로스에 관한 일들"이 무엇을 의미하는지 두 구절 중 어디에서도 우리에게 말해주지 않는다. 하지만 우리는 소크라테스의 인생 이야기에서 그것을 추론해낼 수 있다.

그는 물음을 던지는 것을 사랑했다. 그는 답을 듣고, 논증을 구성하고, 정의定義를 시험해보고, 수수께끼를 풀고, 그것들이 로고스 속에서 에움길(『파이드로스』, 274a; 272c)이나 현기증(『소피스트』, 264c) 같은 구조를 이루며 서로 맞물려 펼쳐져 나오는 모습을 바라보는 것을 사랑했다. 즉, 그는 알게 되는 과정을 사랑했다. 이 사랑에 관한 한 그는 솔직하고 정확하다. 그는 앎이나 사고의 과정에서 **에로스**가 어디에 위치하는지 우리에게 정확히 알려준다. **에로스**는 추론의 두 원리의 교차점에 위치하는데, 왜냐하면 로고스는 두 가지 활동을 동시에 하며 진행되기 때문이다. 한편으로 이성적인 정신은, 정의상 그것이 설명하길 바라는 대상을 분명히 드러내기 위해 어떤 흩어진 세세한 것들을 인식하고 한데 모아야만 한다. 이것이 "모음*synagōgē*"(『파이드로스』, 265d~e)의 행위이다. 다른 한편으로 그것은 모은 대상을 부류에 따라 본래의 마디에 맞게 나누어야만 한다: 이 행위는 "나눔*diaeresis*"(265e)이다.

다시 말해서, 우리는 차이 위에 동일성을 투사함으로써, 즉 대상을 관계나 개념에 따라 한데 모으는 동시에 그것들 사이의 차이를 유지함으로써 생각한다. 생각하는 정신은 그것이 알게 되는 것에 집어삼켜지지 않는다. 정신은 자신과 자신의 현재 지식과 관련된 무언가를 파악하려 손을 뻗지만(그리하여 어느 정도는 알 수 있다), 또한 자신과 자신의 현재 지식과 분리된다(이것들과 동일하지 않다). 어떤 사고 행위에서든 정신은 알려진 것과 알려지지 않은 것 사이의 이 공간을 가로질러 손을 뻗으면서, 하나를 다른 하나와 연결할 뿐만 아니라 그것들의 차이를 계속 가시적으로 만들어야만 한다. 그것은 에로틱한 공간이다. 그것을 가로질러 손을 뻗은 것은 까다로운 일이다; 일종의 입체 영상이 요구되는 듯 보인다. 우리는 이 입체 영상적 행위를 다른 맥락에서, 이를테면 사포의 「단편 31」에서 살펴보았다. 우리가 소설과 시에서 '에로스적 책략'이라고 불렀던 것과 똑같은 속임수가 이제 다름 아닌 인간 사고의 구조를 이루는 것처럼 보인다. 정신이 알기 위해 손을 뻗을 때, 욕망의 공간이 열리고 불가피한 허구가 발생한다.

바로 이 공간에, 즉 추론의 두 원리가 교차하는 지점에 소크라테스는 **에로스**를 위치시킨다. 그는 "모음과 나눔"이 자신에게 말하고 생각할 능력을 주는 행위라고 설명한다(『파이드로스』, 266b). 그리고는 자신이 이 행위와 사랑에 빠졌다고 단언한다.

실은, 파이드로스, 나 자신이야말로 이런 나눔과 모음을
사랑하는 사람*erastēs*이라네.

—『파이드로스』 266b; 『필레보스』 16b

그것은 깜짝 놀랄 만한 발언이다. 하지만 소크라테스
는 진지했던 게 분명하다: 그는 단 하나의 질문에 사로잡
혀 평생을 그 행위에 바쳤다. 플라톤의『소크라테스의 변
명』에서의 유명한 이야기에 따르면, 그것은 델피의 퓌티
아[1]가 소크라스테스를 가장 지혜로운 사람이라고 선언하
면서 그에게 불러일으킨 질문이었다. 그 선언은 소크라
테스를 괴롭혔다. 하지만 상당히 많은 탐구와 심사숙고
끝에, 그는 그 신탁이 무엇을 의미하는지에 대한 결론에
도달했다.

적어도 나는 이 작은 점 하나에서는 더 지혜로운 것 같
다—내가 모르는 것을 안다고 생각하지 않는다는 점에서
는 말이다.

—『소크라테스의 변명』, 21d

---

1 Pythia. 델피에서 아폴론의 신탁을 전하는 여사제를 일컫는 말.

소크라테스의 지혜를 이루고 그의 탐구적 삶에 동기를 부여한 것은 바로 알려진 것과 알려지지 않은 것 사이의 차이를 보는 힘이다. 그 차이를 향해 손을 뻗는 행위가 바로 그가 자신이 사랑에 빠졌다고 인정하는 대상이다.

소크라테스나 사포 같은 연인들의 증언에 기반하여 우리는 욕망이 없는 도시에서 산다는 게 어떤 것일지를 생각해볼 수 있다. 철학자와 시인 모두 **에로스**를 날개의 이미지와 비행의 은유로 묘사하는 자신을 발견하는데, 욕망은 갈망하는 마음을 여기에서 저기로 실어나르며 정신이 이야기를 시작하게 하는 움직임이기 때문이다. 욕망이 없는 도시에서 그런 비행은 상상도 할 수 없다. 날개는 계속 잘려나갈 것이다. 알려진 것과 알려지지 않은 것은 앞뒤로 나란히 배치되는 법을 배워, 우리가 적당한 각도에 자리잡게 되었을 때 동일한 것으로 보이게 될 것이다. 가시적 차이가 나타나더라도 우리는 그렇다고 말하기 어려울 텐데, 왜냐하면 유용한 동사 므나오마이는 '사실은 사실이다'를 의미하게 되었을 것이기 때문이다. 사실이 아닌 다른 무언가를 향해 손을 뻗는 행위는 우리를 이 도시 너머로, 어쩌면 소크라테스처럼 이 세상 너머로 데려가줄 것이다. 소크라테스가 아주 분명히 보았듯이, 알려진 것과 알려지지 않은 것 사이의 차이를 향해 손을 뻗는 것은 큰 위험을 동반하는 일이다. 그는 그 위험을 감수할 가치가 있는 것으로 여겼는데, 그 자신이 구애 자체와 사랑에 빠져 있었기 때문이다. 그리고 그렇지 않은 사람이 누가 있겠나?

참고문헌

Auden, W. H. *Collected Poems*. Edited by E. Mendelson. New York, 1976.

Augustine. *Sancti Aureli Augustini Confessionum Libri Tredecim*. Edited by P. Knoll. Leipzig, 1896. [한국어판:『고백록』, 아우구스티누스 지음, 성염 옮김, 경세원, 2016 외]

Barthes, R. A *Lover's Discourse: Fragments*. Translated by R. Howard. New York, 1978. [한국어판:『사랑의 단상』, 롤랑 바르트 지음, 김희영 옮김, 동문선, 2004]

Basho Matsuo. *The Narrow Road to the Deep North and Other Travel Sketches*. Translated by Noba-yuki Yuasa. New York, 1966. [한국어판:『바쇼의 하이쿠 기행』(전 3권), 마츠오 바쇼 지음, 김정례 옮김, 바다출판사, 2008]

Baxandall, M. *Painting and Experience in Fifteenth Century Italy: A Primer in the Social History of Pictorial Style.* Oxford, 1972.

Blass, F., ed. *Isocrates Orationes.* Leipzig, 1898.

Burnet, J. *Platonis Opera.* 6 vols. Oxford, 1902~1906.

Burnett, A. P. *Three Archaic Poets: Archilochus, Alcaeus, Sappho.* London, 1983.

Busse, A. *Elias in Aristotelis Categorias commentaria.* Berlin, 1900.

Calvino, I. *The Nonexistent Knight.* Translated by A. Colquhoun. New York and London, 1962. [한국어판: 『존재하지 않는 기사』, 이탈로 칼비노 지음, 이현경 옮김, 민음사, 2010]

Carrière, J. *Théognis: Poèmese élégiaques.* Paris, 1962.

Cartledge, P. "Literacy in the Spartan Oligarchy." *Journal of Hellenic Studies* 98 (1978), 25~37.

Cohen, J. *Structure du langage poétique.* Paris, 1966.

Coldstream, J. N. *Geometric Greece.* London, 1977.

Cole, S. G. "Could Greek Women Read and Write?" *Women's Studies 8* (1981), 129~155.

Colonna, A., ed. *Heliodori Aethiopica.* Rome, 1938.

Coulon, V. *Aristophane.* 5 vols. Paris, 1967~1972.

Dalmeyda, G. *Longus: Pastorales.* Paris, 1934.

Davison, J. A. "Literature and Literacy in Ancient Greece." *Phoenix 16* (1962), 141~233. Reprinted in From *Archilochus to Pindar*, 86~128. London, 1968.

De Beauvoir, S. *The Second Sex.* Translated by H. M. Parshley. New York, 1953. [한국어판: 『제2의 성』, 시몬 드 보부아르 지음, 이정순 옮김, 을유문화사, 2021 외]

Denniston, J. D. *The Greek Particles.* 2nd ed. Oxford, 1954.

De Vries, G. J. *A Commentary on the Phaedrus of Plato.* Amsterdam, 1969.

Dickinson, E. *The Complete Poems.* Edited by T. H. Johnson. Boston, 1960.

Diels, H. Die *Fragmented der Vorsokratiker, griechisch und deutsch.* 3 vols. Berlin, 1959~1960.

Dodds, E. R. "A Fragment of a Greek Novel." *In Studies in Honour of Gilbert Norwood*, ed. M. E. White, 133~153. Toronto, 1952.

Donne, J. *The Complete English Poems.* Edited by A. J. Smith. Harmondsworth, 1971.

Dover, K. J. *Greek Homosexuality. Cambridge*, Mass., 1978.

Dübner, F., ed. *Himerius Orationes.* Paris, 1849.

Edmonds, J. M., ed. *Elegy and Iambus ⋯⋯ with the Anacreontea.* 2 vols. Cambridge, Mass., 1961.

Erdman, D. V., ed. *The Notebooks of William Blake.* New York, 1977.

Finnegan, R. *Oral Poetry: Its Nature, Significance, and Social Context.* Cambridge, 1977.

Flaubert, G. *Madame Bovary: Moeurs de province.* 2 vols. Paris, 1857.

[한국어판: 『마담 보바리』, 귀스타브 플로베르 지음, 진인혜 옮김, 을유문화사, 2021 외]

Fondation Hardt. *Entretiens sur l'antiquite classique*, vol. 10: *Archiloque*. Geneva, 1963.

Foucault, M. *The Order of Things: An Archaeology of the Human Sciences.* New York, 1973. [한국어판: 『말과 사물』, 미셸 푸코 지음, 이규현 옮김, 민음사, 2012]

Frankel, H. *Early Greek Poetry and Philosophy.* Translated by M. Hadas and J. Willis. New York and London, 1973. [한국어판: 『초기 그리스의 문학과 철학』, 헤르만 프랭켈 지음, 김남우·홍사현 옮김, 사월의책, 2024]

Gaisford, T., ed. *Ioannis Stobaei Florilegium.* 4 vols. Oxford, 1822.

Gaselee, S., ed. *Achilles Tatius: Clitophon and Leucippe.* New York, 1917.

Gelb, I. J. *Study of Writing*, rev. ed. Chicago, 1963.

Girard, R. *Deceit, Desire, and the Novel: Self and Other in Literary Structure.* Translated by Y. Freccero. Baltimore and London, 1965.

Gomme, A. W "Interpretations of Some Poems of Alkaios and Sappho." *Journal of Hellenic Studies* 77 (1957), 259~260.

Goody, J., ed. *The Domestication of the Savage Mind.* Cambridge, 1977.

———. *Literacy in Traditional Societies.* Cambridge, 1968.

Gow, A. S. *Theocritus.* 2 vols. Cambridge, 1952.

Graff, H. J. *Literacy in History: An Interdisciplinary Research Bibliography.* New York, 1981.

Harvey, D. "Greeks and Romans Learn to Write." In *Communication Arts in the Ancient World,* ed. E. A. Havelock and J. P. Hershbell, 63~80. New York, 1978.

Havelock, E. A. *The Greek Concept of Justice.* Cambridge, Mass., 1978.

――――. *The Literate Revolution in Greece and Its Cultural Consequences.* Princeton, 1982.

――――. "The Oral Composition of Greek Drama." *Quaderni Urbinati di Cultura Classica* 35 (1980), 61~112.

――――. *Origins of Western Literacy.* Toronto, 1976.

――――. *Preface to Plato.* Cambridge, Mass., 1963. [한국어판: 『플라톤 서설』, 에릭 A 해블록 지음, 이명훈 옮김, 글항아리, 2011]

――――. *Prologue to Greek Literacy.* Cincinnati, 1971.

Havelock, E. A., and J.P. Hershbell. *Communication Arts in the Ancient World.* New York, 1978.

Heiserman, A. *The Novel before the Novel.* Chicago, 1977.

Heubeck, A. von. "Die homerische Götrersprache." *Würzburger Jahrbücher für die Altertumswissenschaft* 4 (1949-50), 197~218.

Hilgard, A. *Grammatici Graeci.* 3 vols. Leipzig, 1901.

Hodge, A. T. "The Mystery of Apollo's E at Delphi." *American Journal of Archaeology* 85 (1981), 83~84.

Holloway, J. "Cone." *The Times Literary Supplement*, 24 October 1975, 1262.

Humboldt, W. von. *Gesammelte Werke.* 6 vols. Berlin, 1848.

Innis, H. A. *The Bias of Communication.* Toronto, 1951.

Jacoby, F. *Die Fragmente der griechischen Historiker.* 15 vols. Berlin, 1923~1930; Leiden, 1943~1958.

Jaeger, W, ed. *Aristoteles Metaphysica.* Oxford, 1957.

———. *Paideia.* 3 vols. Berlin and Leipzig, 1934~1947. [한국어 판: 『파이데이아 1』, 베르너 예거 지음, 김남우 옮김, 아카넷, 2019]

Jebb, R. C. *Sophocles.* 7 vols. 1883~1896. Reprint. Amsterdam, 1962.

Jeffrey, L. H. *The Local Scripts of Archaic Greece.* Oxford, 1961.

Jenkins, I. "Is There Life after Marriage? A Study of the Abduction Motif in Vase Paintings of the Athenian Wedding Ceremony." *Bulletin of the Institute for Classical Studies* 30 (1983), 137~145.

Jenkyns, R. *Three Classical Poets: Sappho, Catullus, and Juvenal.* Cambridge, Mass., 1982.

Jensen, H. *Die Schrift in Vergangenheit und Gegenwart.* Berlin, 1969.

Johnston, A. "The Extent and Use of Literacy: The Archaeological Evidence." In *The Greek Renaissance of the Eighth Century B. C.:*

Tradition and Innovation, ed. R. Hägg, 63~68. Stockholm, 1983.

Kafka, F. *The Complete Stories.* Edited by N. N. Glaczer. New York, 1971. [한국어판: 『변신―단편 전집』, 프란츠 카프카 지음, 이주동 옮김, 솔출판사, 2017 외]

Kaibel, G., ed. *Athenaei Naucratitae Dipnosophistarum.* 3 vols. Leipzig, 1887~1890.

Kawabata, Y. *Beauty and Sadness.* Translated by H. Hibbet. New York, 1975.

Keats, J. *Poems.* London, 1817. [한국어판: 『키츠 시선』, 존 키츠 지음, 윤명옥 옮김, 지식을만드는지식, 2012 외]

Kenyon, F. G. *The Palaeography of Greek Papyri.* Oxford, 1899.

Kierkegaard, S. *Either / Or: A Fragment of Life.* Translated by D. F. Swenson and L. M. Swenson. Princeton and London, 1944. [한국어판: 『이것이냐 저것이냐』(전 2권), 쇠얀 키에르케고어 지음, 임춘갑 옮김, 치우, 2012 외]

Knox, B.M.W "Silent Reading in Antiquity." *Greek, Roman, and Byzantine Studies* 9 (1968), 421~435.

Kock, T., ed. *Comicorum Atticorum Fragmenta.* 3 vols. Leipzig, 1880~1888.

Kundera, M. *The Book of Laughter and Forgetting.* Translated by M. H. Heim. New York, 1980. [한국어판: 『웃음과 망각의 책』, 밀란 쿤데라 지음, 백선희 옮김, 민음사, 2011 외]

Labarrière, J.-L. "Imagination humaine et imagination animale chez

Aristote." *Phoenix* 29 (1984), 17~49.

Lacan, J. *Ecrits*. Paris, 1966. [한국어판: 『에크리』, 자크 라캉 지음, 홍준기·이종영·조형준·김대진 옮김, 새물결, 2019]

Lang, M. *The Athenian Agora XXI*. Princeton, 1976.

Lobel, E., and D. Page, eds. *Poetarum Lesbiorum Fragmenta*. Oxford, 1955.

Lucas, D. W., ed. *Aristotle: Poetics*. Oxford, 1968.

Massa, E. *Andreas Capellanus: Il libro amore nel Medioevo*. 2 vols. Rome, 1976.

Monro, D. B., and T. W. Allen. *Homeri Opera*. 5 vols. Oxford, 1920.

Montaigne, M. de. *The Essays*. Translated by J. Florio. London, 1603. [한국어판: 『에세』(전 3권), 미셸 드 몽테뉴 지음, 심민화·최권행 옮김, 민음사, 2022]

Murray, G. *Aeschyli Septem Quae Supersunt Tragoediae*. Oxford, 1937.
————. *Euripidis Fabulae*. 3 vols. Oxford, 1913~1915.

Musso, O. *Michele Psello: Nozioni paradossali*. Naples, 1977.

Mylonas, G. E. "Prehistoric Greek Scripts." *Archaeology* 4 (1948), 210~219.

Nauck, A. *Tragicorum Graecorum Fragmenta*. 2nd ed. Leipzig, 1889.

Nietzsche, F. *The Will to Power*. Translated by W. Kaufmann and R. J. Hollingdale. New York, 1967. [한국어판: 『권력에의 의지』, 프리드리히 니체 지음, 이진우 옮김, 휴머니스트, 2023 외]

Nussbaum, M. "Fictions of the Soul." *Philosophy and Literature* 7 (1983), 145~161.

Onians, R. B. *The Origins of European Thought about the Body, the Mind, the Soul, the World, Time, and Fate.* Cambridge, 1951.

Page, D. L., ed. *Poetae Melici Graeci.* Oxford, 1962.

──────. *Select Papyri.* London and Cambridge, Mass., 1932.

Parke, H. W. *The Delphic Oracle.* 2 vols. Oxford, 1956.

──────. *The Oracles of Zeus.* Oxford, 1967.

Paton, W. R. *The Greek Anthology.* 5 vols. London and New York, 1916~1926.

Perry, B. E. *The Ancient Romances.* Berkeley and Los Angeles, 1967.

Petrarch, F. *I Trionfi.* Venice, 1874.

Pfeiffer, R., ed. *Caliimachus.* 2 vols. Oxford, 1965.

Pomeroy, S. B. "Technikai kai Mousikai." *American journal of Ancient History* 2 (1977), 15~28.

Pushkin, A. Eugene *Onegin.* Translated by V. Nabokov. 4 vols. Princeton, 1964. [한국어판: 『예브게니 오네긴』, 알렉산드르 뿌쉬낀 지음, 석영중 옮김, 열린책들, 2009 외]

Quinn, K., ed. *Catullus: The Poems. London*, 1970.

Race, W H. "'That Man' in Sappho fr. 31 LP." *Classical Antiquity* 2 (1983), 92~102.

Radt, S., ed. *Tragicorum Graecorum Fragmenta IV: Sophocles.* Gottingen, 1977.

Ricoeur, P. "The Metaphorical Process as Cognition, Imagination, and Feeling." *Critical Inquiry* 5 (1978), 143~158.

Rilke, R. M. *Selected Poetry.* Edited by S. Mitchell. New York, 1984.

Robb, K. "Poetic Sources of the Greek Alphabet." In *Communication Arts in the Ancient World*, ed. E. A. Havelock and J. P. Hershbell, 23~36. New York, 1978.

Robbins, E. "'Everytime I Look at You ⋯⋯' Sappho Thirty-One." *Transactions of the American Philological Association* 110 (1980), 255~61.

Rocha-Pereira, M. H. *Pausamae Graeciae Descriptio.* 3 vols. Leipzig, 1973.

Ross, W. D. *Aristotelis Ars Rhetorica.* Oxford, 1959.

————. *Aristotelis De Anima.* Oxford, 1956.

————. *Aristotelis Parva Naturalia.* Oxford, 1955.

————. *Aristotelis Physica.* Oxford, 1950.

————. *Aristotelis Politica.* Oxford, 1957.

————. *Aristotle's Metaphysics.* 2 vols. Oxford, 1924.

Russell, D. A. *Libellus de sublimitate Dionysio Longino fere adscriptus.* Oxford, 1968.

Sartre, J.-P. *Being and Nothingness.* Translated by H. E. Barnes. New York, 1956. [한국어판: 『존재와 무』, 장 폴 사르트르 지음, 변광배 옮김, 민음사, 2024 외]

————. *Sketch for a Theory of the Emotions.* Translated by P.

Mairet. London, 1962.

Saussure, F. de. *Cours de linguistique générale*. Paris, 1971. [한국어판: 『일반언어학 강의』, 페르디낭 드 소쉬르 지음, 최승언 옮김, 민음사, 2006 외]

Searle, J. R. "Las Meninas and the Paradoxes of Pictorial Representation." *Critical Inquiry* 6 (1980), 477~488.

Seaton, R. C., ed. *Apoflonii Rhodii Argonautica*. Oxford, 1900.

Sirvinou-lnwood, C. "The Young Abductor of the Lokrian Pinakes." *Bulletin of the Institute for Classical Studies* 20 (1973), 12~21.

Slater, M. *Dickens and Women*. London, 1983.

Snell, B. *The Discovery of the Mind in Greek Philosophy and Literature*. Translated by T. G. Rosenmeyer. New Haven, 1953. [한국어판: 『정신의 발견』, 브루노 스넬 지음, 김재홍·김남우 옮김, 그린비, 2020]

Snell, B., and H. Maehler, eds. *Pindari Carmina cum Fragmentis*. 2 vols. Leipzig, 1975~1980.

Snodgrass, A. M. *Archaic Greece: The Age of Experiment*. London, 1980.

Solmsen, F. *Hesiodi Theogonia,* Opera et Dies, Scutum. Oxford, 1970.

Staiger, E. *Grundbegriffe der Poetik*. Zurich, 1946.

Stanford, W. B. *Greek Metaphor: Studies in Theory and Practice*.

Oxford, 1936.

Stendahl (M. H. Beyle). *The Life of Henri Brulard*. Translated by J. Stewart and B. Knight. Middlesex, 1973. [한국어판: 『앙리 브 륄라르의 생애』, 스탕달 지음, 원윤수 옮김, 민음사, 2021]

Stendahl (M. H. Beyle). *Love*. Translated by G. Sale and S. Sale. New York, 1957. [한국어판: 『연애론』, 스탕달 지음, 김현태 옮김, 집문당, 2014 외]

Stolz, B. A., and R. S. Shannon III, eds. *Oral Literature and the Formula*. Ann Arbor, 1976.

Svenbro, J. *La Parole et le marbre: Aux origines de la poétique grecque*. Lund, 1976.

Tanizaki, J. *The Secret History of the Lord of Musashi and Arrowroot*. Translated by A.H. Chambers. New York, 1982.

Tolstoy, L. N. *Anna Karenina. Translated by R. Edmonds*. New York, 1978. [한국어판: 『안나 카레니나』(전 3권), 레프 톨스토이 지음, 박형규 옮김, 문학동네, 2010 외]

Turner, E. G. *Athenian Books in the Fifth and Fourth Centuries B.C.* London, 1952.

Waiblinger, F. P. *Historia Apollonii regis Tyri*. Munich, 1978.

Weil, S. *The Simone Weil Reader*. Edited by G. A. Panichas. New York, 1977.

Welty, E. *One Writer's Beginnings*. Cambridge, Mass., 1984. [한국 어판: 『작가의 시작』, 유도라 웰티 지음, 신지현 옮김, xbooks,

2019]

West, M. L. "Burning Sappho." *Maia* 22 (1970), 307~330.

—————. *Hesiod: Theogony.* Oxford, 1966.

—————. *Iambi et Elegi Graeci.* 2 vols. Oxford, 1971~1972.

Woodhead, A. G. *The Study of Greek Inscriptions.* 2nd ed. Cambridge, 1981.

Woolf, V. *The Waves.* New York, 1931. [한국어판: 『파도』, 버지니아 울프 지음, 박희진 옮김, 솔, 2019 외]

옮긴이의 말

황유원

나의 페이지는 사랑을 나눈다

 1986년에 출간된 앤 카슨의 첫 단행본『에로스, 달콤 쌉쌀한』은 '에세이An Essay'로 명시되어 있음에도 우리가 기존에 읽어온 에세이와는 여러 면에서 차이를 보인다 (불행히도 이후 출간된 다른 판본들에서는 '에세이'라는 말이 사라졌는데, 프린스턴대학 출판부에서 출간된 초판과 이후 개정판에는 그 말이 그대로 남아 있다). 그중 언뜻 봐도 눈에 띄는 차이는 바로 아카데믹한 성격일 텐데, 이는『에로스, 달콤쌉쌀한』이 그의 박사학위 논문『나는 증오하고 사랑한다, 고로 존재한다Odi et Amo Ergo Sum』(1981)의 개작이라는 태생적 사실에 기인한다. 카슨은 논문을 에세이로 바꾸는 과정에서 원작의 순서나 논의 대상의 경중 및 강조점

등을 대폭 수정했는데, 당연하게도 '결핍으로서의 에로스가 지닌 역설적 성격'이라는 주제만은 변하지 않았다. 논문의 초록에서 카슨은 다음과 같이 말한다.

본고는 사랑의 달콤쏩쓸함을 세 영역에서 탐구한다: 즉 에로스적 정의와 에로스적 생리학, 에로스와 여성의 관계에서. 각 영역에서 에로스는 고대인의 관점에서 부재하는 현존으로 여겨진다. 에로스는 엔데이아*endeia*(결핍)를 수반한다; 욕망을 느낀다는 것은 나의 일부가 결여되어 있음을 표명하는 일이다: 이 점에서 플라톤과 버지니아 울프는 의견을 같이한다.

『에로스, 달콤쏩쓸한』의 태생에 대해 말하면서, 이 책이 학문적 작업과 창작 행위가 동일 선상에서 이루어진 마지막 경우였다는 카슨의 흥미로운 말도 언급하지 않을 수 없겠다. 학문적 작업과 창작 행위를 두 개의 책상에서 나누어서 하는 글쓰기 스타일이 언제부터 시작되었느냐는 인터뷰어의 질문에 카슨은 "『에로스, 달콤쏩쓸한』을 쓰고 난 다음부터였던 것 같아요. 그 두 충동―학문적 충동과 창작적 충동―을 동일한 흐름 속에서 따르며 작업했던 건 아마 그때가 마지막이었을 거예요. 그러고는 다시 그럴 수 없다는 사실을 깨달았죠"(1997년 『아이오와 리

뷰『Iowa Review』와의 인터뷰)라고 대답한다. 이어서 인터뷰어
는 어떤 사람들은 카슨이 여전히 그런 작업을 하고 있다
고 생각한다고, 카슨의 작품에서는 책상이 두 개라는 사
실이 전혀 드러나지 않는다고 말하고, 카슨은 이를 단호
히 부정한다. 재차 묻는 말에는 침묵하며 아예 대답을 회
피한다. 하지만 카슨이 뭐라고 말하든, 책상이 두 개든 세
개든(카슨은 나중에 시각예술용 책상을 하나 더 들인다) 그가
하는 여러 작업에 뚜렷한 경계선이 그어져 있다고 믿을
사람은 아무도 없을 것이다.

　이처럼『에로스, 달콤쌉쓸한』은 '에세이'라고 명시되
어 있음에도, 사실 카슨의 모든 작품이 그러하듯 특정 장
르로 분류하기 어려운, 혹은 그래서는 안 되는 작품이다.
많은 이들이 '한 편의 훌륭한 문학비평이자 시'라고 극
찬하고 맥스 포터 같은 소설가는 자신이 아는 가장 훌륭
한 '중편소설'이라고 말하기도 한「유리 에세이」의 제목
이 정작 '에세이'라는 사실을 떠올려보라.『에로스, 달콤
쌉쓸한』이 에세이라는 말은「유리 에세이」가 에세이라는
말과 동일한 층위에서 이해되어야 한다. 그것은 몽테뉴
적 의미에서의 '시도*essai*'에 가깝다.

　같은 인터뷰에서 카슨은 자신이 그동안 "규칙을 어기
거나 범주를 변경하거나 사람들이 말하는 선을 넘는 방
식을 통해서만 글을 써왔다"고 말한다. 선 넘기는 그에게

단순히 글쓰기 기술의 일부가 아니다. 선 넘기가 곧 글쓰기다. 『에로스, 달콤쌉쌀한』은 그 모든 선 넘기의 시작점이다.

*

『에로스, 달콤쌉쌀한』은 에로스를 최초로 '달콤쌉쌀한'이라고 부른 사포의 시를 설명하며 시작하지 않는다. 시작점을 대신하는 것은 카프카의 짤막한 이야기 「팽이」에 대한 짤막한 서문이다. 지나치게 함축적이어서 처음에는 부분적으로만 이해되지만 책을 다 읽고 다시 돌아와서 보면 더욱 놀랍고 새로운 이 서문에서 특히 흥미를 끄는 문장이 있으니, 그것은 바로 "아름다움은 돌고 정신은 움직인다"이다. 카슨에 따르면 이야기 속 철학자는 실은 돌고 있는 팽이를 잡길 바라지 않는다. 팽이가 돈다는 것은 "환상적인 동작"이며, 그는 이 환상적인 동작이 유지되길, 그리하여 정신이 활발한 움직임을 계속 유지하기만을 바란다.

마찬가지로 카슨 또한 '에로스'에 대해 간명히 설명하고 펜을 내려놓기보다는 그에 관한 생각들이 계속 움직이길 바란다. 가이 대븐포트는 "우리가 그 탁월함에 활기차게 돌면서 『에로스, 달콤쌉쌀한』에서 배우는 것은, 그

308

저자가 매우 약삭빠른 철학자이자 기민한 독자, 봄날의 초원처럼 신선하며 그 어디에도 먼지가 내려앉지 않는 정신을 지닌 학자라는 사실이다"라고 쓴 바 있다(『유리, 아이러니 그리고 신』 발문). 왜 그 정신 어디에도 먼지가 내려앉지 않는가? 계속 돌기 때문이다. 그 정신이 동사이기 때문이다.

따라서 사포의 시를 포함한 그리스 서정시에 논의를 한정하는 것은 재미없는 일이기도 하거니와 정신의 성격상 불가능한 일이기도 하다. 카슨의 정신은 카프카를 가볍게 쓰다듬은 다음 사포에 이어 다른 고대 그리스 서정시인과 비극 작가나 로마 작가뿐만 아니라 톨스토이, 에밀리 디킨슨, 버지니아 울프, 유도라 웰티, 스탕달, 단테, 푸시킨, 찰스 디킨스, 밀란 쿤데라 등의 작가, 시몬 베유, 장폴 사르트르, 몽테뉴, 자크 라캉, 푸코, 소쉬르, 리쾨르, 플라톤 등의 사상가, 벨라스케스 같은 화가나 에셔와 피라네시 같은 판화가 등 여기서 전부 거론할 수도 없을 만큼 수많은 이름을 끝없이 경유한다. 시대와 장르의 선을 아무렇지도 않게 자유자재로 넘나드는 이런 활발한 정신적 움직임은 독자에게 거의 현기증을 불러일으킨다. 그것은 정신이 잡길 바라는 바로 그 팽이의 "환상적인 동작"을 닮았다.

*

『에로스, 달콤쌉쓸한』은 에로스, 즉 사랑과 욕망에 대한 탐구를 표방하고 있긴 하지만 그 자체로 하나의 사랑 행위이기도 하다. 몽테뉴의 문장을 의도적으로 오역하며 인용한 "나의 페이지는 사랑을 나눈다"는 말이 카슨 본인의 말처럼 들릴 만큼.

욕망은 아름다운 대상을 향해 '손을 뻗는' 부질없는 행위인데, 그럼에도 욕망하는 사람은 욕망의 시간이 영원히 이어지길 바란다. 붙잡는 순간 사라지고 마는 욕망의 역설적 본성상, 그러기 위해서는 욕망이 성취되는 순간을 최대한 유예하는 것 말고는 다른 방법이 없다. 에로스가 실은 명사가 아닌 동사라면, 이 책 자체도 하나의 동사다. 카슨은 이 책이 멈추길 원하지 않는다. 생각으로 에로스를 품는 시간이 끝나버리길, 상상력의 물줄기가 끊겨버리길 원하지 않는다. 동사가 계속 동사로서의 본분을 다하길 바란다. 카슨은 계속 다음 페이지로 '손을 뻗는다', 혹은 그리스인들이 에로스를 발명했던 것과 마찬가지로 계속 손을 뻗을 핑곗거리를 발명해낸다.

『에로스, 달콤쌉쓸한』의 장 구성은 독특하다. 각각 그리 길지 않은 페이지로 이루어진 흥미로운 제목의 장들. 아마도 그런 구성이야말로 원작 논문과의 가장 큰 차이중 하나일 것이다. 그런데 이상하게도 하나의 장에 등장한 단어가 다음 장의 제목이 되는 경우가 자주 눈에 띈다. 처음에는 우연인가 싶다가도 '미다스Midas'와 '매미들Cicadas'처럼 장 제목으로 말장난까지 하는 것을 보면 그것이 결코 우연이 아님을 알게 된다. 마치 생각의 잔여물이 또다른 생각을 낳는 과정 혹은 흔적을 보여주기라도 하겠다는 듯, 일견 과시적이기까지 한 정신의 화려한 몸동작. 다음 페이지로 손을 뻗는 카슨의 펜을 든 '손'이 눈앞에 선명히 보이는 듯하다.

에로스가 활성화되기 위해서는 삼종 구조, 즉 연인과 상대 연인 외에도 그 둘을 연결하는 동시에 분리하는 역설적인 세번째 요소가 필요하다는 결론에 비교적 빠르게 도달한 다음, 카슨은 그 결론을 가능한 한 오래 끌고 간다. 즉, 변주한다. 비교적 단순해 보이는 결론의 변주는, 그러나 결코 단순하지 않다. 결론의 변주들은 처음의 결론 위에 쌓이는 듯하면서도 완전히 겹쳐지진 않은 채 일종의 '입체 영상'을 만들어낸다. 이 또한 우리에게 매혹적인 현기증을 불러일으킨다. 결국 시인 사포뿐만 아니라 소설가 롱구스와 철학자 제논도, 결론적으로 플라톤마저도 삼각 분할 전략을 사용한다는 사실을 한참 후에서야 드러내면서 길고 긴 변주는 막을 내린다.

하지만 변주는 막을 내려도 욕망은 계속된다. 책은 덮

는 순간 끝나지만, 독자는 언제든 책으로 "다시 돌아가서 단어들을 계속해서 몇 번이고 다시 읽을 수도 있다. 그곳에서 얼음 조각은 영원히 녹는다". 누군가 따려 했던, 하지만 손이 닿지 않아 따지 못했거나 일부러 남겨놓은 사과 한 알은 아직 거기 매달려 있다. 한 알의 붉고 단단한 욕망처럼, 영원히.

*

『에로스, 달콤쓸쓸한』의 마지막 탐구 대상이자 가장 긴 분량을 차지하는 부분에 대해서도 잠시 이야기하지 않을 수 없겠다. 바로 플라톤의 『파이드로스』에 대한 독창적이고도 기이한 정독精讀이 이루어지는 부분 말이다. 고래로 『파이드로스』는 플라톤의 대화편 가운데 유기적 통일성이 가장 결여된 작품으로 손꼽힌다. 에로스에 관한 전반부의 대화는 후반부에 이르러 수사술에 관한 대화로 변해버리고, 이후 에로스는 두 번 다시 언급되지 않기 때문이다. 마치 하나의 책이 둘로 쪼개지기라도 한 것처럼.

하지만 카슨은 놀랍게도 "하지만 여기에는 전혀 부적절할 게 없다"고 과감히 말한다. "**에로스**를 붙잡기 위해 『파이드로스』 속으로 손을 뻗으면, **에로스**는 필연적으로 우리를 피해갈 것"이며, 그것이 바로 **"에로스**의 가장 에로틱한 점"이라는 것이다. 학자보다는 시인이 떠올릴 법한 논리를 내세우면서, 카슨은 지금 『파이드로스』와 누구보다도 내밀한 대화를 나누는 중이다. 그 대화는 깊은 사랑에 가까우며, 그 사랑의 손길은 길게 이어지면서도 높은 밀도의 설득력을 유지한다.

욕망의 가장자리에서 자아가 형성된다는 것은 『파이드로스』에 대한 논의 이전에 이미 밝혀진 사실이다. 하지만 에로스야말로 자기 인식의 수단임을 말하는 목소리는 다음과 같은 부분에 이르러 거의 절절해진다.

소크라테스가 말하듯, 우리의 이야기는 **에로스**가 우리에게 들어오는 순간 시작된다. 그 습격은 우리 인생에서 가장 큰 위험이다. 그것을 어떻게 처리하는지가 우리 내면에 있는 것들의 자질과 지혜와 점잖음의 지표가 된다. 그것을 처리하면서 우리는 우리 내면에 있는 것과 갑작스럽고 놀랄 만한 방식으로 접촉하게 된다. 우리는 우리가 누구인지, 무엇을 결핍하고 있는지, 무엇이 될 수 있는지를 인식한다. 보통의 인식과는 아주 달라서 마땅히 광기로 묘사되는 이것은 어떤 유형의 인식인가? 우리가 사랑에 빠질 때 갑자기 세상을 정말 있는 그대로 보는 듯이 느끼는 것은 어째서인가?

에로스의 침입을 막을 수 있는 사람은 아무도 없다. 문제는 그때 그 에로스를 대하는 우리의 자세이다. 에로스를 진지하게 대할 때 우리는 우리가 진정 누구인지 알게 된다. 물론 그것은 크나큰 위험을 감수하는 일이다. 에로스는 끔찍한 것, 저주나 다름없는 것이다. 그리스 "시인들은 에로스를 침략, 병, 정신이상, 들짐승, 천재지변으로 나타낸다". 하지만 그렇다고 해서 그런 에로스적 광기를 부정하는 것은 소크라테스에 따르면 가능하지도 않고, 심지어 욕망할 만하지도 않은 일이다. 따라서 '사랑하는 사람'과 '지혜를 사랑하는 철학자'는 그 위험을 기꺼이 감수한다. 앎에 대한 욕망이 위험에 대한 염려를 넘어선다.

『에로스, 달콤씁쓸한』은 우리에게 단지 에로스에 대한 지식만을 전해주는 데 그치지 않고 욕망의 침입을 두려워해서는 안 된다는, 자아가 파괴되는 게 두려워 몸을 움츠리기만 해서는 우리 자신이 누구인지 영영 알 수 없게 될 거라는 경고 섞인 가르침까지도 전해주는 책이다. 그러니까 이 책은 우리를 살고 싶게 만든다. 그것은 우리에게 날개를 돋게 하고, 육신과 정신이 훼손되는 한이 있더라도 그 날개를 펼쳐 반드시 참여해야만 하는 진짜 '삶' 속으로 날아가게 만든다. 그것은 앤 카슨이 텍스트와 나눈 사랑에서 생겨나는 힘일 것이다. 그 힘은 페이지에 잉크가 스며들듯 자연히 우리 영혼에 스며든다. "에로스는 모든 사람을 시인으로 만든다"는 고대 현인의 말을, 카슨은 마치 자기 말처럼 인용하며 말한다. 그리고 그 말을 부정할 수 있는 사람이 누가 있겠나?

*

마지막으로 번역에 대해서. 우선 제목. 단순해 보이는 'Eros the Bittersweet'은 사실 한국어로 옮기기 쉬운 제목이 아니다. 물론 전자야 어렵지 않다. 'Eros'는 '사랑'이나 '욕망'이 아닌 '에로스'로 옮길 수밖에 없는데, 카슨이 논하는 '에로스'는 '성적인 사랑이나 욕망'을 뜻하는 영어 일반명사와 '그리스 신화에 등장하는 사랑의 신'을 뜻하는 고유명사인 동시에 '필요'나 '결핍' '없어진 것에 대한 욕망'을 뜻하는 그리스어 일반명사이기도 하기 때문이다.

그러면 후자는? 'the bittersweet'은 'the+형용사'의 형태이므로 명사로 옮겨야 마땅할 것이다(물론 'bittersweet'은 명사로 사용되기도 하지만 카슨은 사포가 그것을 형용사로 사용했다고 명시하고 있다). 역자에게는 두 개의 선택지, 즉 '달콤쌉쌀한 자'와 '달콤쌉쌀한 것'이 있다('달콤쌉쌀한 자/것'은 후보에서 일찌감치 탈락했는데, '쌉쌀한'이 마음이나 기분이 아닌 맛만을 설명하는 단어이기 때문이다). 그런데 이미 말했다시피 '에로스'는 본문에서 일반명사인 동시에 고유명사로 사용되고 있으며, 전자는 'eros'로, 후자는 'Eros'로 엄밀히 구분되고 있다. 물론 'Eros'의 사용 빈도수는 'eros'에 비해 훨씬 적지만 그런 이유로 '달콤씁쓸한 자'를 배제할 수도 없는 노릇이다. 어쩌면 좋을까? '것'도 '자'도 사용해서는 안 된다는 사실이 분명해진다. 그리하여 그 둘을 모두 뺀 '달콤씁쓸한'에 '에로스'를 붙여 '달콤씁쓸한 에로스'로 정하자는, 썩 마음에 들지는 않지만 비교적 무난한 결론에 이르게 되었다(독일어본의 역자도 같은 문제에 부딪혔던지 '달콤씁쓸한 에로스'로 옮겼다). 그런데 권현승 편집자께서 차라리 원문의 어순을 살려서 '에로스, 달콤씁쓸한'으로 정하는 것도 괜찮겠다고 제안해주셨고, 역자는 이를 흔쾌히 받아들였다. 에로스가 '것'이냐 '자'이냐 하는 문제를 피해가는 동시에 원문의 느낌도 살리는 제목이라고 느꼈기 때문이다(사실 '달콤씁쓸한 에로스'는 다소 밋밋하게 들리기도 한다).

본문의 경우, 그리 길지 않은 분량임에도 앤 카슨이 문장을 워낙 정교하게 사용한 탓에 옮기기 쉬운 문장은 별로 없었다. 단어 하나하나를 적확하고도 엄밀히 구분해서 사용하는 것은 물론, 특정 문장 형태를 정확히 반복하거나 변주하며 알게 모르게 시적인 구조물을 차곡차곡 쌓아나가는 원문의 형식미를 한국어로 모방하기란 결코 쉬운 일이 아니었다. 역자로서는 원문의 느낌을 최대한 살리기 위해 번역어를 혼용하는 일을 피하고, 특정 문장 형태가 반복되는 부분은 번역문에서도 알 수 있게 매번 노력할 수밖에 없었다.

번역의 또다른 걸림돌은 카슨이 즐겨 사용하는 시각적 은유였다. 대표적으로 하나만 꼽자면, 본문 내내 빈번히 사용되는 'come into focus(초점이 맞춰지다)' 같은 표현. 사실 가독성을 높이고 편하게 번역하려면 '초점'이라는 은유를 포기하고 그냥 '뚜렷해진다'는 식으로 의역하면 된다. 그래도 내용 이해에는 아무런 문제가 없다. 아니, 오히려 더 잘 이해될지도 모른다. 하지만 그것은 카슨이 의도한 바가 아닐 것이다. 카슨은 그런 표현에 '집착'한다. 그런 것들이 모여 문체를 이루고, 문체가 곧 작가를 이루기 때문이다. 소크라테스가 에로스에 대한 뤼시아스의 태도를 범죄로 여겼듯이, 모든 문장을 다리미로 다린 것처럼 깔끔하게 만드는 데만 주력하는 번역가의 태도 역시 일종의 범죄일 것이다.

끝도 없이 등장하는 인용문은 번역가에게 늘 골칫거리다. 부분 인용문은 전체 맥락에 대한 이해 없이 옮기면 오역이 되기 십상이기 때문이다. 인용문은 가능하면 전문이 실린 원작이나 원작의 한국어 번역본, 다른 언어 번역본까지 찾아서 그것이 어떤 맥락에 놓인 것인지 확인했고, 특히 가장 많이 인용된 『파이드로스』의 경우에는 기존에 출간된 여러 한국어 번역본을 참조했다. 인용된 시의 경우에는 일부러 유려하게 의역하지 않고, 본문에서 논의되는 부분이 선명히 드러나는 방향으로 직역하되 시의 느낌을 조금이라도 더 살리려 애썼다.

끝으로 부족한 번역을 열심히 매만져 '욕망할 만한' 책으로 만드는 극히 까다로운 작업을 맡아주신 권현승 편집자, 그리고 지난번에 이어 다시 앤 카슨과 만나는 '달콤쌉쌀한' 시간, 사랑의 시간을 선사해주신 김민정 시인께도 감사의 말씀을 전하고 싶다. 이분들 덕분에 한국 독자들도 이제 앤 카슨의 결정적인 '시작 부분'을 손에 쥐고, 파이드로스가 뤼시아스의 연설문에 대해 그랬던 것처럼 원하는 "어디서든 열어볼 수" 있게 되었다.

황유원

에로스, 달콤씁쓸한

1판 1쇄 인쇄 2025년 3월 25일
1판 1쇄 발행 2025년 3월 31일

지은이 앤 카슨
옮긴이 황유원
펴낸이 김민정
책임편집 권현승
편집 유성원 정가현
표지 디자인 퍼머넌트 잉크
본문 디자인 최미영
저작권 박지영 형소진 오서영
마케팅 정민호 박치우 한민아 이민경 박진희
　　　황승현 김경언
브랜딩 함유지 박민재 이송이 김희숙 박다솔
　　　조다현 김하연 이준희
제작 강신은 김동욱 이순호
제작처 상지사

펴낸곳 (주)난다
출판등록 2016년 8월 25일
제406-2016-000108호
주소 10881 경기도 파주시 회동길 210
전자우편 nandatoogo@gmail.com
페이스북 @nandaisart
인스타그램 @nandaisart @mohobook
문의전화 031-955-8853(편집)
　　　　031-955-2689(마케팅)
　　　　031-955-8855(팩스)

ISBN 979-11-94171-53-9 03840

ㄴㄴ〉〈ㄷㄴ